U0691655

是最好的保护

善忍

刘 央◎著

中国文史出版社

图书在版编目（ＣＩＰ）数据

善良，是最好的保护 / 刘央著. -- 北京 ：中国文
史出版社，2023.4

ISBN 978-7-5205-4091-9

Ⅰ．①善… Ⅱ．①刘… Ⅲ．①散文集－中国－当代
Ⅳ．①I267

中国国家版本馆 CIP 数据核字(2023)第 085707 号

责任编辑：全秋生

出版发行：中国文史出版社
地　　址：北京市海淀区西八里庄路 69 号　　　邮编：100142
电　　话：010－81136602　　81136603　　81136606　（发行部）
传　　真：010－81136655
印　　装：廊坊市海涛印刷有限公司
经　　销：全国新华书店
开　　本：787 毫米×1092 毫米　　1/16
印　　张：16.5
字　　数：260 千字
版　　次：2023 年 6 月北京第 1 版
印　　次：2025 年 5 月第 2 次印刷
定　　价：58.00 元

文史版图书，版权所有，侵权必究。
文史版图书，印装有错误可与发行部联系退换。

"教师写作""指导学生写作"
访谈实录（代序）

二〇二一年四月二十四日，笔者的新书《随风奔跑的少年》分享会在江西新华文化广场南一楼中心舞台举行，以下是《江西晨报》记者对笔者的现场采访实录。

晨报记者：听说您是一名教师，您怎么看待"教师写作"与"指导学生写作"这一相关问题？

笔者：是的，我是教师，来自美丽的山水武宁，是武宁县第二中学的教师。我认为"教师写作"与"指导学生写作"是两个概念，当然两者之间又有关联。教师在两者中充当的角色不一样，使命不一样。

在"教师写作"中，教师充当作家的角色，要以文学的标准规范自己的创作，把自己生活的阅历，岁月的积累，对人生的态度，对社会的理解，选择自己最擅长的文学形式，或是诗歌，或是小说，抑或是散文等，化为美好的文字，写成文学作品，奉献给读者，给读者以启迪，给读者美的享受。

"指导学生写作"，教师充当教师的角色，即传道授业解惑者也。教师是主导，学生是主体，学生写作也不同于教师写作，教师写作是指文学创作，学生写作主要指的是写作文。要以教学大纲中作文训练的标准来引导和规范学生写作文。例如，文体要明确，中心要突出，内容要充实，感情要真挚，结构要完整，行文要流畅，文字要优美，书写要整洁，并且要达到一定的字数。这般指导和训练，假以时日，自然能增强学生的写作自信，提高学生的写作水平，以便能让学生写出满意的作文，决胜大大小小的语文考试，尤其是中考和高考。

"教师写作"与"指导学生写作"，毕竟是同一个生命主体即教师的行为，两者之间自然有密切关联。会写作的教师，有过写作的真实感受，有过写作的感性经验，在指导学生写作中就不会空对空，而是能点到要害，点到关键点。另外现身说法能够信手拈来，写作的教学实例，从标题、立意、选材到行文中的一个细节甚至一句话一个词都举不胜举，鲜活有质感，写作课堂会有滋有味有趣有嚼头，给学生留下深刻的印象。再说，会写作的教师语言相对来说更精美，给学生以熏陶，给学生潜移默化的作用，影响深远。指导学生写作文会取得更加良好的效果，学生的语文素养自然就会有更大幅度地提高。记得有一位教育名刊主编说过："阅读、写作与旅行是教师的三个风火轮。"著名的语文特级教师于漪老师也呼吁："语文教师必须会动笔写文章。"从教以来，他们的话，一直鞭策着我，让我铭记在心。

晨报记者：您认为写作的灵感应该来源于哪些方面，是否可以分享一下您的写作灵感来源方式？

笔者：我认为写作的灵感应该来自生活，来自作者内心的爱，即对自然对社会对人类的关爱与期待。

至于我的写作灵感，具体而言，来源于阅读、来源于观察、来源于旅游、来源于影视、来源于思考、来源于内心的悲悯与良知等。读过的书，看过的影视，抵达过的地方，敏于心，流于笔，皆可形成我心底里柔软的文字。

当然，写作不完全依赖灵感。这我有切身体会。例如二〇二〇年是中国脱贫攻坚的收官之年，九江市筹划出版一本有关脱贫攻坚成果的书，我受命采写武宁县官莲乡东山村的脱贫纪实和武宁县石渡乡柳山村驻村第一书记柯芳芳的先进事迹，那不是靠灵感能够完成的任务。当时我带着采访任务奔赴两个地方进行深度采访，回来以后，静心坐下来，好生整理材料，选准角度，一个字一个字地敲，写完后一遍又一遍地修改，直到自己满意为止。结果挺好，一篇登上了《乡音》，另一篇发表在《九江日报》，并收入《浔阳江》里。

晨报记者：在您写作历程中，哪本书或哪位作家的作品对您影响较大？

笔者：一个作家进行文学创作，除了有文学热情，肯定要有大量的阅读积累。我读过好些书，感觉几乎每部书对我都有或大或小的影响，多多少少能给予我文字营养。其中对我影响较大的一部书是《平凡的世界》（第一次读是高中时，下了晚自习躲在被窝里打着手电筒看的，后来到了大学，又重读了这部书，有了新的触动，新的认识，省吃俭用买了精装本上中下三册，现在仍在我家书柜里收藏）。这是路遥用生命谱写的史诗般的鸿篇巨制，上百万字，全景式地描述了一九七五年初到一九八五年这十年间中国城乡社会生活和人们思想情感的巨大变迁，成功塑造了孙少平这一典型形象。读书人孙少平的命运牵动着我，牵动着一代代读书人，赢得广泛的读者，这部书至今在各大图书馆借阅量仍然居高不下。据统计，有一年，《平凡的世界》在北大清华图书馆借阅量排名都进入前十，是一部经久不衰的传世力作。这部书，让我时刻铭记，在自己的创作中，要倾注更多的人文关怀，融入更多的生命思考。

对我影响较大的作家是新加坡女作家尤今（谭幼今），她是我近距离见过的第一个作家（记得当时我在读大二，尤今来到江西师大讲学，我有幸聆听了她的讲座，更有幸得到她的亲笔签名），她是开启我写作梦想的领路人。在我的新书最后一篇《敬拜引领人生》里有真实具体的描述。我喜欢她的游记，喜欢她真诚细腻的文风。我也喜欢写游记散文，很多读者说我的文章不矫揉不做作，真诚朴实细腻，文如其人，我细细想来，除了与我性格有关，很大程度上便是受作家尤今的影响。

晨报记者：您的新作主要针对哪些读者群体？您认为这本书对他们的意义是什么？

笔者：我的新作《随风奔跑的少年》可以适合各类群体阅读。要说主要针对的读书群体，应该是中小学生。这本书分为桑梓情怀、行走心语、相遇相惜、那时花开、点亮心窗五大部分。一篇篇文章，一种种生活，道出我人生中所见所闻所感的真善美，满满的正能量，可以让学生们学会观察，学会思考，学会爱。爱祖国，爱家乡，爱亲人，爱自然，爱生活，自信乐观，积极向上。如果一卷在握，静心品读，还可以提取学习小智慧，领悟生活小哲思呢。

晨报记者：您认为学生作文高分的秘诀是什么？

笔者：作为爱好写作的语文老师，这个问题我经常被人讨教，答案肯定是因人而异的。其实写作文，千个学生千种写法，一气呵成地道出自己的心声，写出有个性有灵魂的作文，一展自己的语文魅力，能够激起改卷老师共鸣的文章，就能得高分。比如说扣题精准、立意新颖、选材不俗、结构巧妙、表达灵活、语言优美、感情充沛、亮点荟萃包括书写漂亮等等都可以成为学生作文加分的秘诀。而这一切都源于阅读，必须要有足够的阅读，足够的文字沉淀。可以说，阅读是一切高分作文通用的密码。"人生有涯，书海无涯"，阅读得有选择，阅读经典，阅读名家名篇，同时也要阅读最新出炉的文字，尤其是同一个地域作家的作品，随着他们的文字心跳去感知当下世界，展望未来的美好。

目　录

第一辑　自然之秀

第二辑　校园之声

第三辑　文学之光

第四辑　快乐之美

第五辑　人情之暖

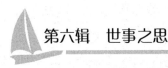

第一辑 自然之秀

我冒着风踏着雪，不为寻梅，只为走一步再走一步的嘎吱作响，回味童年的歌谣；只为那一个脚印又一个脚印的人生航标，通向自己的朝圣之地。置身雪海，看雪花飞舞，冰雕沉思，遐想骤雪初歇，阳光普照，分外妖娆。静静地立在那，仰望云之悬浮，纵目雪之包容，心间掠过一丝惊喜，感恩浩瀚天宇能接纳当下的我，容我慢慢积蓄与锤炼自己，期待未来的美好……

写不尽的大美庐山

庐山，中国十大名山之一，又名匡庐、匡山，位于江西省九江市的南部。它以雄、奇、险、秀而闻名天下。

庐山，危峰耸峙，流泉飞瀑，美在自然，美在四季，有"春如梦，夏如滴，秋如醉，冬如玉"之说。大美庐山是诗化的自然，自然的人化。山山水水皆入诗，花草树木都含情，它因时不同，因人而异，仁者乐山智者乐水，不同的人有不同的解读。

自古庐山文人多登临，留下的诗词佳作数不胜数。"匡庐奇秀，甲天下山"道出唐代白居易的心声，"江南到处佳山水，庐阜丹霞是胜游"呈现宋朝寇准的随想。然而抒写庐山，唐不过李仙，宋不过苏子。李白探访庐山，留下"飞流直下三千尺，疑是银河落九天"的千古名句。东坡游历庐山，发出"横看成岭侧成峰，远近高低各不同"的理性感言。不仅如此，"千峰庐山锦绣谷，一水蜀道玻璃江"系陆游眼里的锦绣谷；"日初金光满，景落黛色浓"是吴均笔下的五老峰……历经岁月的洗礼，这些皆已成为诗林的瑰宝，庐山的经典名片。

如今庐山早已打造成中国 AAAAA 级旅游风景区，中外游人，络绎不绝。南来北往东西客，或腾云驾雾凌空而降，或乘京九铁路，或借长江水渡……抵达九江，再坐缆车，一刻钟左右，便可神游庐山处处胜景，也许不及登泰山的酣畅淋漓，没有"拔地通天之势，擎天捧日之姿"的感觉，

3

但尽可收获俯视鄱阳湖烟波浩渺、坐看《庐山恋》昼夜放映的悠闲与浪漫，定能牵动他感动你，也总是吸引着我。

"近水楼台先得月"，我家住庐山西海畔，离庐山不远，加之在九江读了几年书，平生多次游庐山，每回游历都有不同的收获与感想，庐山就像一部耐读的经典名著，让我常读常新。

初上庐山是在我念大一时，那是暮春时节一个阳光明媚的周六下午，我们全班同学从十里莲花镇徒步登山。一路上，大伙儿说说笑笑，你追我赶，前者呼，后者应，或歌于途，或休于树，或饮山泉水，或以水沃面，舒爽精神继续前行。时而惊叹"人间四月芳菲尽，山寺桃花始盛开"，时而感慨"不识庐山真面目，只缘身在此山中"……

约莫三个来小时后，我们抵达庐山牯岭小镇。那会儿的牯岭小镇远不及现在繁华，就住宿而言，大致是些招待所之类的。我们入住在江西煤炭公司招待所，条件一般，但经济实惠，我们一致认为挺好。集体办妥入住，各自放好行囊，趁着天色尚早，决定观山览景立马开始，第一站是距离招待所不远的仙人洞。

毕竟是第一次上庐山，我满眼新鲜，很是兴奋，忘了登山的疲惫，也全然未觉高山的寒凉，沿着窄窄的石阶，时而上时而下，逼仄处，低着头弓着身也就那样过，年轻甚好，感觉没怎么费劲便到了洞口。唔，真是一个洞。左看右看，没发现人工雕砌的痕迹，嗯，天生的一个洞！寻寻觅觅不见仙，权当神人闲远游，略略感觉此处此景乃"天生一个仙人洞"呢！

我们没有导游讲解，也没有手机搜索，仅凭大家的见闻与学识你一句我一句零零碎碎算是完成了仙人洞的解说：仙人洞原名佛手岩，因其形如佛手而得名。相传后来唐代"天下剑仙之首"的纯阳剑仙、道教丹鼎派祖师吕洞宾在此修炼成仙便易名为仙人洞，着实是一处道教福地洞天！

道教圣地，不容亵渎，大美庐山美在其文明。此次庐山行真是好生给我们上了一课，它教会了我们什么叫教养，什么是文明。当时有个同学好奇仙人洞里一块"红绳圈地"，不假思索，一脚跨进去，突然一位须眉白发的青衣道者闪出来，大声呵斥："教养！这么大的人了，怎能没教养！"那同学迅速退出，面红耳赤，灰溜溜地混入人群里。我心头一惊，庆幸自己没被好奇心冲昏头脑而越雷池一步，然而为自己有过同样的好奇心而羞愧，切身体会到教养是何等地重要，它藏在心中是灵魂，外化在行动里便是人品，是一种无须人提醒的自律。人哪，无论何时何地出于何种原因都不能丢了灵魂没了人品……

翌日星期天，我们陆续到了幽雅素静的如琴湖、绿荫深处的美庐、古木参天的三宝树、雄伟壮观的三叠泉，最后一站是"万丈红泉落，迢迢半紫氛"的含鄱口。由于时间关系，尽管我们意犹未尽，还是集体坐车下山返校了。

多少年来，我特别遗憾自己未曾见识过庐山的雾气腾腾、云海茫茫。不记得是第几次上庐山才弥补上这一缺憾，只记得那是在夏末初秋。俗话说，秋老虎。闷热的日子，最难得的是一丝清凉，加之身体的原因，我狠心放下一切，暂别烟火尘世，只身上庐山小住了几天。因为陌生，游人似乎于我毫无干系，顿觉山空唯有我，山美任我游！

到底是名山，有一种只可意会不可言传的好。清晨可观朝阳，日暮尽赏余晖；遥看瀑布如练，近听泉水叮咚；抑或在苍幽树木下纳凉，与婀娜的无名小花嬉戏。最惬意的是细雨寄情思，雾来雾去韵未了，抒写着江南独有的温雅，如无声的诗行，又似轻柔的音符，瞬间让人有了仿若受禅意洗礼后的清幽与通透……

峰高、谷深、水润是天赐庐山的礼物，因之而成的云啊、雾啊，似絮似烟又像棉，壮阔如海，动态如涛。小住的几天里，我错过日出，却见证了云海，雾起雾浓时，浩瀚无涯，宛如波涛起伏的大海；云卷云舒中，此起彼伏，赛似大海潮起潮落；云开雾散后，又是一个明朗的世界……我在想，这何止是造化魔术师的杰作？也许是七仙女下凡，为庐山上演一场经典的云雾梦幻之舞吧。

云雾缥缈，四时俱备，春秋极为佳。自由的云，潇洒的雾，变幻莫测，美若仙境，让我好生喜欢。殊不知，云海邂逅白雪才是庐山造极之美，再次刷新我对庐山的记忆。

去年春节过后，冻风冷雨，白雪以最大的热情光顾人间。高高的庐山，好像做了美容似的，脱胎换骨，白雪皑皑，银装素裹。远远望去，天与山相接，云与雪互融，整个庐山白茫茫的一片，冰清玉洁。随意扫视，谁家的素衣女子，纤纤细步，哪来的翩翩少年，风流倜傥，一个转身，或是一个回眸，看准了就是各自心动的风景，读懂了就是相互交好的故事，有千般妖媚万种风情。

我冒着风踏着雪，不为寻梅，只为走一步再走一步的嘎吱作响，回味童年的歌谣；只为那一个脚印又一个脚印的人生航标，通向自己的朝圣之地。置身雪海，看雪花飞舞，冰雕沉思，遐想骤雪初歇，阳光普照，分外妖娆。静静地立在那，仰望云之悬浮，纵目雪之包容，心间掠过一丝惊喜，感恩浩瀚天宇能接纳当下的我，容我慢慢积蓄与锤炼自己，期待未来的美好……

读不尽人间书，最好选经典，读名著。如同人间经典名著的大美庐山，自然是看不厌，写不完。庐山之美在山的厚重、博大和丰富，美在水之空蒙、秀丽与飞扬，山依偎着水，水映照着山，共同演绎庐山的雄奇与险秀。品山之味，悟水之韵，感受那份静静的和谐，淡淡的孤傲，一如人们闲散的心境，静如水，淡如山。

日落漫西海

　　一直想前往厦门的鼓浪屿，在日落时光中慢慢地晃。披着彩霞，时而静观飞鸟低回，时而聆听晚潮浅唱，抑或找到一家叫"阿甘慢递"的小店，选一张最心仪的卡片，写几句悄悄话，订在十年后寄予自己，并想象着那份惊喜。可一次次计划皆在繁杂的事务中落空。

　　前不久，深春的一个周日，我来到庐山西海的美丽生态小镇，同行的全是某杂志的供稿人。观光与座谈，满满的一天，我略有些疲惫。临近傍晚，便挑一地独处，静静凝岛读水，悄然走神，仿佛置身于厦门的鼓浪屿。实境与遐思，想一一辨别，一时却找不到合适的话语……

　　满目盛景是最大的盛情，与心契合的美丽，更叫人不可辜负，我特别喜欢的是细细体味此地此时的惬意。

　　夕阳西下，走在乡间小道上，微微流动的空气里充溢着浓郁的花香，透着青草味儿。葱绿的行道树，树叶婆娑，像整齐的仪仗队，摇旗轻唤，热情地与我一路相伴。

　　偶一抬头，仰望星空，一颗一颗又一颗，忽闪忽闪的亮晶晶，像久违的流萤，带我穿越到童年。又像调皮的孩子，眨巴着眼睛，正向水中的月亮发出娇昵的信号：月亮走，我也走！不知何时，它们处出了相互欣赏的和谐，星星仰慕月亮有万众瞩目，月亮惊叹星星始终如一的那抹微光。它们尽己所能，友好共处，一同接替白天的太阳，守护黑夜的静好。

不经意间，我想起周边的人：起早贪黑的老师、日夜执勤的警察、忙起来像陀螺一样的医生护士、无休无止加班的逐梦人……他们争朝又争夕，争分夺秒，兢兢业业，哪怕是晚上，他们也似星星、像月亮一般无私无悔地守护黑夜。其实，还有一群人应值得被看见，也许其中某一个人称不上国之栋梁，也不引人注目，但聚在一块，凝在一起，是当下中国农村建设的中坚力量，他们就是基层的"拓荒牛"，是老百姓的"贴心人"，是老百姓的守护者。

眼前美丽的西海小镇，不正是有这么一批人么？他们致力乡村的发展，生态特色小镇是他们打造西海不变的主题。他们夜以继日，精诚团结。哪里应植一排树，哪块该种一片草，按时打赢脱贫攻坚战，怎样实现乡村振兴等，他们用集体的智慧，辛勤的汗水，让这一切的一切都如其所是。

不用管西海的水有没有鼓浪屿的水域辽阔，也不必在意西海小镇的街及不及阳朔西街的热闹，无须怀疑的是，在日落时分，西海小镇是纵情放松自己的很好去处。稍加留神，不难发现，漫步西海小镇的人，东一茬，西一伙，已然不全是土生土长的本地人。

走在细软的沙滩上，远视西海的渔火，近赏夜宿帐篷人们的欢逐嬉戏，或拾掇几块坚硬古朴的鹅卵石，把玩在手中，或带回家收藏，丰盈一地生命体验的记忆。

夜久了，循着昏黄的路灯，优哉游哉，慢慢转到小镇的主街。青石路，白体墙，整齐划一。木制窗格，黛瓦屋檐，几处故景，几份古韵。我踱着方步，拣一家茶馆歇歇脚，听一曲古乐，品一杯香茗。恰巧店主得闲，侃侃"山背"的古老传说，聊聊棺材山的红色故事，是再好不过了。听着听着，感动与敬畏犹如有一股清泉从我心底流过，灵魂瞬间单纯起来。

不知到了深夜几点，我入住西海畔的一处民宿，我却像星星一样，没有一点睡意，干脆起身，推开落地窗，任由香风拂面，放飞思绪，越发感到夜的深邃，月的柔情。

失了眠的夜，有着最慷慨的宁静，我端坐在电脑旁，敲着键盘，独享这份纯粹的宁静，继续一些未完的文字……

白云深处有熊家

　　从省会英雄城南昌出发，不出百里，走进靖安水口，沿着画廊般的十里村道，追着白云跑，伴着青溪行，沐着微风，吻着稻香，抵达九岭山下，神游青山熊家。

　　秀美熊家，是一处祥和的福泽地。那里青山常在，绿水长流，植被覆盖率高达百分之九十，自然生态极佳，处处生机盎然。那里清荣峻茂，流泉不息，一条五百余米的人工沟渠贯穿整个村庄，引山泉水成"灵福泉"，那般青山秀水，一直恩惠青山百姓，永远庇佑熊家子民。

　　驻足古樟树下，倚石听泉，欣欣然，闭了眼，穿越时空，情意深深，韵味悠悠，好一派唐风古韵，让人如痴如醉。

　　殊不知，一梦回到一千三百多年前。高绾青丝，上着对襟薄短袄，下穿紫萝肥长裙，略略过于丰满的身姿并没让人感到难为情，倒成了一种时尚美，吸引不少欣赏的目光。

　　忽然，一道中气十足的男声从山边传来，字正腔圆，语气不紧不慢，抑扬顿挫。闻声寻将过去，门前流水潺潺，屋后茂林修竹，青砖黛瓦是刘府。屋内没有贵气的雕梁绣柱，却透着浓浓的书卷气，张扬主人的脱略势利……原来不凡的主人是盛唐著名诗人刘眘虚，他正在吟咏自己的新作呢，"道由白云尽，春与青溪长。时有落花至，远随流水香。闲门向山路，深柳读书堂。幽映每白日，清辉照衣裳。"声情并茂，甚是投入，隐逸之趣，溢于言表。把在场的人带入另一番胜境，让人情不自禁地跟着诵读，这首归隐山水的佳作，便不胫而走，传出熊家，传响大唐。

一首终了，刘大诗人紧接着又吟一首，"绿树村边合，青山郭外斜……"这可是孟浩然的大作。没错，刘孟二人，同道人也，都退避田园，隐居山林，早已结下忘年之交，常常鸿雁传书，共谈诗文，诗文皆清新。可刘眘虚，其人其诗，不及孟浩然广为人知，真叫人疑惑。

正想掏手机问问度娘，手机铃声响起，不觉惊扰自己的大梦，倏忽间回到现实。只见微信采风群里很是热闹，照片、视频、文字截屏等就像一个个热情导游，引人参观青山熊家的亮点。

最聚焦的是深柳读书堂，其内木柱梁椽已失修，可正门那堵墙，仍是原来的样子，历经岁月的磨捻，保留了明末清初当时的风貌。

深柳读书堂前，一堂别开生面的作文课正在进行中，孩子们深受著名美文作家陈教授的启发，茅塞顿开，切切实实感受到作文原来如此简单。

大唐刘眘虚，当下陈教授，不同时代、并无交集的两个人，但同是文人，于熊家而言，可以说都是一种文明引领、文化扶持，他们秉志趣，献爱心，营造书香，传承文明，有意无意为打造熊家品牌，振兴乡村发展添砖加瓦。

青山熊家，自古有胸怀有气度。熊家本是从德安迁徙而来，却没有先入为主的霸道，对外姓的包容与友好，盛唐大诗人刘眘虚才乐以隐居于此，为诗讲学，终其一生，他早已成为熊家的一张文化名片。熊家从大唐走来，唐文化是熊家的灵魂，历经时代的演变，岁月的积淀，塑造了一方百姓的个性与品格，形成熊家精神。多少年了，熊家民风民俗淳朴，熊家人勤劳善良，刚正不阿。不是吗？拥有四百多年历史的江陵世第门楣仍高悬在熊家自然村，见证熊氏大家族的演变，传说着才子熊春阳的傲气与傲骨。

历史悠久的青山熊家发展至今融入时代新元素。农村生活垃圾分类和资源化利用是一大亮点，所有垃圾"能分则分，能卖则卖，能换则换"，化废为宝，对于小小乡村，实在是难能可贵，洁净的村道与固有的青山秀水，相得益彰，直教人欢喜不已。

到了青山熊家，千万莫错过牛栏磨坊，那里是售卖农产品小吃和农产品成品的集中地。烤的有红薯、玉米、乳蛋等，炒的有板栗、花生、葵花子等，热乎乎，香喷喷，喝的有白茶、流水酒，席中饮美酒，饭后品佳茗，让人好不舒爽……

因为美好的生态，大家共鸣有一种生活叫"靖安"；由于东周墓葬群，人们认可有一种古朴在水口。其实，还有一分包容在青山，有一分诗意在熊家呢。靖安县水口乡的青山熊家自然村，是一个神奇而又美丽的地方。青溪相伴好还乡，白云深处有熊家。节假日，闲暇时，倘若选择暂别喧嚣，回归自然，洗洗肺，养养心，不妨到靖安水口，拐进青山熊家，挑拣一处民宿，或待上三两天，或小住一晚，定能赶赴一场诗意的约定，聆听一首乡村演绎的赞歌。

花开北湾春意浓

新春的阳光厚爱着大地，良天美景，早早光顾人间。花是春的使者，春是花的海洋。家乡小城，梅花未尽，玉兰迎春，更有樱花盛开，美翻了北湾。

正月初十，也是春节假期结束后的第一个星期天，走亲访友，行拜年之事皆告一段落，好些喜茶事爱花之人应邀赴北湾樱园新年茶事首约，品茗与山花相遇，生出曼妙的诗意，不负盛情不负春。

如果说一首《玉楼春·红酥肯放琼苞碎》写出李清照赏梅的踟蹰，那佳句"绰约新妆玉有辉，素娥千队雪成围"则道尽吴中四才子之一文徵明对玉兰的情有独钟，而"山深未必得春迟，处处山樱花压枝"是我走进北湾樱花园的第一感受。

北湾樱花园，地处武宁县澧溪镇下坊村，占地辽阔，品种繁多，足足有五万多株。修竹相映下，绿树相拥中，碧水相依间，一团团，一簇簇，粉如霞，红似火，俘虏每一个到访者的心。大伙个个喜不自禁，尽情地享受这份早春二月赐予的丰厚礼物。

遵从西海佳茗张总的约定，十七个茶艺主泡手，大多白衣仙子打扮，或在静水旁，或在花丛中，以天为篷，以地为席，布席煮茶，各自同行的亲友团有的围席而坐，饮着茶，就着小点心，享受阳光下的惬意。有的漫步樱花园，随心遂愿观光拍照，感受春天的美好。春天是个种梦的季节，满园樱花烂漫，迷离了人们的双眼，装饰了大家的梦。

我悄悄离席，轻轻走进花海，如云似霞的樱花，散发清香，养人眼醉人心。虽不见落英缤纷，满地花絮，倒见五彩斑斓，争奇斗艳，一树一芳菲。朵朵樱花，粉如红雨，艳过红梅，美轮美奂，如诗如画，无限春意，让人如痴如醉，此时的我不会作诗也想吟："花开多锦秀，仙姿好纯柔""闲来郊野驻足看，樱花含笑迎春风"……

回过神来，我细细地赏，慢慢地拍，借用手机形色软件认得香水樱、垂枝樱、富士樱等几种樱花名，其中最多见的叫一叶樱，俗称香水樱，粉红单瓣。我近观细瞅才发现，香水樱花开绚丽时，春芽才吐绿呢，原来它如腊梅、迎春花一样，都属于先花后叶的植物，绿叶衬红花没有喧宾夺主的意思，这是花的幸运，叶的大度。一花一世界，一叶一追寻。芸芸众生，亦能如此，人间定会少一些虚伪与构陷，平添更多和谐与美好。

走过樱花河堤，立于斜坡山腰中段是极佳欣赏的位置。远远放眼望去，一行爱茶人，华服复古装扮，走秀花间小道，白衣长袖因风起舞，像花仙子下凡，又像素蝶齐聚，蝶在花间舞，花于蝶中馨，好一场唯美浪漫的蝶恋花。另有抚古琴者，沉醉有形的模样，好像在深深地参悟禅意，是花间特写的镜头。看不清琴者的绰约风姿，又何妨？想象出的琴声琴韵，敲击在心灵深处的尽是美美的音符。

樱花静静开，游人款款来，点缀着北湾这片静水空山，诠释着人与自然的和谐与美好。此后经年，春去春来，花开花谢，掠过心间的定会有今春北湾樱园茶事首约的独有记忆，花如人，人如花，皆这般清幽地绽放过。

赶赴一场与漓江的约会

桂林山水甲天下，漓江山水甲桂林，初次相识是在小学的语文课本中。那里的山千奇百怪，那里的水清澈见底，宛如一幅鸿篇巨制的山水画。多少年来，期待有朝一日能亲临漓江，舟行碧波上，人在画中游。

八月中旬，初秋微雨凉，平淡的日子无喜无忧。唯一让人眼羡的暑假即将结束，我紧抓最后一缕时光，跟团探访桂林，神游漓江。

千里迢迢赶赴桂林，沿途瞥见清江、新宁等地名，仿若他乡遇故知，叫得顺口，看着亲切。

尤其是新宁，山清水秀，让人停驻。好奇它为什么与家乡县城所在地名字相同，地形特征相似：山中城，城中湖，湖畔居。我们选择其辖内的崀山风景区为中转站，暂住一晚，以探究竟。崀山，发育健全的丹霞地貌享誉全国，辣椒峰、骆驼峰、天一巷、将军石、九九天梯，它们的奇险峻美，让人惊叹不已，连连称赞。坦诚地说，如若将它与家乡知名的神雾山相比，仍然有其可圈可点之处。

告别湘西南的崀山，继续南行，一个多时辰，抵达广西北的桂林。

桂林，不愧是全国著名的旅游城市和历史文化名城。那里多民族聚居，风情万种，佛像佛经，博大精深，特色小吃，回味无穷，可最牵动我的还是阳朔的漓江水。

在热情的导游杨"狗肉"（桂林话"朋友"）的引领下，我们夜宿阳朔，兴致勃勃准备去观看《印象刘三姐》，可暑期是旅游旺季，一票难求，只好遗憾地选择逛西街，我刚从国外逛了一圈回来，西街也提不起我太大的兴趣，便早早地睡下，积蓄力量，只为第二天一大早那场期待已久的漓江约会。

清晨，我们踏着青石板路，嗅着当地居民以家为店的小吃香味，来到了漓江畔，坐竹筏，赏山赏水。

漓江竹筏码头没有想象的繁华与热闹，却有原生态的单纯与静美。十几挂竹筏，每挂竹筏上都有一桌四椅，宛如一顶顶竹轿，闲置江畔，鳞次栉比，一字陈列。

撑筏工齐唰唰上筏启航，我们自由组合，每四人一挂竹筏，纷纷跟上坐好。一挂挂竹筏，顺江而下，汽笛隆隆，打破了漓江的宁静，竹筏匆匆，挽不住漓江的美丽。

扫视中，捕捉的是漓江快镜：近处是竹，没加修葺，生老病死，顺其自然；远处是山，与崀山同是丹霞地貌，大概是与其一脉相承吧，都是那么奇特与险峻；翘首眺望，云雾缭绕中，山水相连，更添几分浪漫与美妙。

竹筏突突前进，山影速速逆行，掠一抹山之风景，权当漓江印象，保留心底，我来不及细看，也不敢慢慢咀嚼，生怕嚼出的都是单树砂砾，不成林，难成峰，没有了味道。

收眼专注看水，水之浅，浅滩触竹筏，如轻舟叩击江岸，轻轻一碰，倒退几步，随即平顺前行；水之清，清澈透明，江底沙石清晰可见，石缝间小虾小鱼，三三两两，嬉戏其中，一时颠覆水清则无鱼的流俗之言；水之静，静得感觉不到水在流动，闭着眼，仿佛在深山禅寺里默念佛经打坐修行；水之净，上无浮萍，中无杂质，无色无味，几近纯净水，随手舀半瓶，仰头一饮辄尽，清凉解渴，保准让人甜在心里，记在心头；水之绿，蓝天白云下，清澈明净的漓江水中，远树两行山倒影，宽阔的水面俨然是一块巨大无比的翡翠，又像是一个绿意盎然的大画坊，给人带来"水在绿中生，人在画中游"的惬意与美好。

秀甲天下的漓江水啊，一年四季，吸纳中外游客。如诗如画的漓江呵，您成就桂林的美誉，闻名全国乃至世界。而我，总觉得漓江，您还有那么一点点不尽人意，如能完美一下，您会遇见更好的自己，也能了却我以及像我一样的游人一个小小的心愿。

漓江竹筏，清一色是机动的，对粗线条快节奏的人来说也许正好。而有人不喜嘈杂，偏爱慢悠悠地领略漓江旖旎风光，感受置身奇峰碧水中的情调，如能为其提供原始的竹筏设备是最好不过了：一筏，一篙，一鸬鹚，一艄公而已，竹筏，无须装饰，只要它够结实；竹篙，不用挑肥拣瘦，只要它够长短；鸬鹚，不起眼没关系，只要它够乖巧；艄公，厚道点更好，关键是撑筏技术够娴熟。

试想，有一艄公，头戴斗笠，身披蓑衣，纯手工撑篙掌舵。游客，有的绅士般羽扇纶巾站在这样的竹筏上，自由吟诵"江作青罗带，山如碧玉簪"，有的长发飘飘地坐在这样的竹筏里，洞箫排空，奏出《山歌好比春江水》的曲儿，竹筏或走或停，时快时慢，漂漂荡荡，自由浪漫，有滋有味，入情入境。难有此雅兴的游人呢，或立或坐，仰首与青山对峙，俯身与绿水低语，行到浅滩处干脆坐在竹筏的边沿放脚水中，感受漓江的温情。或入乡随俗，背着竹篓，唤回鸬鹚伴在脚边，一副瑶族姑娘的行头，捏着耳垂拍照，对着生人拱手作揖，"么页，么页"地问好，乔装异族姑娘，体验当地民情风俗，感觉一定相当不错……一切跟着感觉走，随心率性，满满的快乐与幸福，漾在心间，溢在言表，妙哉，美哉！

现实中，漓江竹筏上的我，跟着它"突突突"来到了下游，然后又"突突突"回到了上游，往返始终，一个多小时，漓江印象，总体不错，可两岸著名景点，我来不及细细地找寻，也无法一一辨认，只好拿着手机咔嚓咔嚓毫无甄别地大拍一气，借问撑筏工，辅以度娘，好不容易归位九马画山、黄布倒影、八仙过海、鲤鱼挂壁、甲天下、神笔峰……编辑好照片，保存到相册，一一输送给大脑颞叶的海马体，成为我永久的记忆。

坐竹筏游漓江，不能说我没有收获惊艳，可我仍然颇多感慨，告别的那会儿，面对一江静静的碧水，心中默念："漓江，您欠我一次荡悠悠"，一语道破天机，说的正是心中小小的遗憾，殷殷的期待。若是有缘再次相见，但愿您能让我如愿，您好我也好，会的，一定都会变得更好！

悠悠水语话巾口

　　巾口，位居庐山西海腹地，一面环山，三面临水。她以山为骨，以水为语，演绎着方圆八十四平方公里巾口乡的独特魅力：灵山多秀色，空水共氤氲。

　　幸福是巾口的曾用名。观风山，西海水，尽展巾口乡的美丽生态，飒飒山风萧萧木，悠悠水语森森岛，软沙腾细浪，迷人没商量。巾口拥有千年历史，书写着红色传奇，加之庐山西海的万岛竦峙，无论是人文底蕴还是自然景观，都印证当地一句古老的民谣"幸福山，好栏间（地方）"。

　　曾经的交通闭塞，巾口乡出现过"柴难斫，水难担"的尴尬。青山掩映，绿水环绕的巾口乡就像一块未被雕琢的璞玉，一切都是原生态，久久地立在西海畔，金贵无比，潜能无限。

　　随着永武高速通车，巾口收费站的设立，南巾公路、宋巾公路相继铺就，进出巾口方便快捷，从县里、市区、省城出发到巾口，驾车时间皆以分钟计算。四面八方的人们欣然来，乐意待，发展全域旅游有着地利人和的优势，从此，"幸福"才真正走上了幸福致富路，巾口才成了大家看得见的"金口"，打造出一个个 AAA 级 AAAA 级旅游风景区，足以让人岸上玩，水里戏，玩嗨赏够巾口那片神奇而美丽的水陆之地。

　　独具规模的旅游景区花千谷，地处巾口核心区域，南倚水上世界游乐中心，西靠中信旅游度假区，北临永武高速巾口收费站。花千谷景区占地面积四千五百亩，投资三亿五千万元，现已形成了"三园一区"，即花卉观赏园、瓜果采摘园、运动体验园及幸福里乡村休闲区。郁金香、红叶紫薇、薰衣草、马鞭草、国庆菊等花卉鲜艳四季，红心火龙果、突尼斯软籽石榴质优味美留住很多游客的胃。山坡滑草、卡丁车、碰碰车有趣刺激，天鹅船、神州飞碟、蹦床等游乐场是孩子们的天堂，让没来的人想来，来了还想再来。花千谷，一个交通便捷、环境优美、休闲度假的旅游胜地，名不虚传。

巾口辖区内的西海水世界，做足了水文章。不出国门，就能有新马泰的海上体验，可以玩转整个夏日时光。坐竹排、皮筏艇，水上自行车，享受水中荡悠悠，好不惬意；赛龙舟、香蕉船是稍有竞技的水上游戏；帆船、大型游船出海，似要载人远航的架势，坐船头，立舟尾，万顷碧波尽收眼底；坐坐雅马哈快艇、摩托艇，叫人真真切切感知什么叫作速度与激情。最富浪漫和优雅的水上项目是水上夕阳晚餐，斜阳夕照，半江瑟瑟半江红，赏风景、品美酒，悠享最美的慢时光。如有兴致坐船去渔村，在水的恬淡与山的灵秀中，抵御着世间的浮躁与喧嚣，点一道巾口名菜"金镶玉"，上一碗好粮好水酿造的山背酒，与后生们闲聊村中"小芳"的故事，聆听八旬老人回忆观风山里"山背"由来的传说和川军抗战棺材山几天几夜的零零碎碎，故事下酒，酒不醉人人自醉，别有一般滋味在心头……

选准住处，住得舒适，对保证旅游的质量也是重头戏。巾口不仅是个让人能玩嗨、吃得过瘾的地方，而且随意提供一隅就保证能叫人消除疲惫放松心情的好去处。且不说西海边一排排的露天帐篷，单说民宿就有好几处，各具特色。要想领略田园风光，早闻稻香，夜观渔火的，请住千岛一宿，那份清新，那份宁静，让人好似来到俗世之外，仰望白云朵朵，俯视烟波浩渺，空水共悠悠。数星星、看月亮，收获的是岁月静好，时光温柔。离巾口花千谷、西海水世界最近的是夕子畔民宿，装饰别出心裁，融文化、休闲、观光于一体，共三层十八间客房，分别适合两个人、三个人、四五个人居住不等，每间客房的名称都从古诗词中走来，"江畔水、花千树、秋色遥、香风里"等等皆出自江西本土文人的笔下，弘扬江西地域文化。入住夕子畔，开锁推门可吟诗，与文人夜话，读出诗词背后的故事。夕子畔临街的几间，凭栏远眺，面朝大海，梦起深蓝……

魅力巾口，历经漫漫时光的演变发展，有她独有的习性和别样的体味，早已定格为一种气质，一直走下去，定会抵达至亮至美的时刻，成为遐迩闻名的宜居宜游最美小镇。

淅淅沥沥婺源行

夏季天，孩儿脸，说变就变，昨日骄阳似火，今朝却风雨大作，早已策划好的婺源行如期进行中。

一路上，天公任性，阴雨连绵，日夜不休眠。时而大雨滂沱，倾泻淋漓，时而细雨霏霏，淅淅沥沥。

我们第一站到的是江湾镇的上坦村。雨中的上坦村备显宁静，背倚的连山越发青黑，村前的婺江迎接山雨，浊流滚滚，村头的香樟古树，一年一轮见证岁月的流逝，一枝一丫演绎生命的传奇。

婺江水、古香樟，一动一静，赋予村民善良纯朴的本性，庇佑村民过上安静祥和与世无争的生活，称其为桃花源般的生活，绝不是谬评。

走进上坦村，那里没有喧嚣，没有纷扰，宁静得只有雨点打伞的唰唰声。不由得让人感觉到暂避俗务的轻松，尽抒性灵的随意。

别具风格的是上坦村的房屋，清一色粉墙黛瓦的徽州建筑，古朴而又美丽。最具代表的古宅是被投资家修葺一新的二十九阶巷民宿，不过，一阶一巷、一砖一瓦、一梁一柱、一窗一门、一花一草皆是原来的样子，古色古香，连横过婺江的木桥也别有味道。小桥、流水、人家，看上去是一幅典型的江南风景画，读起来是一首意境深邃的古诗词。

小小的上坦村，环境清幽，古意犹存，不仅吸引八方游人，也吸引著名电影导演冯小刚，他选在那拍摄电影《我不是潘金莲》，为上坦村增添了一些现代时尚的人文元素，从此上坦村名声大噪。平日千里迢迢前来的游客不乏冯导的影迷、范××的粉丝。我尽管不追星，出于好奇，仍有意无意地比对电影与现实场景，心里感叹："哦，哦，原来是在这里拍的……"

说来也巧，第二天我们造访瑶湾，在古戏台现场见识了电影《陌上花开待君归》的开拍仪式，很是兴奋，我们仿佛来到横店，纷纷与演员们合影，巴不得与女一号或男一号靠近点，个个孩子似的。天公似乎有意附和，稍稍舒展眉梢，微微露出了笑脸。

瑶湾，地处婺源县紫阳镇考水村，那是一片孕育神奇的幸福地，那是一首流淌快乐的四季歌。

承蒙大自然的垂爱，瑶湾群山环绕，溪水长流。感恩楼、活水亭、诗礼桥、孝义门、古戏台、胡氏古宅等建筑，飞檐翘角，雕梁画栋，沉淀着瑶湾千年文化，像一首首凝固的音乐，引领我们穿越时空，去追忆历史烟云中的悠悠背影，去倾听岁月深处的铿锵足音。

众所周知，瑶湾所在地考水村是"明经胡氏"的发源地。若想多加了解，请走进胡氏古宅。胡氏古宅是最值得研读又特有味道的地方，它掩映在青山绿水间，综观是典型的徽州建筑，细读是一本有关建筑的教科书。单是小小的院子就透出传统建筑的院子文化：墙有多高，门有多宽，方形圆形，院角的树，墙上的花，样样皆有讲究，兼顾风水，彰显着主人的地位与人品。再看宅内陈列的物品，张贴的人物画像俨然是胡氏的一份家谱族史。考水胡氏自古进士多，历代名人层出不穷，红顶商人胡雪岩、江南巨富胡贯三、书墨世家胡开文、中药企业家胡庆馀、文化泰斗胡适等等，数不胜数。看画像，了解名人逸事，潜移默化中接受了一次心灵的洗礼，灵魂的撞击。我不禁感慨起来，地灵而人杰，人杰而地灵，在瑶湾，正念反念皆有理啊！

多少年来，瑶湾人过着耕读生活，崇尚诗礼。方塘边沿"诗书礼义仁"的牌匾浓缩瑶湾人家风家训的精华，山下水田牛犁躬耕，拔秧插禾的农作场景是中国古老的传承。风动老水车、水碓、碾石、对轴这些几近绝迹的老物件，让人重拾逝去的乡村记忆，多少感受当地千年演绎的民俗民风，其中的宁静与和谐就是保持至今的乡村慢生活的主题词……

夏雨，大地的常客，又随风而来，烟雨朦胧。我们上车转到下一站——千年瓷都景德镇。别离的路上，有人在说，婺源三个非去不可的地方：篁岭、江岭、李坑一个都没去，没意思，我倒没感到太多遗憾。旅行嘛，不光是看风景，能感受到自己想感受到的，沉静自己的心情，哪怕是片刻的宁静，就是一种收获。再说，江岭油菜花已过时，篁岭晒秋未及时，适时再来，也未尝不可。强说心里还有什么念叨，便是李坑的武状元故居、电视剧《青花》的拍摄地之一光明茶楼，原是想着此行顺道观瞻一番，坐着品品茶，去感受流觞曲水小桥人家的特别味道。

探访天下第一泉

那年春天，因为室友罗蔚同学对家乡星子谷廉泉的描述，听她特别自豪地宣称谷廉泉早在唐朝就被茶圣陆羽赋以"天下第一泉"的美誉，我们女生三〇一寝室姐妹八个，个个心里痒痒，心驰神往，随即选了一个晴好的周末，统一着装，兴致勃勃，开启探访天下第一泉的模式。

周五下午我们坐火车第一站到德安阿甘家，叔叔阿姨待我们非常热情，铺满一桌的菜，香色味俱全，是阿姨家祖传的手艺，带有浙江移民之风，我们美美地大吃一顿，收拾停当后，叔叔安排我们在他单位的招待所住下，养足精神，第二天一大早，每人捎上阿姨特地准备的正宗浙江腊肉板栗粽子当干粮，拉上阿甘弟弟小泉做摄影师，搭乘德安到星子（现名为庐山市）的班车，在隘口下，沿着蜿蜒小路，步行进入康王谷，找寻谷廉泉。

据《星子县志》记载，康王谷深处有名泉。古语云"古人饮水必廉泉"，想必是谷廉泉名字的由来。

我们以小溪为向导，踏着细碎水声，满面迎春，桃花烂漫，逆流嬉逐前行，好似进入"桃花流水窅然去，别有天地非人间"的境界。

抬头仰望青山，东一枝西一簇，粉如霞，白似雪，是迟到桃花仙子送给我们的见面礼。平扫静观人家，桃红绿柳间，炊烟袅袅，鸡鸣狗吠，童叟竟出。孩儿嘻哈相随，老人喜笑颜开，他们尽管方式有别，但个个纯朴热心，传达了对我们这一群不速之客真诚地欢迎，由衷地喜欢。

　　我们跋山涉水，每遇心仪之景，便驻足细赏，石溪木桥，山花野果留在我们记忆的褶皱里，单照、合影全装进我们的傻瓜神器中。我们时而一字排开，舞动红衣套裙，来一个激情的青春特写；时而三个一群，两个一伙，或寻寻觅觅，或窃窃私语，或随意指指点点眼下的桃花源与陶老笔下的桃花源有几分相似，有几许偏离；也有的手挽手，一起吟着陶诗，唱着山歌，大步流星地向前走……

　　忽然，最活跃的老袁在前面叫道："同志们，快看，天下第一泉！"山穷溪尽处，高高的崖壁上挂着几根白色绸带般的水瀑，其下一片莽莽榛榛。"不会吧，这就是天下第一泉？""怎么看上去不像呢？""如此不起眼的水瀑，也能称为天下第一泉？""那可说不准，被称为天下第一泉应该是因为泉水水质好吧！"大家你一言我一语，各执一词，罗蔚同学忽然记起什么似的说："哦，对了，当年陆羽好像在石头上刻着字呢：天下第一泉！"我们不再无端地猜疑，一致决定伐荆取道，以探究竟。唯愿零距离亲近谷廉泉，找到陆羽的石刻题名，考证天下第一泉。

　　泉下茂盛的芒草密密麻麻，如绿色的海涛，带刺的荆条任意缠绕攀附，这道天设的障碍，最是考验人的意志。我们赤手空拳，没有任何防护措施，一想到芒叶锋如刀，荆棘尖如针，如若穿过这片绿海芒丛，稍不小心肯定会见红挂彩，身上就直起鸡皮疙瘩，进而提心吊胆起来，迟疑不前。隔着芒海，观望山泉飞泻，如帘如练，到此一游，就此别过，也忒遗憾了点，绝不是我们女生三〇一寝室的风格。

　　此时，富有号召力的寝室长老梅发话了，动员大伙找来石头木棒，面对原始生态我们利用原始工具，几个石头扔砸过去，芒丛中窸窣作响，地虫小兽四处逃匿，不一会儿恢复了平静，我们每两个人一组，用木棒探将进去，将芒两边一分，鞋是防护的盾牌，脚是最好的武器，脚踏实地，硬踩出一条坚实的路来，芒丛中本没有路，踩的人多了，便成了路。

　　蹚过芒海，站在青黑大石上，我们远近高低好生瞅着康王谷，眼前水瀑是唯一能见的山泉，此乃谷廉泉已无须存疑。我们围绕水瀑仔细搜索大大小小石头，未见石刻"天下第一泉"的字样，遗憾得很，也疲惫至极，纷纷散坐在大块方石上，晒晒春阳，吹吹山风，兴致大打折扣。罗蔚同学不顾身疲力乏地圆场活跃气氛，闲散地讲述山的故事，泉的命名。什么第一泉、第三泉、第六泉呀，讲得神乎其神，可最神的仍是陆羽品茶辨别第一泉的故事，意在认证天下第一泉，我们听着听着，情不自禁，踮起脚跟手接山泉，仰脖饮水，感觉味道真是不一样，甘甜如饴，或多或少说服自己抵达的确实是天下第一泉，高兴地合影留念，原路返回，打道回府。

回到学校，我们似乎忘记了陶老笔下世外桃源老伯的叮嘱：不足为外人道也。我们不但说了，而且与全校师生进行分享，公开在学校的文化之窗里办了一期图文展览。图是人、景、人和景的照片，文是女生三〇一寝室八姐妹探访天下第一泉的感言，才情并茂，勇气可嘉，打动了古代文学老师梅俊道教授，他郑重其事地为我们赋诗一首，以资鼓励。

毕业后，女生三〇一寝室的姐妹们各奔东西，而我们一直念念不忘那次桃花源之行，忘不了一起探访天下第一泉，忘不了集体创作一同展出的图和文。多少年来，我们大聚小聚总会回想起那一个个温馨的画面。

时间太瘦，一晃二十多年在指缝间溜走，我们皆已步入中年，三年前的春天，又是一季桃花开，我与老梅小聚阿甘家，闲谈中说到自媒体的话题，我随口一说想尝试做公众号，没想到阿甘与老梅特别支持，并说我们大家一起出发，干脆创立女生三〇一寝室的公众号，姐妹们欣然参与供稿，共同领略文字领域的真诚与芳香，一起享受文字世界的自由与清宁。并且一致商定公众号的雅称为"康王桃花谈"。

"康王桃花谈"这块文字招牌，也是一张岁月的标签，承载着我们曾经最难忘的记忆，纪念我们探访天下第一泉的过往。纪念是美好在记忆里的沉淀，沉淀下来的有我们最真挚的友情，永不放弃的梦想，以及不可轻描淡写的青春……

风景在脚下延伸

最美的风景，一直在路上。每有闲暇，我习惯出去走走，亲近自然，领略大地风光。

一个初冬的周六，三个家庭七个人，其中有个孩子是玲子的女儿，也是我的学生。我们用行动践行"生命在于运动"，统一运动装的行头，奔赴严阳深山，寻访山顶奇塘，体验垂钓传说中的空山游鱼。

山顶出池塘本就神奇，当地人管它叫鸡婆塘，这俚俗的名字据说源于一个古老的传说……

初冬的晨醒得有点晚，我们七人登山队八点集中出发，天还是灰蒙蒙的。两辆轿车一前一后蜿蜒在去往严阳的山路上。大伙儿不顾冬晨的微寒，打开车窗，任由山风拂面，溪水传响。渐渐地，山气散去，朝阳映红树梢，犹如抱着琵琶半遮面的女子，千呼万唤始出来。

我们驱车抵达鸡婆塘山脚下的村庄西良，太阳才真正露出笑脸，屋檐下悬挂的一串串玉米棒子显得格外金黄亮丽，让人真切感受到那份还未完全卸下的秋收喜悦。

西良村子不大，横竖几间简陋屋子。土筑的腰墙、黛瓦的屋顶是古朴的写真，几家院落、几处竹篱是农耕的见证。

篱笆墙外有躬耕的老农，我们上前打听去鸡婆塘从哪进山，也随意聊起村里的情况。他说："鸡婆塘，好久没看到人去过了，没错，就从村旁小路上山，但要翻过高山才能到达，来回有四五个小时的路程。村里有人以前带来访者去过，可今天他不在家，到县城看孙子去了。如今年轻人差不多都外出打工或在县城发展，买房定居异地或县城，逢年过节偶尔回家看看……"

我们本来就冲着登山观景去的，路遥远不打紧，没向导也没关系，带上水和干粮便进了山，一路上围绕老农说的年轻人逃离农村的主题感慨颇多，议论纷纷，进而说到乡村振兴：年轻人走了，谁来振兴乡村？年轻人搬离家园，乡村振兴为了谁？

边走边说，不知不觉中我们到了半山腰。前人的折枝旧痕是我们的参考向导，我们视太阳为指南针，山顶为锁定目标，累了坐在树藤拍拍照、休息休息再走，渴了饿了补充些能量继续登攀，我们不怕累、不放弃也成了美丽风景。

终于到达山顶，高高的树、密密的林，像迷宫一样，红红细细的松枝遍地是，唯一的路是我们踏过的足迹，我们转了又转，找了又找，怎么也不见池塘的影子，干脆找块开阔的地，坐躺下来享受那松枝铺就的"地毯"的温柔。

木叶漏下的阳光，斑驳地照在身上。忽然间，我一跃而起，提议再找找鸡婆塘，一副非要见到鸡婆塘真面目不可的样子。爱人自然是支持我的，大家也被我提起了劲儿，认真揣测鸡婆塘最可能在哪个位置，并讨论出找寻的方案：兵分两路，A组沿山的背面向下找，B组在山顶朝靖安方向探寻。山上手机信号不好，以呐喊声作联络，无论怎么样，一个小时以后必须回到起点会合。我与爱人没同路，他跟了A组，我去了B组。

当时，B组男士打头，女将随后，大致朝靖安方向走，尽管没路，但风景不错，真没想到深山老林里还有名贵的红豆杉呢，我们每每见到一棵都要惊呼赞美一番……

走着走着，发现一条未被枯叶湮没的路，沿路偶尔有见矿泉水瓶和小包包零食袋。搁在平日我最为恼火的这般情景，却让我心头一喜，这莫非是西良村向导带来的登山人留下的？找到鸡婆塘该有希望啦！也许就在不远的前头。可我们走到山顶的尽头也没见到，再走就要下山到靖安的地界了。正准备带着遗憾返回，遍山发黄的芒草留住我们的脚步，芒花随风飞蹿，像个调皮的孩子，青黑的石头如乖巧的山兽藏匿在芒丛里，还别说，真是难得一见的山中特景，算是对我们一种补偿吧。我们或站或坐在芒丛中与石头上拍照留念、眺望远方。

忽然玲子的女儿惊喜叫道："看，那下面好像是一口池塘！"我们都表示怀疑，不过还是顺着她的手势迅速赶过去一看究竟，耶！真有一口方塘，水面不窄，水位不低，草树长满塘塍，映入清水中，倒影如画。瞧瞧方塘四周，无泉水也无山沟水注入，真叫人纳闷，莫非真如传说中所言是大户人家的鸡婆带崽瞬间变来的，方塘水没有自然补给也能永不干涸，清澈如镜，太不可思议了，因之我们确信找到了鸡婆塘。水清无鱼，垂钓则免了，拍照固然不可少，从不同角度我们拍了又拍，那是到此一游最客观的记录。

我们 B 组凯旋，回到兵分两路的起点，早已超过约定的时间，可仍然不见他们 A 组的人。A 组去的地方是背阳坡，太阳早跑没影了，不知何时起了雾，黑而浓，流动如天狗吞没一切。我在那不停地徘徊，朝着 A 组去往的方向，长呼短唤，没回应，明知没用，还是不停地拨出爱人的电话。后来，B 组人齐声呐喊，听到的只有我们自己的回声……怎么办？怎么办？我正执意去找他们时，隐约听见那熟悉的声音，"喂……我们回来啦！"

我轻声问起爱人他们干吗不原路返回，叫人好等，害人担心。他们颇有感慨：原路？哪来的路呀？去时没有路，回来时又遇大雾，根本找不到去时路，不过，去有去时的风景，来有来时的景致，走过便是路，看见便有风景……总算有惊无险，大伙儿快乐地下山回家啰！

人生漫漫路迢迢，行走在路上，奔赴一场场与生命没有预约的挑战，哪怕没有抵达目标的喜悦，也会有追求过程的美丽。无论行走到哪里，哪里都会有风景，风景定会在脚下延伸。

厦门，我爱恋半生的城

厦门，最初走入我的世界是在我读小学时，老师布置一篇《给台湾小朋友的一封信》的作文，我写好后，按照老师给的地址和收信人名单，随便挑了一个寄过去，没想到竟然收到了回信，就那样，一来二往，我和她便成了能互吐心声的朋友。书信一直承载着我们的友情，也许彼此都喜欢那种熟悉的陌生，便许下一个遥远的约定：长大后一同到离台湾最近的大陆城市厦门读大学。

很遗憾，我们都未能如愿，但蓄着我们梦想的厦门像磁石一样吸引着我，成了我爱恋向往的城市。我想定会在某一天，亲临鹭岛，逛逛厦大走走鼓浪屿。一晃多年，终于在去年暑假我登上东去的列车，在风景秀丽的海滨城市厦门小住了十来天，游赏厦门，感受它独有的魅力，触摸其有温度有情怀的人文气息。

最美厦大

厦门，与中国东海相邻的城市。那里城闪耀着海，海润泽着城，仿若海中的蓬莱，很是朦胧，尽是浪漫，真不枉我爱恋其半生。落地厦门，办好入住，我便迫不及待地赶往厦门大学，安放自己以及朋友多年的梦想。

厦大游，要特别感谢杨书松老师。杨老师曾经是我爱人的老师，调职

29

厦门第六中学已经二十多年，是福建省高中语文特级老师。"杨书松名师工作室"在厦门乃至整个福建省都很有影响力，杨老师作为工作室教授级的金牌老师常常应邀奔赴各地授课讲座，寒暑假也没少忙。当他得知我们的行程后，硬是在百忙中挤出时间开着车陪我们到厦门大学（以下简称厦大）一游。因为是特殊时期，厦大不随意向外地游客开放，还好有杨老师的提前疏通，我们才得以顺利入内，否则只能隔门相望倚墙静听了。杨老师对阔别多年的学生以及素未谋面的学生妻子这般热情，让我特别感动，尤为感怀，隐隐觉得厦门是座重情重义有爱的城市。

我们沿着东海之滨从白城门进入厦大。稍稍了解厦大的由来，便能感觉到厦大更是有爱的地方，它自从创立时就贴上爱的标签，那是爱祖国爱家乡爱人民的民族大爱。厦大是由爱国华侨陈嘉庚先生于一九二一年创办，时至今日，已然走过百年岁月。办学路上，有荆棘，有泥泞，陈嘉庚不改初心，让厦大从举步维艰成了今天的南方之强。厦大一直传承的是"爱国、革命、自强、科学"的优良风格，为国家富强、民族复兴、人类文明进步做出了杰出的贡献，同时也悄无声息地成就了厦大享誉世界的赫赫名声。

事先没特意安排，赶巧在厦大创立一百周年和中国共产党建党一百年双百共庆的历史性年份来到厦大，我们何其有幸！

偌大的校园里，"自强不息，止于至善"的八字校训，"弘扬嘉庚精神，奋进一流征程"的百年校庆主题标语，在阳光下闪烁着耀眼的光芒，照亮厦大学子脚下的路，鞭策厦大人肩负时代使命，乘风破浪，泛舟远航！

忽然，校园响起了广播，重播总书记在庆祝建党一百周年大会上的讲话，字字珠玑，直戳人心。听着总书记亲切的话语，看着宣传栏橱窗里总书记对厦大百年校庆的贺信，无不让人感觉这所百年学府在任何时候都是坚定不移地与国家民族同呼吸共命运。

厦门大学，国内外榜上有名的最美大学之一。不必说绿树掩映的林荫道，火红绚丽的凤凰树，也不必说浪漫芙蓉湖、网红黑天鹅，单就校内特色建筑群，就有无限看点。古朴的楼宇、清水墙、琉璃顶，有"穿西装，戴斗笠"的形象之说，典型的中西合璧之风。早年的已成文物，有的入选"首批中国二十世纪建筑遗产"名录；后建的融入现代元素，壮观气派。一栋栋楼，一首首凝固的音乐，见证了厦大百年变迁，诠释着厦大风云历史。

我们走过厦大很多地方，着重参观的是陈嘉庚纪念堂和鲁迅纪念馆。

陈嘉庚纪念堂是厦大六十周年校庆时建立的，首先设在建南大会堂，后来迁至嘉庚楼群的颂恩楼，二〇〇四年，为纪念陈嘉庚先生诞辰一百三十周年，学校决定将纪念堂设在陈嘉庚先生亲自奠基、设计、督建的厦大第一幢校舍——群贤楼，并对展览内容进行了充实与完善，现归厦门大学人文学院管辖。陈嘉庚纪念堂三易堂址，选址一次比一次更有纪念意义，足见对陈嘉庚先生的敬仰与感恩，以便厦大人更好地发扬嘉庚精神，凝就厦大风骨。

纪念堂里面陈列的物品，或图或文或物件，相辅佐证，互为解说。一一观看，细细品读，读出了陈嘉庚一生的传奇故事。陈嘉庚十六岁就下南洋跟随父亲学做生意，一路打拼，成为新加坡橡胶大王。陈嘉庚久居南洋，却心系祖国，他认为教育是立国之本，兴学是国民的天职。一八九八年，他出资在祖国在家乡兴办学校，从小学办到中学再办大学，即厦门大学。二十世纪三十年代初，世界金融风暴席卷全球，陈嘉庚的公司也难逃厄运，一度陷入困境。当时，有银行有财团愿意注资，让陈嘉庚公司平安过渡，平顺发展，但前提是他必须放弃兴办厦门大学。陈嘉庚毫不犹豫地说："公司可以关门，学校不能不办"，就这样，厦大才得以为继，直至一九三七年抗日战争全面爆发，陈嘉庚把厦大无偿捐献给了国家……"宁可不要大厦，也要支持厦大"的陈嘉庚，综其一生，爱国是他人生光景中最鲜明的主题，负重前行是陈嘉庚生命旋律的最强音。

如今，厦门大学是一所综合性大学，是国内不多的既属于二一一工程又属于九八五工程的大学院校，文史理工类院系各有千秋。杨书松老师说理工科化学系非常强，文史类的文学院也毫不逊色，很多高中生都把厦门大学作为自己向往的大学，把文学院作为自己理想的专业，他随口告诉我们他女儿就正在文学院攻读博士学位，虽是顺口一说，但他脸上依然洋溢着作为一位厦大文学博士父亲的自豪之情。

鲁迅是中国现当代伟大的文学家，他的名字似乎与文学有着某种默契的关系，哪里有他的足迹哪里就播下了文学的火种，哪里就会缅怀他纪念他。鲁迅纪念馆，他家乡绍兴有，第二故乡北京有，他任教过的厦门大学里也有。厦大是迄今为止唯一一所校内设有鲁迅纪念馆的大学。厦大内的鲁迅纪念馆成立于一九五二年，设在集美楼二楼，那是鲁迅在厦大任教时居住过的地方。学校先后多次对该馆进行修缮或调整，如今归属于厦门大学文学院管理。

我怀着朝圣的心来到鲁迅纪念馆，鲁迅笔挺的腰杆、宽大的长衫、国字脸，一字胡与我在很多文学作品里读到的鲁迅容貌一样一样的，感到特别亲切，敬仰之情油然而生。看完整个纪念馆，好像见证了鲁迅在厦门大学绽放思想光芒收获真理收获爱情的灿烂人生历程。

早年，厦门大学成立不久，学术界文艺界好些知名人士汇聚于厦大，一代文豪鲁迅就是那会儿受好友林语堂之邀从北大来到厦大，教《中国文学史》《中国小说史》并且兼顾国文研究院工作。鲁迅的课很受欢迎，教室常常座无虚席，坐不下的就挤在教室外面听，甚至有已毕业的厦大学生和校外的文学爱好者慕名来旁听鲁迅的课。对于文学，鲁迅主张革旧创新，与厦大校长林文庆的文学观有分歧，两个人处世之道也大相径庭，鲁迅哪怕不受校长待见也坚持追求文学真理，引领厦大学子建文学社办文学刊物，对厦大师生影响颇为深远。

鲁迅从一九二六年九月入职厦大，据说是因为他立场太坚定，爱憎太分明，文字太犀利，到一九二七年一月他便匆匆离开了厦大。前后他只在那待了一百多天，短短四个月，鲁迅除了在厦大的三尺讲台上传播文学火种，还创作了十七万多字的学术著作和文学作品，这是厦大文学院乃至中国现代文学史上的艺术瑰宝。鲁迅，一位真正的勇士，敢于直面人生，敢于正视现实，他用笔杆为武器，树起一面文学旗帜，成为厦大校史上的一束永不熄灭的光。时至今天，厦大校园四处仍有鲁迅的痕迹，厦门大学的门匾、校徽与证书上有鲁迅的笔迹；校内的鲁迅广场、鲁迅塑像、鲁迅纪念馆是厦大人对鲁迅最深切的怀念与最崇高的礼赞。

离开鲁迅纪念馆，没走几步路就到了厦门大学的正门，我们出了校大门，驻足回望夕阳余晖中的厦门大学，嘉庚精神，鲁迅文学，在我心中内化为一个最鲜亮显赫的词叫"爱国"，这是厦大的精神血脉，一批批爱国华侨、社会贤达和一代代厦大师生，他们接续爱心，捐资捐款，倾心尽力，呵护厦大，共筑厦大美好的未来。

不知何时，毗邻厦大的南普陀寺暮鼓钟声响起，敲落心间的是佛祖梵音。不知何处，似有潮起潮落的涛声传来，隐隐约约，轻轻拂去心灵浮尘，哦，最美厦大游，带给人崇敬的心情，崇高的情怀。

漫游小岛

追着夕阳，披着彩霞，我踏上了前往鼓浪屿的渡轮，站在二楼甲板上，海风吹，长裙飘，目之所及，心绪飞扬。回望厦门，"刀楼"间的夕照是优美的风景，惊艳人的双眼，装饰了我的梦。我不禁暗自感叹：这世贸海峡大厦呀，真不愧是厦门地标性建筑，着实称得上中国第一双子塔！

汽笛一声长鸣，渡轮缓缓停靠在三丘田码头，我移步鼓浪屿，本想加重脚步，以踢踏声来报告我的行踪，然而毫无车马喧嚣的鼓浪屿是禁不住聒噪嘈杂的，我放轻脚步，在日落时光中慢慢地晃，体验我多少年前曾向往的体验，那般感觉，个中滋味，唯有亲临，细细欣赏，方可有所悟：碾碎的岁月，成就历史的风华。

夜幕下的鼓浪屿，灯为饰，月为笺，好一个浪漫美丽的小岛！那横街，那曲巷，人一拨又一拨，络绎不绝，人们一举一动，一言一语，更新着这方小岛的夜生活。我喜欢这流动变幻的风景，朦胧中，可以全然不顾自己在哪，他人是谁，没有任何拘束，随意想，自在嗨。我汇入走街串巷的人群中，时而扫码选杯奶茶，时而打卡网红店，排着老长的队，只为一支土耳其冰激凌，走了许久的路，只为找到阿甘慢递遥寄一封信，试想十年后，我收到这封信的时候，已经变成自己期待的样子，自己祝福的模样，那该有多兴奋多自得！蓦然回首，前行中的奋斗，奋斗里的坚持，坚持后的收获，不仅是人生的财富，更有生命意义的诠释……

到底我还是最喜欢大海，走着走着，无意间便到了海边，听风、读水。浪是最激情的水，随风拍打着礁石，碎成飞溅的水沫，微露般吻着我的肌肤，触不及防，又温柔可人。

鼓浪屿，一个只有一点八八平方公里的小岛，是无须导游的，海岸线就是向导，沿海岸线往里头走可以到达自己想要去的地方，哪里走得不对，折回海边重走也并不费事。我和爱人就这般悠闲走过很多地方，那晚待得最久的是在美华沙滩。

当时，夕阳早已谢幕，月色正撩人，笼罩在细软金沙上，人乌压压一片，浅滩里出没的黑盖头，应是孩童居多，随着微波荡漾。偶有潮来，一个个黑盖头被端上海滩，像小蝌蚪似的打着滚，继而在潮去中又漂在海面，一会儿钻入水里，不远处又探出头来，戏逐轻浪，自由如鱼。

看得我们心里痒痒，也想下水，泳装我们是带了，不过我对水很挑剔，尽管这里的水较珠海的水干净，没有鱼腥味，尽管这里的浪较平潭的浪温柔，不见波浪汹涌，但远不如家乡西海水洁净与熟悉，我放弃下海的念头。加之没有习水性的同伴，没有救生衣，我执意不让爱人下海，多少扫了他的兴。爱人爱游泳，水性好，十五岁还是个学生时，大冬天独自一人横渡白莲湖，成年后不止一次横游修江，他曾经跟我说过：最大心愿是能到大海里尽情地游泳。鼓浪屿的海属于厦门湾，是东海的一部分，东海是太平洋的一部分，东海，中国最大的海，太平洋，世界最大的洋，如果在这里游一次，便真能如了他的愿。看到他快快不乐的样子，实在不忍心，我跟他说：你若特别想游，就下去游一会儿，但有一个条件：必须不能离开我的视线。我也扎起裙摆，在浅滩上往水里走没膝盖以上的极限，时刻盯着爱人所在的地方，不管尽不尽兴，我们算是在鼓浪屿的大海里戏水了。

翌日一大早，我们又来了这片海滩，趁清晨的宁静，聆听鼓浪石的声音，验证鼓浪屿得名的由来，不过只是个美丽传说而已。

登上海滩旁边的日光岩，凭栏远望茫茫大海，太阳已经从海平面升起，碧海蓝天被映染得红彤彤、金灿灿。如绮朝霞，让人瞬间燃起斗志，活力四射，希望满满。

高高的日光岩上，可以俯瞰整个鼓浪屿。看，绿树氤氲，楼宇成群，白鹭盘旋；听，涛声如松，琴音如诉，人语如燕。

鼓浪屿，经过三千多年的变幻，如今像镶嵌在东海里一艘彩色的舰船，建筑是它的表象，音乐是它的灵魂。各种各样的建筑遍布全岛，有古朴的庙宇、有闽南的院子、有南洋式花园、有日式楼房、有西式银行，还有十九世纪的多国领事馆，可谓中西合璧且带南洋风，真称得上是"万国建筑博览会"。

面朝大海背倚日光岩的是菽庄花园，一个把海"藏"在家中的花园，海在园上，园在海中，是最诗意最艺术的江南建筑之一，山与海与湖的映衬、亭台廊桥的布局等等，无不透出深厚的人文底蕴，寄托林义嘉的家乡情怀，凝聚着鼓浪屿百年跌宕风云。其中"听涛轩"里有中国首家世界罕有的钢琴博物馆，博物馆里陈列的古钢琴，都是二十世纪之初澳洲华侨胡友义的爱心捐赠，有稀世名贵的镏金钢琴，有世界最早的四角钢琴，有世界最大的立式钢琴，有古老的手摇钢琴，有产自一百年前的脚踏自动演奏钢琴和八个脚踏的古钢琴，好像也有类似电影《海上钢琴家》的钢琴……胡友义爱钢琴，爱祖国，以艺术回报家乡。这里是一个用琴声传播艺术、传递浪漫、传承乡情的地方，成就鼓浪屿"音乐之岛"的美名。

鼓浪屿，又何止这一处特色建筑？走进一幢幢楼宇，解读背后一个个主人的故事，还原旧时光里的真实，便能咀嚼历史的厚重，感受文化的味道。

故事是历史的记忆，人物是历史的见证。小小鼓浪屿，被写进历史的故事扣人心弦，被写进历史的人物数不胜数，有民族英雄郑成功、体坛师表马约翰、"万婴之母"林巧稚、钢琴天才段承宗、文学奇才林语堂……

漫步鼓浪屿，到了皓月园，站在郑成功雕像前，教科书里郑成功收复台湾的壮举在脑海中浮现，我静默三分钟，轻轻离开，不打扰就是对英雄最大的敬意。

走至人民体育场，看着马约翰雕像下的简介，惊叹他能把兴趣爱好作为毕生梦想来追求，无论田赛运动还是径赛运动都擅长。作为体育运动员，参加奥运会就是实力的证明，作为体育老师，教书教到最高学府清华大学，并且著书立说，成为中国体育教育家、中国体育的一面旗帜，就值得人们广泛尊崇。

抵达毓园是在下午，西斜的金光铺照大地，好像在告知我们毓园纪念的主人林巧稚光辉灿烂的人生。林巧稚，中国第一位女院士，她出生鼓浪屿，从小立志当医生并如她所愿成为全国妇产科著名专家。为了自己热爱的事业，她一生未嫁，在她眼里，产妇和孩子就是一切。她亲自接生过世界水稻之父袁隆平，也为民国大才女冰心和林徽因的孩子接过生，由她亲手接待来到世界的不仅有黄皮肤的，也有棕皮肤黑皮肤的，毓园五个中外孩童的雕塑象征她接生过五万婴儿，正对孩童雕塑的是林巧稚的雕像，一副慈祥的神情，微笑在脸上，责任在心中，是她毕生守护婴儿平安出生的真实写照。林巧稚，中国妇产科学的主要开拓者、奠基人之一。被尊称为"中国医学圣母"毫不夸张，被称为"万婴之母"更是名副其实，她无亲生儿女，但千千万万个孩子都是"LinQiaozhi's Baby"！林巧稚身上伟大的母性，她用一生践行的医者仁心，没有时代局限性，到任何时候都熠熠生辉，是一种值得永远传承的精神！单单"敬仰"两个字是无法表达对她的礼赞与敬意，我情不自禁地走到她的雕像旁，挨得紧紧地照了一张照片，深受教益地离开毓园。

参观林语堂故居是在离岛的那一天。林语堂故居其实是他夫人廖翠凤的家，一幢苍老古朴的英式"U"型别墅，距今已有一百七十多年的历史。因为年久失修，正前部已成危楼，主入口禁止通行，我们只能在门外欣赏文学大师林语堂曾经住过的地方。透过铁栅栏往里看，一楼中厅前长长的石阶，四周有古榕、玉兰等，把小院笼罩得浓荫婆娑，我想如能徜徉其中，应能依稀感到当年的一丝灵气。

鼓浪屿的历史文化，中西兼容，呈多元性，魅力无限，很多文人墨客对其情有独钟。巴金视鼓浪屿为永不忘怀的"南国的梦"；舒婷在散文集《真水无香》扉页写着题词"我的生命之源——鼓浪屿"；林语堂与鼓浪屿更是密不可分，他虽然不是鼓浪屿人，但小时候，就转到鼓浪屿养元小学读书，毕业后进寻源书院读书，成年了，与鼓浪屿名门廖家二姑娘廖翠凤相识，许她一世情深，许她一世诺言，一生一世忠于一段婚姻，婚后第三天便揣着一千大洋带着娇妻奔赴美国留学，后来又到了德国，最终获哈佛大学文学硕士学位、莱比锡大学语言学博士。

在林语堂的人生中，鼓浪屿是他"与西洋生活初次接触"的地方。他在这里开始了"脚踏中西文化"的旅程，他从这里走向世界，成为世界文化名人。林语堂涉猎的领域有文学、语言学以及文学文字的翻译等，还亲自编写了《林语堂当代汉英字典》，是我国为数不多学贯中西的学子奇才，对中外文化交流起到举足轻重的桥梁作用，他自己曾笑谈："我对中国人讲外国文化，对外国人讲中国文化。"在文学领域，林语堂可以说无人不知，无人不晓，他把中英文两种语言掌握到极致，可以用中英文自由娴熟地写作。他的纯英文长篇小说《京华烟云》让英文本土作家都顶礼膜拜，曾四次获得诺贝尔文学奖的提名，这不仅是林语堂的荣耀，也是我们中国文人在世界文坛里的骄傲！

鼓浪屿是个人才辈出的风水宝地，一岛八个院士是过去的辉煌，一直激励着后人奋发向上。现如今它依然是个浪漫的文艺小岛。中外游人慕名而来，追寻文艺的气韵。老中青作家有短期采风的，有长期栖居的，用来自心灵的文字，或以诗歌或以散文或以小说的形式写出了鼓浪屿的平凡，写出了鼓浪屿的诗意。当然也有以时髦的视频号等直播鼓浪屿历史的遗迹，当下的烟火味，挖掘的是文化，传承的是文明！

　　最后我听着轻悠的琴声，不管是"阳春白雪"，还是"下里巴人"，听得心旷神怡，健步如飞，匆匆打卡网红"最美转角"。暖色调的洋楼给人特别温馨的感觉，一百八十度的转角是两条路，前看后看看不到尽头，整个画面充满文艺浪漫的气息，冥冥中期待不经意间有一场美丽的邂逅，然而来来往往的人啊都是擦肩而过……一个美丽的转身，三五分钟后便到了三丘田码头，我们再次登上往返厦门的轮渡，站在二楼甲板上回望鼓浪屿，没有遗憾，唯有留念，心中有个声音在告诉我：鼓浪屿，我还会再来的！

　　厦门，一座海上花园城市，大海是它最美的背景，蓝蓝的天蓝蓝的海一直陪伴着它，给人蓝蓝的梦。蓝色一直是厦门的主色调，大海永远是厦门的主题，我选择了以帆船出海结束了我的厦门之旅。哦，别了，厦门，留下探访的足迹，带走深情的记忆，如果要我说说厦门的整体印象，那便是：没来时，我爱恋其半生；来了，我深爱它到永远！

第二辑　校园之声

　　一张任课表，一学年的劳务捆绑；一张课程表，一个星期的上课明细。一周又一周，一课又一课，智育、德育、美育三位一体，学生获得新知，养得好习惯，老师所有的辛苦奔波劳累，都能欣慰成浅浅的笑，悠悠的歌，正如那一桃一香蕉，两三个龙眼，不可长久保鲜，但经过时间风干，留存下来的核自然便是精魂。来年又是一个新生命，传承美好。

文迪，老师看好你

　　九月已秋，南雁辞程，就在这个内敛而端庄的季节，我含着秋的向往，开始了新启程，迎来新班级，面对新学生。

　　文迪是我新学生中的一员，上课听讲，他不属于最认真的，却是最喜欢问问题的。开学没几天，班里学生名字我还叫不出几个，倒对爱思考的文迪有印象。

　　文迪坐在第一排中间四座的最左侧，离讲台直线距离大约不到半米，他瘦高个儿，白皙的脸上挂有青春成长的印记。

　　课前课后，我曾多次见到文迪伏案画画，很投入的样子。细细看他的卡通画作，总让我情不自禁地对他竖起大拇指……有一次，物理老师说，文迪物理成绩不错，画画也挺有实力，从小学五年级起就一直在网上接单，他的零花钱全是他自己赚的。"哦，是吗？！"我真心替文迪高兴，可心头又隐隐有一种莫名担忧。

　　闲暇里，文迪偶尔找我讨论一些问题，多数是关于文学与绘画。其中网络穿越小说，文迪讲得老带劲了，大到人物形象，小到某一个情节甚至某一句话，他或复述，或抒己见，滔滔不绝，兴奋不已，我耐心地倾听着，分享着他阅读的快乐，同时我有意无意地提醒他，古今中外名家名篇是中学生阅读的经典。

　　文迪的画作，我道不出子丑寅卯来，仅凭直觉，零零碎碎稍做评点，另外大多是些鼓励的话。因为先前的担忧，我弱弱地问文迪接单画画能有多大报酬，是不是耗时费力太多，学习与兴趣爱好，二者得兼，应付得来么？他说："还好吧！简单的订单花三天，复杂的要个把礼拜，酬金三、五百到八百不等。我一般是下晚自习后或周末在电脑上完成，有时学习太忙就把订单推掉……"他说得轻松，多少打消我的疑虑。

然而，作为一名中学生，主要精力应放在学习上，没必要早早地给自己这么大压力，是有什么难处不得已为之？还是文迪想让绘画兴趣生根发芽，藏匿着自己未来最大的梦想才这么拼？一时无解，牵挂于心，尽管我不是班主任，还是决定单独与他聊聊。

那是个闷热的下午，学校运动场里，学生们个个青春，朝气涌动，我闲坐在高高的台阶上，仿佛自己也恰是少年。文迪班刚好在上体育课，趁自由活动时间，有几个孩子跑过来跟我打招呼，其中有文迪，我叫住他说："下课了吧？上来坐坐不？"他几步蹿到我身旁，"老师，什么事呀？"

"没什么事，别紧张哈。文迪，你是个聪明、有想法的孩子，老师一直看好你，近来怎么样？有困惑么？说说，看有什么我能帮到你的……"文迪听出我对他的关心，连声道谢，师生距离亲近不少，他便敞开心扉，毫无顾忌，随意说起家庭谈及兴趣规划未来，我们聊得好嗨，像一对忘年交在促膝长谈，他的信任让我感觉做老师的幸福与意义。

文迪说自己有三个割舍不下的家。乡下爷爷的家，县城父亲的家，杭州母亲的家。他记不起父母生下他之后哪年分开的，也从未追问父母为什么要分开，对他们也没什么怨言，只说那是大人的事。读小学前，文迪与爷爷住在乡下，爷爷很疼他，没叫他受过委屈。上小学便到县城，与父亲一起生活，父亲是出租车司机，一天忙到晚，平日与妹妹、阿姨待在家多，相处还算和谐。暑假会去母亲那住一阵子，母亲待他很是用心，弟弟与叔叔基本上也是笑脸欢迎他，文迪言语中露出亲情的向往。听得我既心疼又佩服他，他小小年纪，经历了这么多，小小年纪的他，能扛住这么多！

独处时或忙完一天事后，文迪喜欢听听歌，大多听古典音乐，声称古典音乐往往能把人带入超凡脱俗的境界，可叫人消遣时光，暂忘了疲惫，心情欠佳时分散注意力。

文迪把较多的课余时间赋予绘画并且画得那么好，这要说到周末兴趣班。刚上小学那会儿，城里的孩子一般都会报个班什么的，钢琴、舞蹈、街舞、跆拳道、美术、奥数等，文迪当时没有特别喜好，就随便报了一个美术班。每周六上午上课，父亲总是要按时按点来接送他，有时不得不撇下顾客。上四年级后，懂事的文迪改在网上报美术提高班。任课老师一般是开工作室或搞策划设计的，有时把学生的优秀画作展示在网络平台上，文迪的也偶尔在其中。有相关的比赛，老师会在网上公布，并鼓励学生们去参加，文迪首先没参加，觉得自己火候没到，后来试了一次，没承想竟然获奖了，随即被拉入一个QQ群，里头有学生有老师和其他的美术爱好者，有些还是大师级的呢。大家每天都在群里交流，干货满满，文迪受益不少，信心倍增，开始把自己觉得满意的作品分享在群里，收获中肯建议或真诚点赞，进步真的很大。

第二年，文迪在网上报了专业性强的画学反应光影色彩插画班，一课一得，绘画技艺精进许多。那年暑假，文迪参加游戏卡通漫画设计，得到游戏公司的认可，直到现在，与游戏公司都有这些支付酬金的业务来往。文迪说不是看中这收入，家人对自己很好，并不缺钱花，主要是想挑战自己，能产生商业价值的设计无疑是一种肯定，鼓励着自己继续努力，尝试不同领域的绘图设计。

不久前，文迪初次涉猎服装行业，参加罗布乐思设计。他融入罗布乐思"开枝散叶，传递文化"的思想理念，树立"这就是罗布乐思"品牌意识，坚持自己非常喜欢的印花设计，采用叶子印花、加入条纹设计，加入朋克风的铆钉设计，右上方设计了领子，左下角设计了格子，并增加了自己的logo当作品署名。这款设计俏皮、有趣、时尚，突破性别隔阂，体现稚嫩与成熟思想的碰撞，很符合罗布乐思的受众大多是年轻人的特点……最终罗布乐思队长公布荣获特殊创意奖名单，其中有文迪的名，当时，文迪心中那份乐呀无以言表，兴趣与信心再度大增，似乎只要坚持，就可见证未来的美好。

说到未来，文迪可没把自己的理想绑定在绘画上。他说曾经因为数学成绩不尽人意，想过将来做美术艺校生，毕业后能谋个营生也就罢了。而中国外交部发言人赵立坚的一次精彩演讲激起文迪心中的狂澜，赵司长睿智的思想、风趣的谈吐、作为一个中国人的民族硬气与底气，让文迪深受震撼，久久难以平静，哪怕前路漫漫，道阻且长，也毅然决然要重新规划未来，再塑生命！

从此，文迪以赵立坚为偶像，当一名中国外交新闻发言人是文迪愿为其倾力奋斗的人生梦想。我又不无担心地告诉文迪，没有优异的学习成绩，进不了好高中，考不到专业对口的好大学，人生梦想将会是空中楼阁。他泯然一笑，"这我知道，老师，我正努力着呢。"

果不其然，接下来的段考，文迪进步特别大，英语和数学更是取得可喜的成绩，成为老师们热议的话题。其实，所有的收获并非巧合，而是辛勤汗水洒在追求沃土里培育出来的果实。清晨，别的孩子伸伸懒腰转头再睡的时候，文迪早已起来大声朗读英语。深夜，家人早已进入梦乡的时候，文迪还在刷数学题并兼顾自己的喜好画画，连课间、午休他都尽量利用来学习，一天到晚像陀螺像蜜蜂一样快乐地忙活着……

一番长谈，了解文迪心中的真正所想，我才知自己先前的担忧是多余的。不过，我想再次对他说："文迪，老师看好你哦！"当下的文迪一切皆在路上，正一步一个脚印编织着自己人生梦想的花篮。

墙角一枝梅

"九年级直升高一创新班考试成绩出来啦。"

"哦，是吗？那九年级十八班呢？有人考上么？"正在批改作业的我随口问道。

"我瞧瞧……有一个，叫李慧雅。"

"考了多少名？进前三十名了吗？"

"进了，十四名，要不我把入围名单转发给你吧。"

我教八年级，九年级的事本来无须过问，不过我在九年级十八班有一节看护课，便多少了解一点九年级的事，尤其盼着九年级十八班的好。

我比对入围同学的分数，发现李慧雅语文九十四，物理九十九，均是单科第一。女孩子，语文好，可以理解，把物理学得如此出类拔萃，实属不易。我想着九年级十八班的孩子们，一张张熟悉的面孔，可又陌生得叫不上名，终究猜不出谁是李慧雅。

星期二中午，我刚好有九年级十八班的看护课，一走进教室，便迫不及待地问起谁是李慧雅，同学们齐刷刷指着第一排正中间的女生，几乎异口同声地说："老师，学霸就在您面前！"我好生打量起眼前这个文静的女生来。她单薄的身子，清瘦的脸庞，朴实的衣着与当年读初三的自己有几分相似，莫非李慧雅也是出自寒门？

我带着疑惑，把李慧雅叫到教室外，并用手拍了拍她的肩。

"李慧雅，祝贺你，考上创新班啦！并且进了前三十名，高中三年学费全免呢，厉害厉害，为你点赞！"

"谢谢老师，厉害谈不上。"

"你家住县城？"

"不，我是横路乡的。"

"有家人陪读吗？"

"没有，以前都是住寝室，这学期住在我表姐家。"

"你父母干吗的？你姊妹几个？"

"我爸妈在外打工，还有一个弟弟，随爸妈一起在外读小学。"

"你学习成绩向来很好吧？九年级上学期就参加创新班考试，你感觉学习紧张辛苦吗？"

"还行吧，一直以来，考班里一二名的样子。九年级学习，辛苦是当然，紧张多少有一点。课外我会不折不扣完成老师布置的作业，额外不怎么刷题。晚上十一点多休息，早上六点二十起床，每天大概就这样，习惯了，辛苦也不觉得太累。"

"物理，公认偏难的科目，你考九十九，第一名呢，实力派女生一个！学习物理有什么秘诀吗？"

"秘诀？没有，没有！"李慧雅连连摆摆手，"只是一边学习新课，一边做了几套中考题型的综合试卷。我想是我的运气不错，这次出的题恰好是我会做的，临场发挥特别好。"李慧雅淡然一笑。

我也被她逗乐了，随手帮李慧雅拉了拉敞开的棉袄，再次挽着她的肩膀，示意她进教室，一边轻轻说："创新班的学习环境和老师配备应该是最好的，好好珍惜，理想大学之门将向你敞开！"

"嗯，我会努力的，谢谢老师。"末了她向我深深鞠了一躬，转身走进教室，走到自己的座位，又开始了看书做题……

我看着李慧雅，总觉得她像学生时代的自己，又像自己教书生涯里那优秀的学生甲或乙或丙或丁……又似乎不完全相似，她就是她自己。在这热闹的时代，宁静专注的她，正像冬日墙角的一枝梅，凌寒独自开，微微暗香，沁人心脾，感人心怀。

对于李慧雅，我过去不了解，将来也了解不到多少，但仅基于这一次谈话，我就大致读懂了她，那份来自草根天生的勤奋和深藏骨子里的韧性，是她人生最宝贵的财富，是她制胜的法宝。

看看她，想想自己以及当下的大众学生，我感觉有些茫远，又有点激动，特想为李慧雅做点什么，我能为她做点什么呢？

第二天，我送给李慧雅一本自己最近出版的书，那是一本助力中学生阅读与写作的散文集，里面好些篇目，反响不错。如果能带给她一点点启迪与教益，算是我没白费心思。在书的扉页，我着意写下：你的未来不是梦，人生最美的状态是未来可期！这话语似乎在鼓励李慧雅，又好似在勉励自己。在人生旅途中，常常要面临新的起点，踏上新的征程，倘若有梦可依，便万事可期！

走过那条街巷

老街的墙已刷白，青石街面也参差换上少许色泽亮丽的大理石花砖，那张开手臂就能触及两边墙的窄窄的道却依然如故。再次走过，总有淡忘不了的熟悉和疏离不掉的亲切。

多少年来，她与他总是走在那条街巷里，走着走着，走出了一辈子的情缘。

遥想当年，推着铁环的小男孩，一路小跑，铁环在街巷里滚呀滚，发出叮叮当当的响声，像一首悦耳的童歌。邻家扎着红头绳的小女孩，只比他小三个多月，手里拿着大风车，边走边吹，风车转呀转，她跟在小男孩的后面，时不时地叫着"哥哥，等我，哥哥，等等我"。

上学了，两个人都斜背着小布书包，肩与肩并排走过那条街巷，一天来来回回好几趟。他的书包里装着语文和算术课本，还有他自己制作的小弹弓以及大小适中的石头子。她的书包里除书本作业外，常常带有薯块或蚕豆或米泡，他们总是一边耍一边吃得满嘴香甜。

出了街巷，巷尾有棵浓荫密布的香樟树。有一次，她突然停下脚步，莫名其妙地对他说："哥哥，我想要一片香樟叶。"

"要它干什么？"他有些诧异。

"想夹在书里，香香的，好闻嘛。"她娇嗔得让人不觉得是无理取闹，而是无法拒绝的依从。

"哦，看好了，瞧哥哥射下一片给你便是。"

"好高呀，怎么射得下来？"

"那有何难？"

他拉满橡皮弓，小小的石头子，是冲锋的武器，惊飞了鸟儿，弹破了樟叶，绿屑随风飘洒。她一动不动，仍然耐心地等着，他左瞅右瞄，倔强地继续射，一弓两弓三四弓，直至她开心地捡起自己想要的香樟叶。从此，在她眼里，他不仅是邻家哥哥，更是值得信赖的阳光少年。她坚信，哪怕自己要天上的太阳，哥哥也会答应为自己射下一个来。

一晃到了小学毕业时，他们早已约定考同一所初中。可他考最后一门数学时拉肚子，仅仅因为五分之差不得不只身去了民中。不过，每个星期天的下午他们都相约一同出家门，慢慢走过那条街巷，边走边说说话，说着各自的老师与同学以及学校里的新鲜事，她偶尔把自己的学习笔记和学习资料借给他，对他的学习帮助不少，他们不是同校同班同学，胜似同校同班同学。每每到了巷尾的香樟树下，一个向东，一个向西，坚定向自己的学校走去，他们谁都知道，都有个心照不宣的共同目标。

三年后，如人所愿，俩人都考上县城第一中学，她是农村班，学习很忙，他是体育特强班，训练很辛苦，他们不常回家，一个月轮不到一次，凑一块回家更是少之又少。寒暑假期，有时他们一起出来走走，仍然喜欢走在那条街巷里，并排走略显拥挤，一前一后，闲聊中，她隐隐约约表示出想学医，他似乎对当兵进部队感兴趣。当走到香樟树下时，个头一米八的他情不自禁伸手摘一片香樟叶递给她，她很自然地把它凑近鼻尖闻闻，很亲切的感觉，很熟悉的味道。

高三上学期，临近期末的一个礼拜六，他来到她的教室门口，悄悄跟她说自己体检上了空军，当飞行员的那种，几天后就要去部队了。并说学校里通过身体检查与层层考核的就他一个，言语间夹杂着兴奋与喜悦。那个周末上完课他们一同回了趟家，走在那条街巷里，好像有很多心里话要说，然而没说什么具体的话，只是东一茬西一茬，随便聊聊，末了，他习惯性摘下一片香樟叶，她美美地嗅着……

不久，他成了石头城的一个兵哥哥，翱翔在祖国的蓝天，穿梭于蓝天白云间。每年春天香樟叶落之际，她准能收到各种各样过塑好的树叶标本，其中最精致的是香樟叶。

她成了英雄城医学院临床诊断系的一名学生，每次节假日回家，她都会特意去那条街巷走走，斜倚街墙，眼里是熟悉的墙，熟悉的路，当然熟悉的人也并未真正远离。伫立香樟树下，脑海里闪过一个个温馨的画面。

最美的画面莫过于那次新雨过后，街巷里，她在前头，他在后头，俩人根本没想到，她没想到他突然回家探亲，他没想到她刚好回来休假，浑然不知便如素不相识。她披着长发，随着抖动的步子耳际的发丝轻轻扬起，蓦然回首，触碰他清澈的双眸，惊愣片刻，急急转身，他惊喜万分，速速向前，两个人的手紧紧握在一块，灼灼的眼神里写满了多年的情意，留给各自心底的是最美邂逅、无言承诺……

最喜走穿廊

庭院深深，古朴清旷，烟雨长廊，情意绵绵。

廊，早在东汉许慎的《说文解字》把其释义为"东西序也"。廊在人们生活中随处可见，本是指房屋前檐下的过道，引申为独立有顶的通道，可分为长廊、回廊、穿廊等。

自古廊文化并不单薄，诗歌盛行的大唐，贵至皇上、雅至文人就留下了不少有关廊的诗词佳句："霜戟列丹陛，丝竹韵长廊""独绕回廊行复歌，遥听弦管暗看花""竹穿遥径雨穿廊，萦绕东西百步长"……

时至今日，长廊、回廊仍多见于庙宇塔寺公园等地，廊柱上往往刻有雕花或诗词楹联，美观而韵味悠长。

而穿廊，在我的世界里并不陌生。我念书十余载，教书近三十年，最熟悉的莫过于校园的走廊与穿廊。

教室前檐下的过道叫走廊，常常上演着学生们课间十分钟的多姿多彩。

连接楼栋的通道叫穿廊，穿廊可遮阳，可避雨，却挡不住风，便有了风景。

我最喜走穿廊，朦胧的薄雾，爽朗的午时风，红彤彤如火焰的晚霞总带给我纯粹、闲适与无限的遐思。上班的日子里，从办公室到教室必经之地是穿廊，在来回穿梭中摄录风景、聆听书声、记忆校园的故事，收获一次次生命成长的欢愉与感动。

　　每两周一次的值日，我负责一号教学楼，早、中、晚频繁地走过缀连两栋楼的穿廊，来往于实验楼的办公室和一号教学楼，一到五楼的穿廊自由走，不同的高度不同的视角，不同的视角不同的风景。位置最佳是三楼穿廊，我倚靠廊柱，直视平扫，正对一号楼各班教室走廊，学生出入教室的动态尽收眼底，哪里有状况，第一时间会知晓，随即可处理，立马归于宁静的楼宇是校园一道美丽的风景，如阳光，直落在深邃的眼眸，皆成为一种美好的期待。我很幸运也很开心能享受着这风景，便劲头十足，信心满满地引领着学生们向着阳光奔跑。

　　穿廊的尽头与楼栋相接处较为宽阔，这是同学们课余的独立空间，临近元旦，那儿很热闹，学生三五成群，在那自编自演舞蹈，朝气蓬勃，活泼可爱。也有在那排演相声小品的，诙谐幽默，绽放出智慧的火花。叫人为之一振的是中午下了看护课后，偶然间看到穿廊拐角处的楼梯台阶上，两学生席地而坐，对着一本习题，一个在讲，一个在听。纳闷他们为何不在教室里讲解，我随口一问，才知他们是为了不影响班里同学休息，才选择在那给因生病落课的同学补课，我连连"哦、哦"地应着，回想平时同学们一帮一、齐进步的场景在教室里、绿茵场上也屡见不鲜，我不禁脸上漾着微笑，心想同学们一起携手奋进、筑梦前行的态势不正是当下所需的教育么？如此这般情景，若成气候，教育有望，未来可期……

　　日出日落，一天又一天，花开花谢，一年复一年。我早已习惯繁忙于学校的穿廊里，看春红秋叶冬雪飞扬，听风声雨声书声琅琅，思善教乐学寻理问道……习惯了也就适应了，习惯是习以为常的一种自然，适应是顺心顺意的生命常态，这种自然是心甘情愿地担当，这份常态是心无杂念地热爱，一切的一切也许是源于一位教师对教育事业无悔地选择和执着地坚守。

冬晨那一抹清香

起霜了，路边草、行道树泛着晶莹的白花，深冬的清晨总是以这般圣洁，伴着干冷的风，问候大地，问候来来往往的早行人。

朝晨还在黑暗里睡眠，蓝惠就驱车匆匆出发，钻进朦胧的晨雾，不久到达校门口，那里已是车水马龙、人山人海。蓝惠随着教师的车流从消防通道进入校园，她提着一大桶泛着茶叶清香的鸡蛋，走进灯光通明的教学楼，书声琅琅。在光与声的美丽组合中，蓝惠心里有说不出的兴奋，不禁加快脚步。"蹬、蹬、蹬"上到四楼八十四班，她要把清晨礼物在七点十分的早课前分发给学生，温暖冬晨，温润人心。

蓝惠准备这份礼物不是一时兴起，随性而为，为的是进行一次特别激励。

前几天早读课，蓝惠抽查古诗文背诵，偌大一个班，七十八个学生，着实有一些"困难户"，似乎本学期难以脱贫。蓝惠找学生们私下谈心，有学生发出努力无效的感叹，倒出"我一直在读，就是背不出书"的苦楚，一副无奈无助的样子。对学生而言，早读读了书，态度没问题，背不出书是能力堪忧。事实真是如此吗？蓝惠老觉得不该是这种状况。

其实，初中生学习古诗文，读读背背是基本技能，一册课本，古诗词十几首，文言文七八篇。一个学期几个月，八年级的学生，十三四岁的孩子，如东升的旭日，背诵二十来篇古诗文，有那么难吗？让学生们有一点特别感动，也许会更奏效，便于达到想要的结果。蓝惠忽然想起自己初为人师时所在学校的张校长，带着几个学生去参加市运会，每天跑到菜市场买一只鸡，在临近的餐馆搭伙亲自炖好，学生们每天喝上一小碗鸡汤去比赛，营养丰富，颇受感动，超常发挥，拿了好多奖，金牌、银牌、铜牌都有，取得了全市农村学校第一名的好成绩。顿时，蓝惠脑海里闪过一个念头。

"小惠未遍，民弗从也。"蓝惠没有许诺几个佼佼者秋天的奶茶，而是承诺全班七十八名同学每人一个冬天的茶叶蛋。蓝惠为此着实费了一番心思，本想省事，购买茶叶蛋得了，早上太早超市没开门，头一天购买又不新鲜，终究是她与爱人一起半夜开工，菜锅、蒸锅、电饭煲全部派上用场，大火煮，细火煨，敲壳入味，断断续续忙了一个晚上，早上五点多起床，逐个捞起，装桶保温，打包出门，六点半就到达了学校，唯愿孩子们早读前能吃上热乎乎的茶叶蛋，香在嘴里，暖在心里，带着温暖出发，不畏难，有自信，去攻克一道道学习难关……

天渐渐亮起来，轻纱般的薄雾羞赧地隐退，冬日暖阳徐徐升起，蓝惠静静地站在讲台上，鼻息里尚有茶叶蛋的清香，颇为享受地欣赏着晨读的美丽风景，在朗朗的读书声中似乎听出了一分坚持与拼搏。

一丝爱的微光

丝丝秋意，凉爽了九月的大地，菁菁校园，放飞学子的梦想。

又是一年开学时，开始重复早出晚归的日常，多少有点不习惯，想想一路走来，我的教书生涯已历时二十余载。一九九六年九月一日，我正式成为一名光荣的人民教师，自那以后，每年的九月一日，对于我就有了特别的意义，那是新学年的开始，那是新旅程的启航，一年又一年，一届又一届，我尽己所能地用爱心与智慧陪伴着、引领着一拨拨学生走过美丽的初中时光。

开学第一天，初秋微凉夹带一丝夏日的炎暑，我来到学校，校园早已人山人海，几千学生，几千家长，初二初三的学生分流走进左右两幢教学楼各自忙着报名去，操场上、实验楼前人头攒动，人声鼎沸，大多是初一新生与家长们。

初一新生首次均衡分班，孩子是家庭的希望，家长们特别期待，有些疑虑，有些担心，紧张兴奋地找寻着、议论着，墙壁上张贴着二十二个班级新生名单，他们一遍又一遍地找到自己孩子所在的班级，动用关系网，多方打听班主任、打听任课老师还打听着自己了解到的六年级尖子生在哪个班，他们的班主任是谁，任课老师怎么样？左比右比，纵比横比，非要比出说服自己放心把孩子交给学校、交给班级、交给科任老师的充分理由，才带着孩子满意地离开操场去教学楼找班主任报名，真是可怜天下父母心啊！

新生与家长们蜂拥而至教学楼时，我刚好走进办公室。空闲了一暑假的办公室微微透出翻修的泥浆味儿。新学年，新分配，老师们任课班级的变动，办公桌被搬得七零八落，而年级长桌上的桃子、龙眼、香蕉、哈密瓜，满满一小箱，贴着教育工会爱心的标签，说是分给各位老师解解渴，提提神。我随意拿了一桃一香蕉、两三个龙眼，放在办公桌的抽屉里，一整天不曾动，每次轻轻拉开抽屉，嗅着水果的芳香，心头掠过点点的甜，淡淡的喜，虽是小小的大众福利，可是有史以来破天荒第一次，多多少少叫人心生感动。

生活中的点滴感动是生命的营养品，滋养着偶尔受挫的疲惫身心，让人得以坚持不忘初心，牢记使命，勇往直前。自二十世纪九十年代初，学生专门享有《未成年保护法》，使之得当是对学生的呵护，用之过当可能成为纵容。老师向来有"太阳底下最光辉的职业"的立德标准，这是对老师无私奉献的颂扬还是道德绑架？时而无奈，抑或无语是不少老师的心理状态，这是无须遮掩的客观存在。探其根源，其中与教育引领者的理念不无关系，引领者的理念与行为在师生教与学中的投影，关乎一方教育的发展与未来，教育领头羊理念新、行为正，能助师生们各自圆梦，造福千秋万代。

九月五日，一年一度的教师节文艺晚会是教育系统的精神盛宴，是上下各级教育引领者思想火花的大碰撞，引领者的理念、行动力，老师学生们的精神风貌皆可见一斑。今年是第三十五个教师节，家乡小城师生们节目精彩纷呈。鲁溪中心完小学生采茶戏表演，独具匠心，让戏剧文化进校园，弘扬国粹，采茶戏，又带有浓郁的地域文化特色，爱国爱家乡爱文化都得到一次很好的宣传与洗礼。新宁四小的师生乐器同堂演奏，小到一年级的学生，大到成年老师，传承民族音乐，民族器乐从娃娃抓起，有的吹着悠扬的竹笛，有的拉着欢快的二胡，有的弹着婉转的琵琶，古筝曲也在纤纤指尖里缓缓流出，清新雅致、柔和与美妙在多种民族器乐的演绎下恰到好处，寄寓多民族的团结与融合……

教师节到了，老师们不在乎放不放假，即使放了假，手头的事仍是自己做，也不期盼发不发福利，教师节福利早已是个陌生的名词，再说教师不是最伟大的职业么？计较个人得失和看重物质享受，实在不能让人敬佩，不妥不妥。老师们密切关注的是几经更改终于尘埃落定的任课表、课程表，这是学校对老师的信任与授权。老师享受教书育人的权利，教好每一门课，上好每一节课，是尊重自己、尊重学生、回报社会的高效行动。

无意间一班主任告诉我，我教她班两门课，我急急找来最新任课表，课程表，还真是的，教了八个班的两个科目，我很是兴奋，二十三年的专业双班语文老师，如今教一个班语文和七个班阅读。课外阅读终于成为一门课程，是学校大语文观念的体现，心中掠过一丝欣喜。另外我从来没同时教过这么多班级，一层楼全是我的学生，我有幸成为几百名初一新学生的老师，忽然大脑断片，找不到心灵的寓所，似乎要感谢谁，却又找不到切实可感的对象……早上、上午、下午都可跟孩子们在一起，见证他们的成长，那将是怎样的体验，怎样的幸福！

一张任课表，一学年的劳务捆绑；一张课程表，一个星期的上课明细。一周又一周，一课又一课，智育、德育、美育三位一体，学生获得新知，养得好习惯，老师所有的辛苦奔波劳累，都能欣慰成浅浅的笑，悠悠的歌，正如那一桃一香蕉，两三个龙眼，不可长久保鲜，但经过时间风干，留存下来的核自然便是精魂。来年又是一个新生命，传承美好。

教育有爱，即使不是无疆大爱，只要感觉得到的，哪怕是山区角落里一点点爱的微光，星星之火，可以燎原，定能在教育的天地里绽放出美丽之花，结出累累硕果。

细微之处见精神

早上或午间，总有学生抬着垃圾桶姗姗来迟，叫报告进教室时，早课或午课已过去十多分钟甚至二三十分钟，我略带严肃地问："怎么来得这么晚？"

"倒垃圾"，弱弱感觉学生话语中的理直气壮。私下，我找他们谈心："为什么不可以早点？"

"老师，我们倒垃圾来去路途有点远，然后还要洗手……"学生仍没认识到自己迟到不对，仍在找最充分的理由来为自己开脱。

我不是这个班的班主任，不好过多干预班级的事，再者，现在的学生不喜欢听说教的话，我话到嘴边又咽了回去，只好婉言让班长把这事转达给班主任。几周下来，因倒垃圾而迟到的现象仍然存在，真叫人烦心，更让我担心的是，长此以往，这种现象会蔓延成拖拉之风，影响整个班级甚至影响学生的一生。所以我想对学生们说：请不要为自己的错误找借口。

人非圣贤，孰能无过？学生嘛，偶有行为不规范，也正常，认识错误，知错就改，仍是积极向上、向善的好学生。而现在有些学生不知怎么啦？值个日，倒一趟垃圾，迟到成自然，还找各种借口来说服老师，进而说服自己。

说服了老师，似乎很智慧，很有成就感。其实不然，他们失去了接受老师引导教育的机会，消极的思想、不当的行为在自己身上潜伏而不自知，久而久之便成了陋习，届时想改却难于上青天。

如若说服了自己，那更危险。他们没有承认错误的意识，哪怕有所意识，又被自己找的借口所淹没，并堂而皇之地允许错误的存在，自以为是，自欺欺人地助长歪风邪气的滋长与蔓延。从小处视之，会影响自己一生，三观不正，成人成事，诸多不顺。从大而言之，没有责任感，在其位谋不了其职，负己负人甚至有负集体与国家，岂止是一个"悲"字的感慨？弄不好，要付出人生惨重的代价。

也许有人认为，值日迟到，小事一桩，何足挂齿，没必要这样上纲上线。俗话说得好，小错不改，终成大错。特别是在青春年少的时候，学好学坏一念之差。

其实，改正值日迟到的事主要是态度问题。只要合理安排好时间，值日与按时到教室上课并不冲突。我从教二十五年，其中当了二十年的班主任，记得早些年的学生，每轮到值日，头一天下晚自习走晚点，扫好地，第二天早上来早些，倒垃圾及拖地，待到早读开始，学生无一缺席。书声琅琅，像欢快的音符，跳跃在心间，那朗读成诵的情景，像一片快乐的海洋，我也情不自禁地融入其中，陪着孩子们背诗文，学生们争先恐后，轮番背出了书，一个个收获知识也收获了快乐。每每想起，便看到了希望，坚信教育是一方期望的田野……

态度决定行为，细节决定成败。一个学生对待学习的态度是认真还是无所谓，直接关系到他的学习动力与学习成绩。值日迟到尽管不是什么大错特错，但做到值日不迟到便是积极的学习态度，值日不迟到的人是注重细节的人，细微之处见精神。"勿以恶小而为之，勿以善小而不为"，千万别为错误找借口，要为美好付辛劳，倘若如此，哪怕人生不能尽善尽美，也会无憾无悔。

往事悠悠

钟老师微信通知我第二天去环保局领荣誉证书和奖金时，我才知道自己的一篇小文获了个小奖，意外的收获，小奖也欢喜。

不一会儿，钟老师转发了一个链接，那是"美丽中国，我是行动者"书画篆刻征文作品比赛评选结果揭晓的链接。在链接里我看到了几个特别熟悉的名字，除了我自己，还有我的初中老师张国扬、昔日学生刘明松和现在的学生郭桐宇。

三十年前，我在鲁溪中学上初中，张国扬老师教我历史。历史中考不考，大家视之为副科，学得都不怎么卖劲。但张老师讲课故事性强，又不乏清晰简练，我历史学得不错，至今仍能记得张老师的课，不过回忆起来的还有张老师门前稍稍变形配有长绳的打水铁桶。

当时鲁溪中学是全镇最好的初中，在全县都算是有名气的，连县城都有不少学生转到鲁溪中学读书呢。我一直以就读鲁溪中学三年初中而倍感荣幸，当然也有烦恼，就是用水极其不方便。学校只有两口深井，师生们要用水，都得到井里去打。很多同学没有打水桶，我从初一到初三都未曾拥有过。

大多情况下，我看到井边有人打水，便急忙拿个脸盆，赶紧凑过去就一盆，惜水如金，一用好几天，有时用完了，早上连漱口洗脸的水都没有，无奈把毛巾塞进已经有几个人洗过脸的水里打湿，擦擦眼睛就去上早读。

每每我历史考了高分，自信心暴涨，就跑去向张老师借打水桶，奢侈痛快地用一回水，毫不夸张地说，那是比考试考了一百分更高兴的事。

记得张老师住在女生寝室左下方的一排老师宿舍里，门前放有打水桶的就是张老师的房间。平日里，高年级的姐姐们常去借他的桶打水，我便拿着脸盆跟着去接水。

有一回，我的水用完了，拿着一个空脸盆在两口井边来回地转，等了好久都没有人去打水，没有办法，尽管历史没有考试，我也没考高分，还是斗胆去向张老师借桶。张老师并不在意我是否考了高分，毫不犹豫地答应了并温和地说："拿去吧，打水小心点，用完记得拿回来就行。"我人小力不够，从井里打起半桶水，绳子左摆右摆，桶碰到井壁，留下新伤的痕迹，我胆战心惊地去还桶，张老师却什么也没说。在我眼里，张老师是个慷慨大方、很能包容学生的老师，那时我就一个劲地读好历史来回报他，如今的我总是能宽待我的学生，多少传承了张老师的厚德。

初中毕业以后，多年未见张老师。二〇一七年春，我以编外人员参加了庐山西海谷雨诗会，巧遇张老师，才知张老师从小爱文学，能写诗。他说他从读小学五六年级就开始写诗了，至今已有五十余年。张老师非常喜欢古诗，能背一千多首诗词，诗歌创作他是从写古体诗开始的。一九七八年，他在永修师范读书，读了五四时期的现代诗，又喜欢上了现代诗。尤其是刘半农的《相隔只有一层纸》，短短的几句话，就能深刻地揭露重大的社会问题，对张老师触动很大，于是，他就改成写现代诗！自那以后古体诗就写得很少，现代诗一直写到现在，早在一九九一年，便有诗歌《父亲与大山》发表在《九江日报》。

张老师诗歌写得好，没想到散文也写得不赖，这次征文比赛张老师写的是散文《春行长宁湖》，诗意的语言，真挚的情感，荣获二等奖，实至名归。当我看到获奖名单上有张老师的名字，我很高兴，我为自己曾经师从作家老师而庆幸欢喜。当张老师听说我获了奖，他也非常开心，学生与老师同期获奖，哪怕是个小奖，老师也荣耀。我是写散文的，张老师建议我平日读读诗，这倒与我的想法一致，我曾在我的散文《闲时莫忘读点诗》中，浅谈了多维度解读诗歌会让人受益无穷。

张老师的心情，我深有体会。应该与我得知我的学生刘明松和郭桐宇获奖时的心情一样，尽管学生获奖与老师关系不大或没有关系，但作为老师，没有比看到学生有了收获、赢得成功更有成就感的。

刘明松是我二〇〇〇年的毕业生。我是从初二接手教他语文并当他的班主任，他成绩一般，写得一手好字。我课前课后地表扬他，常常对他说"人生能因做好一件事而精彩"，让全班同学向他学习。二十年了，他真的走出了一条精彩的人生之路，当下在上海工作，早已是中国书法家协会会员。这次家乡书画征稿，他回乡献上墨宝，可见他做人做事都不错，爱书法爱家乡。

我从教二十五载，三年一届，送走一届又一届，今年新的一届又开始了，班里有特长的学生不少，其中郭桐宇是发展较为全面的学生，学习成绩不错，围棋走到业余五段，毛笔字也能拿得出手，尽管这次他书法在比赛中只得了个参展奖，毕竟他还小，来日方长，只要坚持，一定能让兴趣爱好变为一种能力……

一个链接，勾起我对悠悠往事的回忆，流逝的年华，沉淀的是美好，我久久难以平静，心中汹涌着为师的荣耀，也期待着张老师和自己以及其他千千万万老师的教育百花园里姹紫嫣红，芳香四溢。

消逝的老树

家乡小学坐落在一个叫枫树下的村庄，那里没有枫树，倒是有一棵古老高大的皂荚树。皂荚树挨着马路，镇守在小学的大门口。

当年，上小学的伢崽们不知道它叫什么名，都唤它老树。

老树有多老，无人知晓，但那庞大的根系宣告它应该有些年头。老树根倒真够活跃的，有些按捺不住寂寞冲出地表，裸露在外，如几条随意舞动身躯的小龙弓起的脊背，交错盘踞，支撑着高大的树身。

树身很壮实，中间有一个奇怪的镂空口子，不假雕琢，神工鬼斧，能供孩子从中任意钻进钻出。课前课间，常常有一群群孩子，许是一年级的，抑或是二年级的，手牵手，合围抱着老树，或走或跑几圈，末了，一个个从树身中间穿过，一哄而散，纷纷往教室里跑，特别开心。

记忆里，我曾跟小伙伴们一起围着老树跑，摩肩接踵，被踩了鞋后跟，便趿着鞋跑，嫌跑得不快，干脆两脚一踢，鞋子踢出老远，光着脚丫子跑……也有一次，恰巧放学时突然下雨，我便一个人坐在老树"肚子"里，躲过断线的雨淋，数着马路过往的车辆，逍遥得像个树宝宝，直至母亲匆匆赶来，撑着油布大伞把我接走，我仍一步三回头。

笔挺的老树高插云霄，孩子们昂首仰望，遥不可及，看不清木叶，也嗅不着其香味儿。不过老树年年勿忘赏给孩子们春天的碧绿、夏天的浓荫、秋天黑黝黝的皂荚、冬天饱经风霜的傲然挺立。它就像一位阅尽千帆的爷爷，慈祥、慷慨、不计得失，除了物质上的给予，便是精神上的表率。

皂荚树全身皆宝，相传皂荚能入药，那是大人们才关心的事，似乎与孩子们不相干，我们从不考究。皂荚能做肥皂倒是孩子们喜于验证而且是已被验证过的真实。

每逢深秋，老树的果实皂荚成熟了，由青变棕黑，油锃发亮，自然垂落，长如刀豆，弯如镰刀，又似刀鞘，轻轻摇晃，叮咚作响。大家每天早早赶往老树，课间也一窝蜂样地朝老树跑，总想拾得皂荚。

我读一二年级时，爱到老树下玩耍，是争先恐后捡皂荚大军里的一员。大多日子，尽量早到学校，课间也拼命地向老树跑，偶有所得，好像领到考了满分的卷子，高擎在手中，显摆显摆，到了教室，似若宝贝一般藏进书包，时不时地捏捏，生怕那胜利的果实不翼而飞。放学铃声响起，我斜挎书包，一路小跑，迫不及待地往家赶。到家立马拿出脸盆倒上水，捣碎皂荚浸在水中，找来柴刀剁一段小竹子去掉两头的结，中通外直，做成吹水的竹筒。然后用嘴对着竹筒趴在脸盆上死命地吹，起了泡泡，还似乎闻到一股肥皂味，便欣喜若狂，大叫："妈，皂荚真可做肥皂！"忙于家务的母亲走出厨房笑着说："好好好，疯丫头！"

后来我又不止一次地捡回皂荚，交予母亲，也送些给邻居八十多岁的雪英太，并跟她说："阿太，这玩意捣碎可以直接洗衣服，方便。"阿太家只有三口人，儿子儿媳都已过花甲之年，全家一般一天才吃得上两顿饭。我常常看见阿太烧稻草泡水过滤后来洗衣服，猜想她用得上。母亲许是护士出身，有洁癖，不喜欢用皂荚当肥皂，把我捡回的皂荚都放在碗橱顶上，我发现后一并全送给了雪英太，问道："阿太，这皂荚洗衣服好使不？"阿太连声说"好使、好使，衣服的油渍都能洗掉呢。"有时阿太摸摸我的小脑袋说："好伢崽！伢崽好哟！"似在夸我，又好像在自言自语。

到了高年级，我不再围着老树疯跑着玩，但依旧捡些皂荚回来给阿太。我升初中那年冬天，阿太走了。老树仍然一如既往地年年向大地馈赠自己成熟的果实，我不方便去捡，也没了捡的必要，听说后来越来越少有人捡，深秋地上横横竖竖的皂荚都被孩子们扫进学校的垃圾桶,不过老树一直在。

我大学毕业分配到泉口教书,老树仍然健在,每次路过我都会深情地看看它,在我心中,老树早已是一位和蔼可亲让人敬重的爷爷,也是我小学时最亲切特快乐的记忆。

几年前,祖国重教的春风拂遍大江南北,我的小学尽管是只有三个年级的村小,国家照样拨款把校园重建一新,除了漂亮的教学楼,学校操场还做了蘑菇屋、滑滑梯、跷跷板以及一些配套的体育器材。老树被冷落一旁,接着被砍了,在那做了坚固气派的校大门……

没了老树,崭新的校园,高高扬起的红旗与沿路其他小学没什么两样。我好几次坐车途经那里,皆无意间错过再看一眼。老树没了,失去一触即发的情感温润,唯有翻过记忆的书页,慢慢咀嚼,才重新体味到那段岁月,那些美好。

春日生命纵歌

春游，全校师生同游，偌大一个学校，怎么可能？这是田丽老师从絮语中得知春游的第一反应。前天中午，魏校长主持了全体教师春游短会，尘埃落定，她的疑惑才变成满满的期待。

挑一时，择一地，与学生一道，把课堂搬出教室，与天相映，与地相连，启发灵感，是田丽作为语文老师多年的梦想。

特别是这春花烂漫、杨柳依依的日子，领着可爱的孩子，即使不能像孔子一样在春游时让弟子大彻大悟，能和学生一起收获"胜日寻芳泗水滨，无边风景一时新"的美感也是惬意的事。

春游的日子在期待中来临，可天公不作美，雨淅淅沥沥地下个不停，田丽老师的兴奋却丝毫未减，天没亮她就醒了，起了个大早，提前来到办公室。七点半，全校一到九年级在各自的阵营排队，领取学校统一发放的水和面包，整装待发。八点整，清一色四十五人座的旅游大巴在学校前的公路上排成长龙，帅气干练的杨老师与随和细心的徐老师指挥调度，低年级先走，依次跟上，井然有序。

学校规定每个班两三个带队老师，田丽老师教年级长所带的九年级八班语文，顺理成章被配到八班辅助带队，年级长精明能干，田老师只需领着班里被精选出来的十人小分队，去由每班旅游大巴坐不下的学生组成的临时混搭班报到，并与另外三位老师一起成为混搭班的带队老师。瞬间她们四个老师组织妥当，混搭班本来可以先行出发，可杨老师要她们压轴，她们大都疑惑不解。听到师生的细语，忙得不可开交的杨老师解释了一句："你们人少，坐不满车，空位放在最后机动，便于弥补前期安排的疏忽。"

好不容易等到所有正规军上车走人，剩下田丽老师她们这支杂牌军时，可车没了，怎么都不见最后一辆旅游大巴四十号车的踪影，它似乎在跟她们捉迷藏，迟迟不露面，经打听才知四十号车太兴奋，半路抛锚，后来又碰上上班高峰期，颇费周折，大约十点半四十号车才满怀歉意地载着她们前往春游目的地——万达游乐园。

到达游乐园的门口，差不多十一点半，下车时，发现雨竟然停了。甜美的夏老师对孩子们说："来得早，不如来得巧。上帝是公平的，车晚点，耽搁我们游玩，天放晴，方便我们游玩，去吧，大家尽情地去玩吧！"田丽老师把自己编成八班小分队里的第十一个兵，由班长李勇领着他们嗨玩。

他们第一站是穿过竹海秘境到达竹林绿蟒。到那里时正是午餐饭点，避过了高峰期，无须排队。听见孩子们期待而又犹豫地互问怕不怕时，田丽老师抢先一步，第一批登上娱乐车，用实际行动在对孩子们说："瞧见没，只需勇敢地向前跨一步便成，就这么简单。"娱乐车有十多排，每排两个人，安全措施检查完毕，铃声一响，咔咔地出发了，风在耳边刮过，田丽老师握住把手，睁着眼，看着自己斗折蛇行，心里想：风，你刮吧，看你能把我吹到哪儿去？没过几秒，耳风呼呼越来越响，前后左右重心的变换让她不由得紧紧地死抓把手，立时她感觉自己就像蟒蛇身上的一滴血，三分钟游历了它的全身，惊险刺激，一切都可置之度外，真真切切体验了速度与激情。

田丽老师背着双肩包，和学生一道分吃零食，一起疯玩，从背影瞧去，与学生没什么区别，那真叫与学生打成一片，师生的距离一下子拉近了不少，学生们喜欢围着田丽老师问东问西，连文静女生都愿意跟她说悄悄话，田丽老师脸上挂满笑容，她教他们时间不长，能得如此信任，实属难能可贵。田丽老师一下子觉得自己年轻了不少，乐意与学生一起窜上窜下。

八班小分队先后到达大闹天宫、龙飞凤舞、直冲云霄、天翻地覆、翻江倒海等刺激的景点。不是每个学生都有勇气和体力体验，田丽老师却一个也没落下，趁着春光，尽情奏响生命的欢歌。

"大闹天宫"，是目前国内最高过山车；"龙飞凤舞"，是当下全国最快的过山车，与"竹林绿蟒"相比，更高更快，更刺激更惊恐。田丽老师挽紧头发，和学生一块，两个项目都有参与，强大的离心率让她们感到四面八方都有无法抗拒的力量紧拽着自己的身子，全然不由人控制，周遭的力量像风像电亦像雷，疾风席卷，电闪雷鸣，每一处似乎都要吞噬一切，让人炸裂，叫人销魂，顿时慌了神，紧闭双眼，屏住呼吸，几分钟，像从鬼门关走了一遭，万幸平安落地。大家惊魂未定，稍稍调整，清醒如初，师生个个像同一战壕出来的战友，亲近得早已是出生入死的兄弟姐妹。

"翻江倒海"与深圳欢乐谷的"完美风暴"没什么两样，人坐上去四周卡紧，在空中多次颠来覆去，立马有一种翻江倒海的感觉。不经历风雨，怎能见彩虹？一个人，如若完美，反复摔几个跟斗，经历暴风骤雨的洗礼又算得了什么呢？

六十四米的"直冲云霄"酷似大型游乐场的"空中梭"，只是高度不及而已。十年前，田丽老师带着儿子体验过，这次本想照顾一下自己的小心脏，看看学生们找找乐子便罢，可有学生提出想老师一起上踏实。怎能辜负学生的一分信赖？一起上，必须的。田丽老师与那学生相邻坐着，准备就绪后，工作人员开关一摁，"唰"地上去，眨眼工夫升至高空，整个城市尽收眼底，最后十几米，速度略慢些，盘旋而上，足以让人空中悠闲地观光，把想看的瞅得真真切切，大家也许还沉浸在美好中，猝不及防，"唰"的一声，游戏机降到半空，不容人喘口气，就直降到地面，大伙又回到原点，"啊啊"的尖叫声一直伴随上下。直冲云霄表面就是一个游戏项目，细细想来，不难发现其中深刻的人生蕴意：人啊，一朝得志，飞黄腾达，能凌云驾雾，伸手可摘星捞月，美不可言；一旦失意，一跌再跌，直坠万丈深渊，无法逆袭啊。

随后到达的"鬼屋古窑惊魂"漆黑一片，阴森恐怖，偶有几处忽闪的亮点，犹如鬼火灵光，模糊中辨别，鬼屋倒有些地方特色，是真实古窑、假想魔界相结合的缩影。走进鬼屋，仿佛瞬间跌进十八层地狱，到了阴曹地府，惊悚不已，出了鬼屋，重见光明，再入尘世，前后阴阳两界的置换，生生死死，来来回回之理，便有顿悟之感。

其实，游乐园内的"雨林跳蛙""欢乐斗牛""木马奇遇""峡谷漂流""天女散花""熊猫的士高"等项目也有无限趣味，但时间有限，耗费体力太多，田丽老师跟八班小分队来到了休闲区，碰到很多其他班的学生，在一起吃吃东西，喝喝水，分享游玩项目的精彩，天南海北地侃。

言谈中，有个男生掩饰不住兴奋，眉飞色舞地说自己在"模拟森林"里打兽是多么过瘾，十米的距离，用一比一的气枪打，打得多么成功，十发九中呢。

田丽老师一听来了劲，迅速前往，打靶打枪的影视，从小看到大，接近全真模拟的活靶打枪怎能错过？她领着八班小分队过去，掏出百元大钞买了子弹，想试一试的学生，每人发三发，而后轮到田丽老师上场，一展英姿，学生们自然成为田老师的观众，他们叽叽喳喳，时而叫田老师打奔跑的犀牛，时而叫着让田老师快打飞翔的小鸟，每每打中，欢呼声，鼓掌声齐刷刷响起，田丽老师心里美滋滋的，却并没有飘飘然，而是聚精会神，小心瞄准，精确目测，当机立断，扣下扳机，打出了前所未有的三战三捷的好成绩，而且是天有飞鸟、地有奔鹿、水有跳跃的鱼儿，海陆空全覆盖，哇，超级棒，田老师自己都很纳闷，怎么会发挥得这么好？连麻木的电脑操控员都忍不住说，打成这个样子实在不多，并竖起大拇指，问他们要不要继续，八班小分队队长李勇提醒田老师，返校集合的时间快到了，他们便操起自己的东西，欢心地往游乐园门口赶。

田丽老师负责的这一小撮人马就像游击小分队，灵活、方便，几经穿梭，纵情嗨玩，踩着时间点与大部队会合，全校师生一大片，分班站队，如来时的井然有序，而不同的是来时平静，去时兴奋罢了。万达游乐园一日游，沿途的春风细柳让人心旷神怡，园内高大上的游戏项目让人激情澎湃，绽放生命的朝气与活力。旅游大巴车到齐后，魏校长精短总结，师生习惯性鼓掌三声，依次散开，各上各车，高高兴兴、平平安安返回学校去。

　　春游，春天一首不老的歌；师生同游，人生中一场激情的迪斯科。学生尽兴玩，老师彻底放松，各自收获智慧与美好，回来个个英雄少年，扬帆起航，奔赴诗和远方！

活成一棵松

　　九月的上海，天蓝蓝，海蓝蓝，柔风清爽，微笑着迎接一茬又一茬新生学子，他们有来自北方大地，有出生于江南小城，共同的智趣，相当的实力让他们携手在世界的东方明珠。在此，他们的理想将再次绽放，他们的人生会再次起航。

　　阿清家住西海畔，怀揣鲜红的大学通知书，背扛简单的行囊，坐了一夜的火车，抵达他神往的地方——上海，也是他平生第一次来到这里。刚出火车站，大都市的繁华就炫得他眼花缭乱，心亦飘飘然。

　　"上海，我来啦！"表面文质彬彬的阿清心中窃喜，口里默念。坐在上海××大学前来接新生的校车里，眼睛不停地扫视公路的两侧。城隍庙、黄浦江、外滩、东方明珠塔在哪呢，去逛逛走走肯定不错，东方绿舟、影视乐园也想去嗨个够……

　　一路看，一路想，繁华与新奇从后视镜中一一退去，校车开进上海 SC 大学，欧式的建筑，古朴的高楼，透出百年老校的风雅，让人肃敬，阿清怒放的心稍稍沉静，暗暗做了打算，接下来四年，定要脚踏实地，不负青春，不负芳华。

　　有学长的引领，报到事宜不算麻烦，最后一站阿清来到寝室，二〇〇五级男生公寓四〇一室。

　　寝室四个床位，三个都已经被占去，留下来的四号该是阿清的了，当

71

时正值晚饭时间，寝室没人，学长帮阿清把被子放在四号床位上就走了。不久，室友陆续回来，见面简单介绍后，一个寝室四个人，大概信息基本齐全：一号张鹏，上海人；二号陆凯，来自福州；三号吴湖，是芜湖人；四号即阿清，家住江西修河畔，离上海最远。阿清多说好几句，大家也没明白修河在哪，最后说到江西名山庐山，室友们才有了个大致方向。

久了，四个人都熟络起来，相处得像兄弟。也巧，他们身高差不多，一点七五米左右，阿清略高点，体重相当，张鹏偏胖些，最难得的是他们有共同的爱好——踢足球，张鹏是守门员，水平杠杠的，周末一呼全应，撺掇出门，踢上个把小时，然后各忙各的事去。一般只有张鹏外出过周末，有时候会带些美食回来给室友们吃，其他三人待在学校为多，尤其是阿清，在公寓兼了一份宿管助理的职，赚些小钱，补贴生活费用。

平日用度，穿衣着裳，阿清最节俭。阿清家世代农民，父亲从未出去打过工，至多在本村邻村帮别人做做小工，一年到头赚几个苦力钱。母亲倒是有一门轻快活，做裁缝，早些年还行，时常有人请她上门做工，吃东家的喝东家的，还可计日取酬。后来，轻工业发展快，市场经济越来越活跃，服装商多如牛毛，工厂制造几乎完全代替了传统手工制作，阿清母亲的手艺自然被淘汰了，大多时间赋闲在家，偶尔帮别人缝缝补补，锁边钉扣，赚点平日的花销，还得紧巴巴，好在当时阿清两个姐姐都不错。大姐虽然读书不多，十几岁就在市国企工厂做临时工，人长得水灵，勤劳善良，嫁给同厂的正式工小伙子，家境条件还好，二姐中专毕业，在邮电所上班。两姊妹懂事体贴，替父母分担很多，对弟弟更是照顾有加，时不时还额外塞点零用钱给阿清。

阿清深知家里不易，生活特别节俭。就读上海××大学两年多，没出过几次学校大门。上海几处知名的景点，早已列入游玩计划，但因手头拮据一推再推，学习成绩倒是越来越好，写得一手特别漂亮的字。寝室二号铺陆凯，三号铺吴湖，跟阿清往图书馆跑得多，成绩都不错，只是一号铺张鹏，整天往外跑，原来每个周末雷打不动的一场足球也很久没踢了。自从国庆长假以来张鹏不是周末也不着校，他上海人，寝室几兄弟认为他只是常回家而已，没多想。张鹏向来很讲义气，寝室活动，偶尔下下馆子，逛超市买水买奶茶买冰激凌等，他总是抢先把钱全付了。

日子过得真快，一晃就到了元旦，阿清寝室四〇一室全员都在，集体出动，又一次在绿茵场上尽展风采，他们疯跑、猛踢、头顶、跳挺，关键时刻守门员张鹏业务还没生疏，敏捷一跃，紧紧抱住对方汹汹飞射而来的足球，赢了，耶！帅呆了，酷毙了，四〇一室四兄弟高兴得肩挽肩围抱一团……

一场足球下来，他们个个酣畅淋漓，精神倍儿爽。稍做收拾后他们照例在学校二食堂聚餐，喝点啤酒，新年旧岁的更替，总结过去，展望未来，陆凯、吴湖自信满满，声称为考研早已做准备，连内敛的阿清也高擎紧握拳头的手，慷慨激昂地说："新年新气象，我定将不负众望！"只有张鹏显得忧心忡忡，像泄气的皮球，沮丧地说："我肯定会让大家失望喽，以后能不能和大家在一起都难说。""怎么啦？"阿清三人异口同声地问。"马上要期末考试了，本学期我天天打红色警戒，一节课都没听，一句书都没读，一个题都没做，拿什么考？"张鹏很不好意思，声音极低，好像从牙缝里挤出来似的。

大家心里明白，这阵子，几乎各科老师都特别强调，期末考试不是随随便便就能应付得了的，尤其是这次期末考试，没有真枪实弹谁敢上战场？学校早有传闻，学校即将面临全面升级，转春就要改为上海××大学，学风考纪严肃严谨，这是学校必抓的第一要务，考试多门不达标是要被劝退的……气氛僵持了一会儿，陆凯打破沉默，说："会有办法的，我们大家一起来帮你想办法。"张鹏略有喜意，兴奋地说："这次考试全靠你们仨了，从今天起，大家本学期吃喝所有开销由我一个人出，你们尽管挑好吃好喝的，加强营养，精力充沛，帮哥们渡过难关。"陆凯、吴湖，都伸手握上去，阿清稍有迟疑，还是像平日踢球时开局前一样，四只手紧紧握在一起。

计划在周密地实施中。几门选修科目，课后交试卷的全部由陆凯等仨代劳，正儿八经同场考试的科目，陆凯、吴湖、阿清多次琢磨揣测可能出的题，分工写出重点，制作卡片，让张鹏隐秘藏好，带到试场应急，加之试场中挠首搔痒的暗号传递信息，好几门都平安无事，感觉还不错，六十分过关应该没问题。到了最后一门，高等数学，题目无法预测，事先三人为张鹏准备的题目一个都没考，怎么办？阿清离张鹏最近，必须紧急救援，大三了，高等数学考试题目量大，答案烦琐，传纸条根本行不通，最好的办法，就是交换试卷，速战速决，替张鹏做一份，阿清深知这样很不妥，风险很大，但实在抹不开面子，两年多的室友情，外加几个星期张鹏好吃好喝地供着，如果不出手相助，倒显得自己不地道，不够朋友。

用了个把小时，阿清做好自己的试卷，瞒前瞒后瞒左右，瞒过监考老师的眼睛，终于与张鹏换了试卷，尘埃落定，张鹏倒头便睡，他实在太困了，昨晚为了等购买最低价的游戏币，根本没合眼。阿清埋头苦干，也许是太认真，引起监考老师的注意，监考老师走过来，站在阿清旁边，纳闷开考一个多小时了他怎么还在做第一页试卷，可他一没偷看，二没对答案，监考老师瞟了一眼阿清的试卷，什么也没说就走开了，阿清的漂亮字倒是入了老师的眼睛，印象很深。

阿清本可替张鹏考个高分，他灵机一动，想了想，故意错两道填空题，最后一道题不做，大概七八十分的样子，对张鹏来说更显真实，不会让人瞧出破绽。阿清看看表，离考试结束还有几分钟，看看张鹏，他睡得可香了，怎么办？刚才以防万一，交换的试卷没写名字，张鹏可要知道换着名字写吧，不一会儿，结束考试的铃声响起，阿清写上张鹏名字把试卷交上去，他本想去叫醒张鹏，示意他交换写名字，自己平生第一次如此胆大包天，心虚得很，怕有此地无银三百两之嫌，便径直走出教室。

同学陆续交完试卷，只剩熟睡的张鹏，监考老师大吼两声："同学，交卷！""同学，交卷啦！"张鹏猛然醒来，抓起试卷交上走人，监考老师发现没写名字，把张鹏叫住，张鹏一边写名字，监考老师一边说："试卷发下去，要先写好名字，晓得哇？"继而惊讶地问："你也叫张鹏？"

"嗯，我就是张鹏。"

阿清回到寝室，一见张鹏就迫不及待地问："你试卷上名字写什么？"

"张鹏呀，怎么啦？"

"完了，我写的也是张鹏，死定了，这回死定了……"陆凯安慰说："莫急，登分按座位号登的，名字一般不会看。"

"是啊，是啊。"吴湖附和道。张鹏想到交卷时监考老师那句莫名其妙的惊问"你也叫张鹏？"知道情况严重，没有侥幸蒙混过关的可能。张鹏对阿清说："兄弟，我一人做事一人当，我马上去说清楚，不会连累你。"然后冲出寝室。"别，也许没到那一步。"陆凯拉不住张鹏，随即三人都跟着出了门，追上张鹏，已经到了系里的办公室，没见到领导，只有系主任秘书在。

张鹏大包大揽，坦白态度非常诚恳，心想争取最大的从宽处理。阿清、陆凯和吴湖很感动，更加认定张鹏是兄弟，既然是兄弟，有事得一起扛，心想各自分担一点，争取最大的从轻处理，事情经过和盘托出。最后系主任秘书说："我都记下了，向领导汇报后再说，不过这事麻烦，学校向来严肃学风考纪，目前又是重点严抓严管考风考纪，对考试作弊行为绝对零容忍，这是关乎人品的大问题，你们都已满十八岁，成年人，肯定要为自己的错误行为买单，哎，你们回去等通知吧。"

下午三点开始，张鹏、阿清、陆凯、吴湖四人被叫到系办公室，监考老师在那，班主任也在那，桌上摆了一些试卷，其中上面两张并排摆的是高等数学试卷，阿清一眼就看出是自己的"杰作"，特别刺眼，心一下子跌到了谷底，无法逆转。那漂亮的字不再是让人夸为自己长脸的资本，而是出卖自己，坐实自己人生污点的罪证。班主任阴沉的脸，像暴雨来临前的乌云，他气愤地翻动试卷，下面是他们四个各科的试卷，看来学校是一查到底的架势，铁证如山，说什么也枉然，只好听候处理了。据说晚上张鹏考试座位前后左右的同学也陆续被叫到系办公室问话，第二天下午班主任在班级 QQ 群里转发学校通知：张鹏开除，阿清、陆凯、吴湖三人勒令退学。

得知这一消息，阿清异常冷静，没哭没闹更没上吊，连抱怨的话都没有一句。张鹏声声对不住，阿清闻而未见，只是静静地躺在床上。不知过了多久，外面灯光映红漆黑的夜，阿清爬起来，套上伴他一冬的青色棉袄，跨着伴他两年多的背包，走进夜幕，临走时轻轻地说："我走了，大家不用送。"

阿清到了外滩，呆看良久，最后去火车站，在候车室坐到天亮都没买票，何去何从？想了很多，回家，怎么说？他是村里唯一考进大上海的大学生，他是家族的骄傲，父母的希望，这样回去，叫他如何见江东父老。去打工，自己没一技之长，也没一纸文凭的通行证，会做什么，能有什么可做？再说人生梦想就此搁浅在突如其来的变故里，他替自己不值，于心不甘。思来想去，他决定一切从头起，复读高考，必须得赶紧找个高中，否则错过报考的时间又要等上一年半载。阿清买了直达九江的票，大姐和二舅都在九江。隆隆的火车经过十一个小时把阿清带到庐山脚下的浔阳城。

见到大姐，阿清终于忍不住，泪流满面，泣不成声，没跟大姐说太多，只请大姐帮自己先瞒着爸妈。大姐八岁辍学，对弟弟的事弄不明白，没多问，每天变着花样给弟弟做好吃的，让弟弟心情好点。

阿清找到当副厂长的二舅，事情原委点点滴滴不敢隐瞒，也说明自己想到九江补习的打算。二舅没多加责备，说："人啊，有所为而有所不为，不做违纪违法的事是底线。"停了停又说："事已至此，不必纠结，离二〇〇八年高考还有四个多月，专心复习，认真准备，不说九八五、二一一，一本是要考到一个的。"

第二天，二舅带阿清到三中理科补习班报名，还好赶上报考的末班车。大姐在厂里同事那帮阿清借到了高三各科课本，阿清又一次置身于高考大军，没日没夜地读书做题。

二〇〇八年元月下旬，阿清按大学放假差不多的时间回家过年，白天帮父母干活，晚上躲开父母看书。正月同往年一样，走亲访友，串门拜年。

初八阿清借参加学校要求的社会实践活动而早早回到九江，寄宿在学校，三个半月的努力，一百日的奋斗，大大小小模拟考成绩波动大，阿清强忍身心煎熬，终于到了临近高考的日子。

大姐每个周末用保温筒送些荤菜热汤给阿清吃，补充营养，眼看要高考了，阿清消瘦得厉害，眼睛都深陷下去，大姐怕弟弟吃不消，自己又怀孕，身子一天天笨重，不方便老是来去奔波，便打电话叫母亲来照顾阿清，以便弟弟更好冲刺高考。母亲当时在她娘家探望病重的外公，听说阿清的情况，特别难过，心急得立马骑电动车回家，准备收拾东西去九江。"天有不测风云"，出门没多远，有个坡，电力不够，冲不上去，刹车又没刹住，母亲个子矮，双脚点不着地，连人带车滚下了坡，后脑勺磕到一块尖石，七窍来血，昏迷不醒，当场就不行了，傍晚便走了。

大姐第一时间知道噩耗，号哭着告诉二舅，二舅决定瞒着阿清，五天后就要高考，母子生死离别是人生的极悲极痛，真怕阿清承受不了，严重影响高考。

六月八号下午，阿清考完最后一门，走出考场，见二舅开着车，舅母也在，早已等在学校门口，神色有些不对，忧伤的样子。舅母牵着阿清的手："阿清，考完就好了，可以轻松些，今天你二舅有时间，我们一同陪你回老家。""不应该呀，考是考完了，可没有估分，再说没必要，考完我自己可以回家，可能是我瞒着父母好些事，二舅怕我交不了差要送我回家吧。"阿清心想，同时纳闷大姐大姐夫怎么没来。阿清对二舅，向来是敬他三分，畏他七分，坐在车上，不敢多问，舅母又说些无论遇到什么事情都应该担得起、男孩子要坚强之类的话，阿清心里越来越怕，快到家了，凄凄哀乐散在修河支流的水面上传至耳际，阿清哭吼着："二舅，怎么啦？家里到底怎么啦？"二舅把车停在芜场边，亲自打开车门，轻抚阿清的肩膀："去吧，去给你母亲做最后的道别。"说完抽噎凝咽，掩面拭泪。

晴天霹雳，重重砸在阿清的心里，他奔到灵堂的红色棺木前，声声哀叫，惊天地，泣鬼神，却唤不醒母亲睁眼再看看自己，阿清大脑一轰，失去知觉，倒在灵堂前，大家慌忙把他抬到床上，喊他名字，掐他人中，揉他胸口，灌白糖盐水给他喝，他仍旧很久没有缓过来，亲戚们商量着要送医院，医专毕业的二舅细看后说没什么大碍，只是伤心过度，一时气晕醒不过来，其实他听得清大家的话，心里明白的。

姨妈中三姨与母亲关系最好，走得最近，阿清跟三姨也格外亲些。三姨轻揉阿清的太阳穴，眼睛润润的，十分怜爱地对他说："阿清，你快点醒来吧，别叫你妈担心，你妈就是太担心你才意外出事的，你要振作点，好好的，你妈在那边才会安心……"边说边垂泪，滴在阿清的眼睛里，动了，阿清眼睛眨动了一下，醒了，可阿清一声都没哭，棺木出门，落穴，掩土都是孝子贤孙悲极而泣的时候，可阿清一声不吭，一滴眼泪都没有，端着母亲灵牌木偶般完成出殡仪式。第二天上坟，阿清放了鞭炮，烧了纸钱，敬献完饭菜后，漫山遍野地找来一棵小小青松，移栽在母亲的坟墓旁，大姐二姐觉得莫名其妙，可都没阻拦，由着他。

一个暑假，除了帮父亲干农活，没事时常伴在母亲的坟头，一坐几个钟头，连报考都是二舅委托班主任帮他报的，后来收到江西××学院的录取通知书，阿清都毫无改变，叫人甚是担心。不过下雨日子他总待在家里看书，有时去镇上书店租书，大致是些《二十四孝》《资治通鉴》《曾国藩全集》《平凡的世界》《基度山伯爵》《红与黑》之类的书，二舅来看他，给他带来了最新出版的《马云如是说》。读书这项精神功课，对人有潜移默化的感染。阿清看了那么多书，真的从书中有所悟，有所得，有所获，人慢慢地走了出来。

九月初，阿清又一次背着行囊走进大学的殿堂，在江西××学院，他没有大学新生的那份兴奋，也不像大学新生那样任性，他从不逃课，不逃晚自习，上课不玩手机，不睡觉，课余不会有事没事到英雄城瞎逛，也从不玩游戏，连玩游戏的同学他都避而远之。同学之间大聚小聚他一般不去，对于有钱的室友同学老乡，阿清很少与他们凑一块，好像得了"游戏恐惧症"，"金钱恐惧症"一样。上课，上图书馆是他的生活日常，每周末踢一场足球，有时没人，他一个人跑跑踢踢，后卫、前锋都尝试着，防守、进攻轮换着角色，暮色降临他仍然在绿茵场上蹦跶，彻底放松，而后像打了鸡血一样看书，背单词、做题、练书法，个个学期都有奖学金，字练得炉火纯青，班级板报，学校宣传栏都有他的墨宝。

　　阿清帅气，又较其他男生稳重，上进，给人安全感，是很多女孩心中的白马王子，从大一起就有女孩向他发出爱的信息，他视若不见或婉言相拒，不是阿清排斥爱情，也不是他自命清高，没有人知道他的过往，没有人理解他内心的痛楚，他早已在母亲的坟前，无数次默念过自己的未来人生规划，英雄城不是他停靠的港湾，哪里跌倒哪里爬起来，他本想再一次进军大上海，而母亲生前很是向往四季温暖如春的南方，广州深圳便成了阿清努力的方向、奋斗的目标。出身农门、四面徒壁的阿清心里清楚得很，唯一的办法就是要考进去，考研考公务员，堂堂正正做广州或深圳有尊严的白领。为了怀念母亲，也为了勉励自己，钱包里层一直放着母亲微笑的寸照，每每看一眼，定当给自己无穷的力量。

　　阿清朝着人生坐标脚踏实地，一步一个脚印，走了三年多，奋斗了一千多个日日夜夜，他没有懈怠，也不曾放松，有目标就有靶向，有理想就有前进的明灯，照亮他前进的路，抵达成功的港湾，大四上学期末考研，二〇一二年上半年阿清如愿以偿地收到深圳××大学硕士研究生的通知书，城市管理与运输专业。

　　阿清读研时，父亲老了，赚不到什么钱，两个姐姐都已成家，各家有各家的负担，阿清的经济来源主要靠自己，他不再做书呆子，而是半工半读，除了寒假过年回家几天，其他假期都不回家，同时打几份工，有点留美穷学生的味道。《马云如是说》结合其中理论，联系实际，融入社会，扩大交际面，多渠道赚钱，端盘子送奶茶、做家教编程序、蓝领白领、体力工作脑力活儿，他样样尝试过，体验过，阿清做人实诚，做事不滑头，学校勤工俭学，公司临时招聘都乐意招阿清。再说阿清在学习与工作中结交了一些朋友，注意积累多方面资源，只是交女朋友一直滞后，说等读完研究生稳定就业后再考虑。

毕业那年，阿清参加公务员考试，深圳市××区交通局只招考一个名额，阿清笔试第一，高出第二名四点五分，面试第一，高出第二名五分，最后以绝对优势被录用，成为名副其实的深圳人。

阿清的大学时代，从本科读到硕士，几经周折，就读三座城市，花费十年工夫，其中有小半年重新经历高考的炼狱生活，有人说磨难是一笔财富，能让人快速成长，积累影响一生的能力，塑造直立行走一辈子的品质，阿清虽说走了一点弯路，知错就改，及时转身，调整人生方向更是堂堂君子，烈烈丈夫！

时光荏苒，岁月如梭，阿清虚岁已三十，可还是单身狗。最疼他的三姨把同学的女儿舒青介绍给他，舒青在深圳移动公司上班，与阿清隔得不远。当得知舒青有车有房子，阿清连面都不愿见就婉拒了这门亲事。

三年后，二〇一八年清明节，阿清坐高铁回来了，身边多了一个女孩，来自大别山的女孩，在深圳市×××人民医院当护士。上山为母亲祭扫时，阿清扛着锄头，提着一个文件夹，大别山女孩拿着洋瓷盆，提着一篮鲜花。阿清为母亲锄草，大别山女孩为婆母捡草插花，完了，两个人跪拜在母亲的坟前，阿清告诉母亲自己在深圳买了车，房子的首付也交了。另外拿出一沓荣誉证书的复印件和一大沓风景照，阿清什么也没说，静默几分钟后，他拿出特地买的打火机，就着有些年头的洋瓷盆，把荣誉证书的复印件一一烧给母亲，大别山女孩把她精心为从未谋面的婆母拍的南方风景风情照片一张张地丢到洋瓷盆里，一边扔一边解释是南方哪里的风景，时不时地口里念着妈，火苗突突往上蹿，好像另一世界里母亲的笑脸，随风飞扬的灰烬有些停挂在旁边的青松上，就是阿清当年亲手栽种的那棵，如今已成参天大树……

活成一棵松是阿清多年的梦想，也是阿清的人格定位，如今，他向着太阳，笔直地挺立在祖国的南海边。

三名职校生的成长报告

有人说，当代职校生初中文化课偏弱，中考成绩不理想，往往被视为"差等生"。

其实，当代职校生绝对不能被胡乱扣上"差等生"的帽子，他们只是中考失利或是其他原因，选择了一条不同于普通高中生的成长之路而已，最大的特点是他们可以根据自己的兴趣爱好选择相应的专业进行学习，他们照样可以成才，成为国家需要的新一代技术人才，如果自己努力，时时有机会，处处有平台，前途可以一片光明。毕竟创业致富的、走上领导岗位的、享受专家待遇的职校优秀毕业生不在少数。

一

吴尔明读到初三，学习成绩中等，考进普通高中，一点问题都没有。可是他的家庭情况特殊，父亲早亡，母亲再嫁，爷爷奶奶年事已高，无力支撑他读完高中再读大学。在初三上学期末职高春季招生时，班主任把报名表给了吴尔明一份。

与家人商量后，吴尔明尽管心有不甘，意有不舍，还是上交了申请入读职高的报名表。他不知道什么专业适合自己，也没搞明白自己喜欢什么专业，只听招生老师说数控专业对数学基础较好的人有一定优势，未来就业挺不错，他便填上了数控专业。

吴尔明到了职高，认识他的同学看到他，"你怎么也到这来读啦？"很惊讶很不解的样子。是啊，"我怎么来职高读书呢"？吴尔明心里自问。职高，在常人眼里，大多是学习成绩差的人才会去读的地方。但命运弄人，自己确实成了一名职高生，特别不习惯，见到熟人就躲，夜深人静时，常常心头一阵阵酸楚，想到未来感到非常迷茫。但他不服气，不愿也不能成为常人眼里的"职高生"。

吴尔明好在选择了数控专业，班里人不多，十来个人，大家成绩没有想象的那么差，班里同学的行为习惯也没有传言的那么糟糕，吴尔明的心稍稍安定下来。

数控是新开的专业，实验设备是新买的，特别昂贵，很让人琢磨不透，对吴尔明来说一切皆是新鲜，他对数控专业挺感兴趣，每到上机实践课更是兴奋。数控班班主任很年轻，刚刚从外地职业学校进修回来，一心扑在工作上，对家境贫寒成绩优秀的吴尔明非常关照。课堂上吴尔明是班主任最活跃的学生，课后吴尔明是班主任最密切的小伙伴，他们常常在机房一待就是一个下午，看书讨论，摸索操作，这对师生像兄弟又像师徒，吴尔明成为班里学得最好的学生，学校的佼佼者。

一年半后吴尔明到江苏某厂里实习，表现非常优秀。毕业时，被那厂按熟练技术工人录用，这是破天荒从未有过的事，后来升车间技术主管，再升车间主任……工作的同时吴尔明利用业余时间又进修了机电一体化专业，机电一体化人才向来紧缺，很抢手，摸爬滚打几年后，三十二岁那年吴尔明就跟朋友一起合伙在无锡开了公司，他是法人代表、最大股东、技术总监，主要做冲压、注塑及设备自动化这一块。公司经营得很好，业务发展到国内外，三年疫情下，仍然有做不完的订单……

二

黄刚是台州市下辖的县级市某职业学校的副校长，而他曾是本校的学生，用他自己的话来说是"土生土长"的职校人。

从职校学生到职校的领导，看似不可能的可能，黄刚做到了，他在适合他的土壤里生根、发芽、开花、结果，用奋斗抒写着自己美丽的人生。

一九九一年，黄刚中考失利，无缘普高，自认为一辈子将无缘大学，他带着惆怅走进本地职校的大门，学习机电。机电是难学的专业，毕竟以后要靠它来就业谋生，黄刚学得很用心很刻苦。一九九四年临近毕业，黄刚已经在当地一企业实习了一段时间，并准备转正当一辈子工人，从来没有继续升学的打算。有一天，他接到学校电话，获悉学校推荐自己参加升学考试。"真的吗？我也能参加上大学考试？太好了，说不定我真的可以考上呢……"黄刚兴奋得双脚并跳，右手握拳做出加油的姿势，看把他乐的！高兴之余他又犯愁了，自己文化课基础比较薄弱，考大学哪有那么容易？非常幸运，特别感恩，学校专门安排了老师帮助辅导，黄刚专心致志，废寝忘食，除了读书就是做题，当然他没有忽略加紧训练专业操作技能。

成功会眷顾努力的人，辛苦的付出有了可喜的回报。黄刚考上大学啦！成为浙江机械工业学校第一届大专班的学生，继续学习机电专业。

这来之不易的大学生活，黄刚特别珍惜。三年时光，他攻专业重实践，学习是他大学生活的主旋律，奋斗是他大学生活最深刻的记忆。一九九七年夏天，黄刚以省级优秀毕业生走出大学，回报社会。越优秀的人择业的机会越多，他可以留在人间天堂杭州，他可以去高薪厚酬的大型国企，成为国家新一代技术人才。但他毅然决定回到家乡，回到母校，成为一名职校教师，把人生支点定格在三尺讲台。

为提高个人执教能力，黄刚又参加了专升本考试，于一九九九年顺利进入浙江工业大学进修职教师资专业。本科毕业后，他本可以跳槽去更好的地方发展，不过，他没有走，仍然回到母校，坚守三尺讲台。黄刚做老师，当班主任，一当就是十几年，是学生们心中亦师亦友的好老师。黄刚把自己所学的知识传授给一届届学生，他以自己的成长经历鼓励一批批职校人，在他的培养下，许多优秀毕业生成为台州各地企业的技术骨干和机械行业精英。出身职校的黄刚能为母校为家乡贡献自己的青春热血，并且有所回报，他觉得很值得，很欣慰，人生特有意义。

二十多年过去了，如今的黄刚早已是学校的业务骨干、核心领导之一。他由教师、班主任到教务主任再到副校长，一路走来，一路作为。他创立了职校名师工作室，线上线下培训了大量的职教人，优化职业教育师资力量。不仅如此，他主持或参与课题研究，撰写论文，主编教材，他负责校企合作项目，小试牛刀，实现知识与资本的联合与转变，申请了好几项专利呢！

黄刚，浙江职业教育的明星教师、匠心领导，曾是职校生，永做职校人，一生孜孜不倦为一方职业教育的优质发展添砖加瓦，一辈子默默无闻为家乡乃至祖国输送更多更好的技术人才。

三

二〇二二年十一月二十七日是个普通的日子，但对中国职校生蒋昕桦来说，是极其不平凡的一天。

奥地利时间下午四时，即北京时间晚上十一点，二〇二二年世界技能大赛特别赛奥地利赛区比赛落幕。中国代表团正赛选手蒋昕桦获得重型车辆技术与维修项目金牌，实现了中国队在该项目上金牌"零"的突破。当听到主持人喊到自己名字和 CHINA 时，蒋昕桦兴奋得从座位上蹦了起来，高举五星红旗一路冲上领奖台，站在中间最耀眼的位置。蒋昕桦来自浙江宁波技师学院，这位零零后的宁波小伙拧螺丝竟然夺魁，中国职校生荣登世界冠军的领奖台，大放光芒！

二〇一七年六月，蒋昕桦迎来了人生第一次大考即中考，他像很多初中毕业生一样想考上理想高中，以后能圆自己大学梦，但普职分流的事实很残酷，基础不是很扎实的他在中考中没能超常发挥，与普高失之交臂，未来很渺茫，何去何从让他一度陷入困惑。

蒋昕桦才十几岁，还未成年，能去做什么呢？继续学习才是正道，他选择了去宁波技师学院读书。宁波技师学院是一所规模大实力雄厚的职业学院，他就读汽车机修专业，而且参加重型车辆维修技能培训。职教学校，也许不需要选最好的，专业一定要选对的，蒋昕桦找到了最适应自己发展成长的专业与平台，技能开启了他人生新征程，蒋昕桦一步一个脚印学习重型车辆维修技能，在二〇二〇年底的首届全国职业技能大赛上获得重型车辆维修项目金牌，时隔两年，他又代表中国站上世界技能比赛的最高领奖台。向世界证明了"中国技术"，展现了"中国青年"的风采！

世界技能大赛被誉为技能界的"奥林匹克"，目的是鼓励各国青年技术工人成长。蒋昕桦作为中国唯一代表，参加在奥地利萨尔茨堡举行的二〇二二年世界技能大赛重型车辆维修项目，与来自世界各国的十二名选手竞技比拼，竞争有多激烈可想而知，没有运气可言，唯有用实力应战，容不得半点马虎。

重型车辆的范围很广，既包括集卡车、挖掘机、推土车之类常见车型，也包括各种专业采掘设备和农机设备。参赛选手要想事先熟悉掌握各类重型车辆的维修技术，根本不可能。本次大赛中的参赛机型是利勃海尔轮式挖掘机，中国根本没有这个机型，对蒋昕桦是极大的挑战。仅凭一份英文说明书，在规定的十八小时比赛时间内精准找出各个问题，并逐一加以解决。稍有不慎，如果重型设备维修现场操作不当，会导致严重事故，因此，选手的每一步操作，都要和裁判进行沟通说明。

人处异国陌生的环境，面对素不相识的机型，参加高危高强度的重型汽车维护比赛，难度有多大，压力有多大，谁都无法想象，只有蒋昕桦自己心里明白，他长舒了一口气，调整了一下自己，沉着应战，最后凭着过硬的专业技能、强大的心理素质、很棒的英语水平和良好的沟通能力，表现出最好的自己，超越所有对手，完美地赢得了世界级比赛，创造了人生的辉煌。

世界技能大赛的入围选手，都是可以直接进入高校做老师的，人才补贴高达一百多万呢！更何况是世界技能大赛冠军得主蒋昕桦呢，自然是高端技术人才，可以拥有国家专属的待遇，只要他愿意，进高校、进企业或进国家工业技术部门等，到哪没有自己的一片天地呢？

当今社会发展，技术型人才越来越被大家看好，国家也需要相关的技术型人才。职业教育早已列入国民教育体系和人力资源开发的重要组成部分。扩大职业教育，建立普职分流体系已在如火如荼进行中。当不了普高生，就做职校生，谁都不能为你乱扣帽子，妄加评议，你也无须自轻自卑，更不用自暴自弃，只要选对适合自己的，努力拼搏，你就会在恰当的时间里合适的舞台上实现自己的人生期待。不信，请读这三名职校生的成长报告，读着读着，就能读出鲜明的主题"我是一名职校生，照样可成才"。

叫停抑郁症进校园

五月中旬，我朋友的姑姑、县城小学老师因抑郁纵身一跃，把生命永远交付给生她养她的母亲河。

高考前夕，六月五日，早上六点五十分，赣州某中学校长因抑郁坠楼身亡。

高考首日，河北某市一高考复读生因抑郁从七楼纵跳身亡，寒窗苦读十几春秋，就等最后一搏，他却累了，无谓前途，无视生命，留给亲人是撕心裂肺的哭声和无尽的痛苦。

频频传来的噩耗，让人久久无法平静，悲声叹息，数夜难眠，深忧而思。

这到底怎么啦？短短半个月时间，三起自杀身亡的案例竟然都涉及中小学校，上自校长，下至老师和学生，皆有逃不过抑郁症折磨的人，他们选择极端，诀别人生。

这太可怕了！什么是抑郁症呢？

抑郁症是病，一种需要药物治疗的病。它鉴别不易，根治难，患病期间极其痛苦。在中国，抑郁症患者就诊率低，危险大，不到百分之十的患者接受药物治疗，将近有百分之十五的患者死于自杀。目前被定性为世界第四大病，有人预计，到二〇二〇年，它仅次于心脑血管病居世界第二大病。

抑郁症是一种在岁月时光中逐渐形成的病，表现症状不单一，是生物、心理、社会三方面共同作用的结果。我们绝对不容忽视，要正确对待，早做防御，一个人，如果身体素质好，心理承受能力强，社会关系和谐，往往不易患上抑郁症。不幸患上抑郁症者，只要正面现实，积极治疗，走出抑郁魔掌的也不无可能。

教育领域，是一块阳光净土。特别是中小学校，一个书声琅琅、朝气蓬勃的地方，社会关系单纯，按理说，那里不应该滋生抑郁症。

事实上，学校是一个细胞齐全的小社会。学生、老师、校长是其主体，学生背后的家长也是其中庞大的隐形参与者。学生各异，老师有别，校长不是圣人，家长是监护人，学校矛盾的产生不可避免。

这种矛盾来自学生与学生之间、老师与学生之间、老师与老师之间、老师与学校之间、学校与社会之间、家长与学校之间等。尖锐的矛盾有学生自我发展与校纪校规的冲突，校长的管理理念与人类教育精神的出入，老师的工作付出与教育评价的失调。

学校矛盾会影响师生身心健康，甚至会波及他们的一生。"人生在世不称意"，学校里同样也有想不通的事，过不去的坎，郁积心中，难以释怀，有时大脑短路，认为苟活无益，真想一了百了。这种心理长时间得不到疏导，心境会出现显著而长期的低落，抑郁症便悄无声息走进学校，侵蚀师生的健康与人身安全。

"解铃还须系铃人"，缓和紧张、解决学校矛盾的关键是学校主体。一个学校的校长、老师和学生如能各司其职，各行其是，教书育人尽管做不到尽善尽美，通过不懈教育与不断受教育是可以促成梦想渐行渐真的。

如果把学校比作航船，校长便是掌控的舵手，老师是辛勤的艄工，学生是启航的风帆。三者同心协力，和谐发展，航船才能顺风顺水，驶向成功的彼岸。

时下，教育界流传"一个好校长就是一所好学校"，着实道出了校长在学校中的重要作用。陶行知也说过，从小而言，校长关乎学生的学业；从大言之，校长关系国家和学术之兴衰。毋庸置疑，一个优秀、有品位的校长是学校的福音，直接影响学校管理的质量和各个工作环节的顺畅。

校长，学校的法人代表，是学校的最高管理者和领导者，可以操纵学校的一切权利，是矛盾产生与解决的关键。

校长的品德素质、管理理念、决策水平、工作技能技巧对一校乃至一方教育有导向作用，所以对好校长的定格是要有高度责任心，充分发扬民主精神，以发现和唤醒学生内在发明发展的可能性能力，让学生作为一个和谐的人走向社会为目的，规范教育，创新管理，让教有情趣，学有滋味。这样学校的矛盾会减少很多，即使有也不会激化到严重伤害师生们的身心，直至抑郁症发生的地步。

作为一校之长，应该心中有爱，以人为本，尊重学校教职员工，倾听来自社会的心声，为了学生的一切，一切为了学生，遵循人类教育精神和国家教育法规，办社会所需的教育，办人民满意的教育，而不是为了面子工程。

把教育作为面子工程来抓的校长是极其可怕的，危险系数忒高。某些校长不顾广大师生长远发展的需要，欺上瞒下，报喜不报忧，独断专行，完全把学校作为自己的后花园，但凡学校有点成绩，皆为领导有方，大肆宣扬，哪哪都是校长的光辉形象，纸媒视频为证，便成了自己升职续官的软实力。更有甚者，违规操作为孩子谋职，为夫人升职，不成则大闹她单位领导办公室，被严词逐出，灰溜溜回来，世人很是不屑，难道心情会好吗？一家三口，尽管人人有车，个个风光，还是欲壑难填。要想人不知，除非己莫为，纸是包不住火的，违反八项规定，违纪违法之事宜，生怕东窗事发，战战兢兢，终日惶惶，极度紧张，极度恐惧，抑郁症找上门来是迟早的事，轻者神经兮兮睡不着觉，重者自寻短见，一切灰飞烟灭。

校长，要想远离抑郁症，就不要私心那么重，贪欲那么强。以智慧眼光做教育，以人格魅力树权威，协调好上下级关系，忠诚为校为国为民办实事，传承千秋教育之伟业。

校长再好，管理水平再高，那都是空中楼阁，是个人意志，只有充分发扬民主，把它与教职员工的意愿相结合，化宏观目标为具体目标，培育学生成长成才是硬道理。

老师的天职是教书育人，老师是培育学生成长成才的实施者和操作者。学校讲人性，讲民主，分工明确，老师能得到应有的尊重和起码的公平，思想独立，不受束缚，能专心研读教材，细心了解学生，因材施教，让每个学生学有所得。

千个老师千个教法，以爱心感化学生，用智慧启迪学生，老师得心应手，教得开心；学生学得容易，轻松快乐。教学相长，老师与时俱进，越来越专业，学生一届强过一届，"青出于蓝而胜于蓝"。师生关系、老师与学校、老师与家长以及学校与家长的关系变得融洽和谐，得到社会各界的认可与支持，学校教育、家庭教育和社会教育达到完美结合，教书育人成了快乐有意义的事，老师看到了希望，不忘初心，再苦再累也不疲于教育，抱恙工作也心甘情愿，因为那是爱的牵引，感恩的回报，责任使然。

作为一名老师，学生积极奋进，阳光向上，学有所获，便是对自己最佳的教育评价。工作生活即使有点小纠结，也不可能长期情绪低落，老师与抑郁症自然成了绝缘体。

校长也好，老师也罢，说到底都是为学生服务。学校最主要的细胞是学生，离开学生谈学校说教育就是丰干饶舌。学校教育是按一定的社会要求，遵循学生的身心发展规律，有目的、有计划、有组织地引导学生获得知识技能，陶冶思想品德，发展智力、体力的一种活动，以便把学生培养成社会所需要的人。大教育家苏霍姆林斯基说："教育的终极目标应该是向人传送生命的气息。"具体而言，学生成长是学校教育的终极目标，学校教育就是关注学生成长，向学生传递成长的正能量。

而某些学校为了所谓的在竞争中立于不败之地，为了提高学生成绩不择手段，违反义务教育阶段均衡教育和学生成长的正常规律，无根据无原则地分快慢班，搞题海战术，在有些学生心里留下阴影，他们敏感脆弱，没分到快班的不思进取，自暴自弃，沉迷网络，贪玩手机，对学习毫无兴趣，在课堂与老师关系紧张，在家怪罪父母无能，非富非贵，连帮忙分到快班的亲戚朋友都没有一个，不愿与父母沟通，家庭关系不和谐，学生情绪长时间低落，患抑郁症的概率大大提高。

更令人痛惜的是，他们有些心理承受能力弱，自控力差，无论在家里还是在学校，稍受挫折，一言不合就离家出走，离校逃课，三番五次，挂上问题学生的名号，反省不力，警告记过，转校辍学。

其中戾气重的，打架闹事，实施学校欺凌，即使读完初中，或混完高中，毕业离开学校，闯荡江湖，工作不顺，前途渺茫，生活无望，卷土重来，找学校算账，持刀杀学生；报复社会，抢劫、群殴、砍邻居、捅市民。

还有性格内向的，不与人交流，在校没朋友，在家抗父母，他们的人生只有虚拟的世界，半夜都躲在被窝里玩手机，他们的未来只有想象的可能，回到现实生活中，觉得难，觉得累，觉得没意思，久而久之，不同程度患上自闭症、意想症、焦虑症、狂妄症，进而深度抑郁，难以自拔，投河、上吊、割腕、跳楼，样样致命，草草了结一生。

分到快班的学生怎么样呢？是不是个个都能顺利成才成人了？事实证明，有些因为学习竞争压力大，学习几乎成为他们生活的全部，收获却难遂人愿，妒忌对手，妒忌是心灵的毒瘤，竟然生恨，仇恨学霸。众所周知，前不久，山东一中学生公然跑到第一名的家门口去杀同班同学，残暴挥刀，走火入魔地认为杀了第一名，第二名的自己就成了第一名。

那些在竞争中胜出的，也有让人难以理解的行为。今年高考女生六百九十九分，超过清华北大分数线，但她想到那么多年来除了学习还是学习，没交心的朋友，无自己的喜好，考上名校也就那么回事，她累了，她茫然了，不想再续人生，跳水溺亡，留给她父亲只是河畔永远的伤痛。

呜呼哀哉，学生之怪异，林林总总，这是怎样一种扭曲心态，这是怎样一种极端行为！

中小学生不一定每个都聪明，但人人都有可爱之处；不是每个学生都可以成才，但每个学生都可以成人。引导学生快乐学习，健康成长，相信善良，相信美好，相信正能量是人文教育之所在，只有这样，学生才会彻底远离抑郁，阳光积极，乐观生活，将来成为社会需要的人。

　　"教育根植于爱"是大文豪鲁迅先生对教育的真知灼见，"教育的艺术不在传授，而在于鼓励和唤醒"是大教育家蔡元培校长的教育箴言。无论是小学还是中学，应该争取社会关注，家庭配合，三力合一，实施爱的教育，科学的教育，人文的教育，鼓励和唤醒学生向善求真，大胆创新，引渡学生拥有健康的体魄，塑造健全的人格。校长、老师、学生就能在平安和谐的校园里工作与学习，收获好心态，好性格，好人缘，好人生。他们身心健康，抑郁症就无处附身，只能遁形，远离中小学校。如此一来，教育形势一片大好，学校自然欣欣向荣，祖国的明天一定更加辉煌！

抵制语言暴力　　反抗校园霸凌

有一天，我们同城几姊妹相约看电影，也许都是身为老师的原因，一致选择了《悲伤逆流成河》。

本片是根据郭敬明同名小说改编而成，情节内容多有改动，凸显了校园霸凌的主题，紧扣时代热点，是中国影视首次挑战崭新领域，大胆披露了校园里的霸凌现象，引发人们广泛关注，激起人们强烈的愤慨和深刻思考。

看完电影，我们也颇有感触，大都觉得，比起肢体欺凌，当下中小学校园里语言暴力更加普遍，不常引人重视，存在很大的安全隐患，就像散埋在校园里的地雷，随时会侵扰着中小学校园的和谐与平安，影响青少年的健康成长。

何为语言暴力？是指使用谩骂、诋毁、蔑视、嘲笑等不文明语言，使人在精神和心理上感受到痛苦或伤害的一种暴力行为。虽然不会留下身体上的伤害，但受害者可能会遭受情绪痛苦和精神困扰，是"内伤"，不容易治愈，随着时间的推移，甚至可能会患上有关的精神疾病。语言暴力往往会给青少年带来更大的负面影响，在小时候经常受到语言暴力的孩子往往在成年后自尊心低，可能有更高的风险患上抑郁症、焦虑症等，甚至产生自杀倾向。

校园语言暴力容易发生在师生之间，尤其是班主任与学生之间。这种现象小学比初中多，初中比高中多。小学生顽皮不懂事，中学生叛逆不听话，有时候老师一气之下会说出："笨蛋""大傻子""你有脑子吗""没得救了""滚回家得了""佩服佩服，你真够有出息的""初中生怎么连加减法都不会呢""单词错一个抄一百遍，看你还错不""下次再迟到，你自己看着办""烂泥团扶不上墙壁""朽木不可雕也"……无论是有意还是无意，哪怕是为了学生好，督促学生学习，老师都不能用这些带恐吓、讽刺、挖苦、辱骂性的暴力语言对待学生，否则会给学生造成即时或长时的伤害与打击，轻则学习成绩退步，重则厌学辍学甚至怀疑自己消极人生。数子十过不如奖子一长，身为老师，任何时候面对任何学生，都要控制好自己的情绪，尽量用爱的语言去鼓励学生，引导学生积极向上，呵护学生健康成长。

校园语言暴力，普遍存在学生群体中。且不说同学之间吵架闹矛盾时的出言不逊常有发生，据抽样统计，中小学里单单起绰号叫绰号的占比就高达百分之八十六。起绰号叫绰号是件说大不大说小不小的事。叫同学学霸、学神倒还好，只是让人有些压力，担心万一以后跌下尖子生神坛被人耻笑。叫同学学渣、学屌，或是根据同学的性格、外貌等特点，叫人娘娘腔、母老虎、肥仔、胖妞、丑女无敌、拐子、电线杆、矮冬瓜、斗鸡眼、招风耳、猪八戒……那就是恶意伤害，会导致无法预测的不良后果。

随意给同学起绰号或叫同学绰号，从传播学意义上讲，就是给人施加一种成见和刻板影响，来简化人们的认知过程，极大破坏同学之间的团结友爱。若是消极，侮辱性的绰号就是语言暴力、学校欺凌。日本多所学校发文，禁止同学间起绰号，防止校园欺凌；我国广东省教育厅明文规定：起侮辱性绰号就是校园欺凌，以教育为主，严重者开除。

众所周知，不良绰号被别人叫多了，不仅自己听起来不爽，而且很容易形成自卑感、屈辱感。就算长大后再听到自己曾经被嘲笑的绰号，也会心生寒意。

安徽大学社会学系副教授王云飞认为，学生群体因为心智还处于成长、未成熟阶段，受到不良绰号消极误导的影响更大，很多人因为绰号产生心理自卑、自闭，甚至会导致孤僻、极端性格的形成。这种性格一经形成，很难改变。再说叫人绰号衍生的事件有多可怕，简直让人无法想象。二〇一九年，四川省富顺县学生大喊校长绰号，被校长当着父亲的面掌掴，六天后其父亲跳楼自杀；二〇二〇年，太平洋小岛有一初中生被嘲笑的绰号激怒，乱掷手工刀，不料插进另一个同学颈动脉致其死亡……

所以，学校要密切关注和高度重视学生乱起绰号这一现象，抵制语言暴力，反抗校园欺凌。耐心教育，正确引导，同时家长要与孩子多沟通，加强孩子的心理建设。让同学们学会与同学相处，建立真诚以待、互尊互爱、和谐融洽的良好人际关系。这是学生们健康成长的必修课，对学生们成人成才起积极作用！

校园语言暴力，发生在包括校长在内的领导与老师之间也是一种客观存在。老师除了繁重的教学任务以外，经常要应付来自各个科室下达的额外任务，偶尔也会有人不及时完成，于是学校有些科室领导下达任务时，说到末尾总是附加一句：不按时完成要扣考评分或扣钱或通报批评甚至年度考核不合格等。这种威胁恐吓性的语言就像老师对学生说如果你不完成作业就不准吃饭不准回家的性质一样，也是一种语言暴力，何必呢，少点威逼，多点温馨提示不好吗？

再说校长，大多数校长为人低调，说起话来态度谦和，讲原则又重情义，尊重师生也受师生拥戴。但也有极少数校长德不配位，素质欠佳。听朋友说曾见识过一位校长，每次开会都骂人，全校他就是老大，想骂就骂，不骂时说话也够呛人，绝对的语言施暴者，后来他退居二线不来上班，每月拿着比普通老师更多的福利，却到处炫耀自己有权就可以那么潇洒任性，随意分享着当年如何看不惯 A 老师，如何欺踩 B 老师，如何践踏 C 老师尊严的快感……天哪！这种霸权主义者管理学校哪里有一点人性可言，影响太恶劣了。以致后来有个别副职领导得其真传，接力他的霸凌行为，凭着手中的权力无视教育公平而任性妄为，连年近退休的老师也不放过，哎……

以上种种行为对老师是一种极大的伤害，给老师带来太多负面情绪，导致情绪化的老师多少会把这种不良的情绪带到课堂中去，易怒易发火，有意无意说出伤人的话来，波及学生。这是一种恶性循环，很不正常，极不健康。对于求学阶段的孩子来说，会给他们心理上投下一种阴影，致使他们不再相信外部世界，觉得这个社会是冷漠的、恶毒的，对社会产生一种强烈的排斥感……

语言暴力、校园霸凌现象不仅中国有，外国也存在；不仅发生在老师与学生之间，也有学生与学生之间，还有领导与老师之间，它们不同程度地在不同校园的多种关系中存在与蔓延。所以我们有义务有责任对校园语言暴力、霸凌行为说 No。在校园里要大力推行文明，说文明话，做文明事，形成一股腾腾正气，共同抵制语言暴力，坚决反抗霸凌现象，彻底收缴校园里语言暴力这把杀人不见血的软刀子，让文明成为校园里最美的底色。从而实现校园文明，实现教育文明，实现人类文明！

第三辑　文学之光

　　阅读是创作的源泉。戴老师深知，一个作家不读书或者读书较少，只管输出，没有知识的更新，慢慢地，写着写着也就枯竭了，没有了灵气，谁都难逃此劫。前不久，戴老师邀我到小城书法名人黄建新老师处品茶，随意聊起读书的事。他说，过去书荒年代，年富力强，是本书就想方设法弄到手，甚至强借强读。现在书海无涯，精力有限，书有得选，就得拣出好书，挑合自己胃口的书读，为自己的文字补充养分。

行走，解密赣鄱大地

行走，是我写给赣鄱大地最好的颂词。

——彭文斌

多少年来，知名作家彭文斌老师行走江西，用才情与智慧解密赣鄱大地，为平凡英雄述职，为平常风景解说。一行行诗，一篇篇文，怀揣敬意，蘸满深情，写人状物，描山绘水，有人称其为赣鄱大地的山水翻译家，这恰如其分的称谓，道出了我和其他许多读者共同的心声。

认识彭老师是在一次五六个朋友的小聚会上。那天，彭老师骑着"小毛驴"，穿着青蓝夹克衫，下班后匆匆赶来。他身材魁梧，眼睛大而澄澈明亮。没有中年男子的不苟言笑，没有大作家的高高在上，他声音平和有磁性，待人和善真诚，一下子消除我内心因陌生带来的疏离感。聚会结束，彭老师执意要到总台买单，他说："到了省城，你们是客，我们是主，哪有你们请的道理……"热情得像认识多年的兄长。临别时，我和广东作家吴总同时扫码加了彭老师的微信，成为他的微信朋友。自那以后，彭老师的朋友圈就是我的资讯之窗和学习平台。

彭老师就职南昌铁路集团公司，美丽贤淑的妻子与他同事，聪慧好学的女儿留学加拿大，和和美美一家人。幸福的家庭是他创作的坚强后盾。

一有空闲，彭老师以南昌为圆心，延伸到江西各市县甚至到乡到村到组。行走在美丽的赣鄱大地上，每到一处，在当地文联领导或文友的陪伴下，以辛勤双脚丈量大地，用赤诚之心拥抱生活，寻访古屋新村，触及犄角旮旯，甚至不放过一片废墟，实地考察，感受山的沉稳，感应水的灵动。他走访民众，了解民生，倾听民意，搜罗土生土长的故事。他研读史料，尊重事实，还原历史，诠释赣鄱大地，解密世事变迁。为初次相见的平常风景播报，为不见经传的无名英雄代言，或随心随性以诗抒怀，或娓娓道来诉诸散文。结集成书，取名为《赣地妖娆》，可以说是江西一部重要地域文献，更是一部文质兼美的文学著作，字里行间透出他作为文学人的境界与情怀。

彭老师是单位部门负责人，工作繁忙，无论多晚，更新朋友圈是他写作的日常，每天一段两段或几段，日积月累，持之以恒，创下连续三个月写出三十万字的高产纪录，发表和获奖的喜讯频频传来，前后正式出版了七本散文集，构建坚实的文字堡垒，收获丰饶的精神富矿，成就了自己，也照亮了他人。

每天或早或晚拜读彭老师的最新文字，我从中吸收了不少的文学养料，彭老师时不时分享创作心得与喜讯，激励我在闲暇时不辍笔耕，坚持我手写我心，写些温暖的文字，结成散文集《你不懂，我的春风在心里》，也尝试写过一首小诗——《故乡的晨》：

雄鸡／唱起黎明的歌谣／东方／露出鱼肚白／积蓄了一宿的霞光／爬过青山／轻轻唤醒／沉睡的村庄

油纸窗下／早起的老伯／带着战斗的武器／烟杆／锄头／酒葫芦／赶赴他一生的道场

我发在朋友圈，得到彭老师的点赞认可，江西年度诗人林姗老师，她也说挺好的，真叫人欢喜不已。

最佩服彭老师才思敏捷，特别是写诗，他走到哪写到哪，边走边写，信手拈来，一路观赏一路诗。二〇一八年四月他应邀参加武宁谷雨诗会，采访太平山茶农，人没下到山底，即兴吟诗两首，夜游西海湾，当天晚上写了三首：对武宁的探秘／从朝阳湖码头开始／桥在箬溪古镇的传说里活

着 / 用今夜的灯光装饰 / 看鹤 / 不仅仅是个文雅的词组……回到南昌，五千多字的散文《武宁，我来晚了》两天即完美面世。

彭老师是散文家，写遍赣鄱大地的山山水水，风土人情；又是最好的宣讲家，散文创作谈讲得精彩纷呈，"如何写好散文"专题报告在江西各地巡回开讲，深得各地作家的一致好评，引领一批批文学追梦人。

写作是彭老师的所爱，是他人生价值的另一种体现。"行万里路，读万卷书"几乎是每一位作家公认的创作源泉。对于行走，彭老师如是说："一双脚行走，知四季更替；一支笔行走，知世间冷暖；一本书行走，知人情远近……"行走，彭老师不仅解密赣鄱大地，还引领人们参悟人生，了解人情，探知社会。

初见鲁敏

二〇一六年底，临近元旦的日子，时序已然仲冬，寒气却并不袭人，天气格外晴朗。恰好江西省青年作家改稿班在家乡小城开班，我非常荣幸得此机会聆听了一些知名作家和大刊主编们的讲座。其中讲小说的两个老师，一个是河北作家张楚老师，另一个是江苏作家鲁敏老师，都是中国文坛七零后实力派小说家。张楚老师娓娓道来，主要评析学员们的小说；鲁敏老师热情洋溢，谈自己和自己的小说人生，句句说到人的心坎上，给我留下非常深刻的印象。

鲁敏老师的讲座是安排在上午第二场十点钟。第一场讲座结束了，可仍不见鲁敏老师的身影。我好奇地在手机搜索她的有关信息，哇，了不得，七零后的她就获得了鲁迅文学奖、庄重文学奖、人民文学奖等一大堆的重量级奖项。这般厉害，联想她的姓名，与现代文豪鲁迅就是一字之别，莫非有某种渊源？其实啥关系也没有，鲁迅是浙江绍兴的，鲁敏是江苏东台的，鲁迅是笔名，鲁敏是真名，也许是她的文学成就让我有了这神奇的联想。

江苏东台我没有去过，不过对这座城市很有好感，因为那里有我喜欢的教师作家丁立梅，还有声音特别好听、人美如声的东台电视台主播文心，如今又加上一个令人期待的鲁敏老师。

"来了，来了"，我随着呼声看去，没错，是鲁敏老师，她的容貌与网上照片样子差不多，披肩的黑发，稍稍斜拂的齐刘海儿，不戴眼镜，没化艳装，脖子上宽大的围巾系得挺文艺。她踩着十点的钟声，步子轻捷地走上了讲台。主持人介绍说鲁敏老师刚从巴黎中国电影节领完奖赶来为大家讲课，等会儿下课后立马奔赴南京参加重要文学论坛，能请到鲁敏老师来授课非常不容易。顿时偌大一个课堂响起了热烈的掌声，久久不息，是祝贺她，是欢迎她，更是感激她。

开讲进行中，鲁敏老师面带微笑，很是亲切，毫无保留的现身说法，让人很有代入感，她思维敏捷，讲课语速快，在短短两个小时里跟我们分享了海量的信息。

鲁敏老师从小热爱文学，十八岁从南京邮电学校毕业分配到南京邮电局工作。身为营业员，办公室抽屉里总有一本文学杂志或文学著作，稍稍得空便津津有味地读起来，偶尔倚窗俯视，看着南京街头来来往往的人群，内心无比激动，心想，有朝一日，要让这形形色色的人们成为自己笔下的人物，活灵活现地写进自己的作品。

在时光的水墨里，鲁敏老师怀揣心中的梦想，经过多年的积累与沉淀，梦想的种子悄然破土而出，茁壮成长，绽放耀眼的青绿。她从一九九八年开始创作，并且选择了小说创作，小说是一种最自由最有空间的创作形式，也许只有小说才能无限地承载她的思想。鲁敏老师悲悯的情怀、睿智的头脑、文学的才情注定她是一个会讲故事的人。加之用心，她编织的故事跌宕起伏，勾勒的人物栩栩如生，小说一部胜过一部，抒写人间真实，触及灵魂深处，寄托人文怀想。

二十来年里，鲁敏老师在自己创作的自留地里勤耕细作，大作频出，斩获名奖，享誉文坛。其实，没有谁生来就是天才，鲁敏老师也不是天生的作家。她所有的收获都是她务实求真、锲而不舍的结果。她说，早年在邮政营业厅上班时，有一次错把客户的十元钱当五十元找零，多找的几十块，那可是她一个多月的工资啊，同事帮她排查到客户的姓名和家庭住址，她紧赶慢赶走了几十里路颇费周章找到客户家。一进门，只见随意搁置的物品、憨厚质朴的容颜、地地道道底层劳动者一大家子的真实生活场景，不正是自己作品多少次想要见却不得的画面吗？鲁敏老师颇为兴奋，亲切地与主人交谈，直面他们的生存状况，满心酸楚，全然忘记此行的真正目的，钱的事只字未提……这种偶然的素材收集，还有更多特意专题采访贯穿鲁敏老师的创作生涯，鲁敏老师用实际行动践行文学来源于生活的创作真理。

众所周知，要写出好作品，得有源源不断的信息输入，诸如亲眼所见、亲耳所闻、亲自所想都是素材的积累方式。对所见所闻进行艺术加工自然要经过构想，但想要想得合情合理，严谨符合逻辑。擅长小说创作的鲁敏老师可谓是素材处理高手，她说，安排情节的发展往往在人的预料之中，设定小说的结局又常常出乎人意料之外，无论预料之中还是意料之外都不背离作品主题，合乎社会情理。有时她也为了人物命运结局犯愁，苦思冥想，难以定稿，经过艺术推理，又结合真实生活，给小说人物一个最好的交代，是对读者一种负责任的态度，让小说故事更具魅力。鲁敏老师特别谈到《六人晚餐》中重要人物丁伯刚的命运安排让自己一时很纠结，后来南京有个化工厂发生爆炸，几十米外居民楼玻璃被震碎，有居民在家中受伤身亡，自己立时脑洞大开，安排丁伯刚意外走了，没有辜负读者，给《六人晚餐》一个完满的结局……

鲁敏老师作为一个有高度责任感的成熟作家，写作的底气在于把握生活。虽然她泡一杯清茶，一坐老半天地写作，好似离生活很远，殊不知她文字里逼真的生活场景，无疑是离生活很近，而且她从未远离生活。

在很多人眼里，如今的鲁敏老师好像隐退了其他身份，只以大作家这张名片赫然于世，其实不然，她一直是国家公职人员，过去是，现在是，我猜想她将来也会是的……

在讲座接近尾声时，她特别地提了一嘴：别轻易辞掉工作当全职作家。我听说，现实中是有当了全职作家连养家糊口都难的人，鲁敏老师当然无须担心这个，我想她更多的原因是在强调生活是创作的源泉，任何一个作家都不能脱离时代，与生活脱轨。也正如格非老师所说："业余才是写作最好的状态。"

两个小时的讲座在不知不觉中落下帷幕，现场爆发出雷鸣般的掌声，鲁敏老师起身鞠躬，微笑致谢，与蜂拥向前的学员们合了几张影，便匆匆地离开了。

我没有拥挤上去与鲁敏老师合影，但自始至终静心聆听了她的讲座，不断碰撞出的思想火花，照亮了我前行的路，我不再有疑虑，坚定在做好自己本职工作的同时，喜欢着自己的喜欢，坚持着自己的坚持……目送鲁敏老师的背影消失在大门的拐角处，我心若怅然，初见鲁敏老师，却如此匆匆别过，忽而又觉得自己的幸运，在家乡小城能得大作家鲁敏老师的面授，是何等的福气！

每每想起与鲁敏老师的这次相遇，心头总感到有无限暖意。有温暖相伴，那个冬日不寒凉！

博客红人张小砚

三两好友，故地重游，不见桃花，但见寄情桃花源的小砚与矛拾捌，幸哉，乐哉！

初识小砚，是在她的文字里。从教二十多年，我习惯让学生积累，尤其是积累名言警句，有中国历代名人的，也有异国精英大咖的，其中作家文人的居多。摘抄一个人的各类经典名句，识记一类人的同题好语佳话，是我对学生的常态引导与建议，偶尔也让学生关注当下的网红作家，呼吸最新鲜的文字气息。

记得有一次我略提了天涯社区连载文章点击量达两千万的张小砚，谁料周末同学们的摘抄本几乎成了张小砚文字专辑，她的好些话语诙谐俏皮又不乏深情典雅，我想，久久传诵，日后定当成为经典！自那以后，我更加关注起她的文字来，零零散散看她发在网络上的文章，一段段真诚的文字蕴含着她洞察世事、参悟生活的洒脱与质朴。

其实，小砚的行动力更触动人心。汶川大地震小砚以非组织性志愿者身份拉赞助建成七所帐篷学校一个帐篷幼儿园、两年后八十三元走川藏、认识康巴汉子泽让九天却让泽让寻寻觅觅九年……善良的本色，超常的胆识，雷人的故事让这位率真随性的奇异女子蒙上一层神秘的面纱，她有如烟花般美丽，每次绽放都那样精彩纷呈，她又如海蚌里闭关修炼的珍珠，每次出水面世都那么晶莹脱俗。她时而活跃得撩人心扉，时而隐寂得让人追随。走进小砚，解读小砚，是藏在我以及成千上万粉丝心头的愿望。

二〇一〇年十一月，《走吧，张小砚》正式出版，小砚这部以走川藏为原型的文学作品，一时红及大江南北，位居年度畅销书排行榜首呢，我总想得一本细读与珍藏，可书讯传到小城，早已脱销无从购得。印象里，小砚就像一部缺了章页的文学作品，存在太多未解之谜，总叫人期待着到她新的文字里去探访。

带份真诚默默地期许，似对小砚又似对文字的敬畏与尊崇。也许是骨子里的文字情缘，闲暇时我向来喜欢读读书、动动笔，写着写着，写出了差不多的味道，写出了文字里的坚持，不知不觉中收获了坚持的回报，人到中年终于有了一本属于自己的书。

就在新书出炉以书会友之时，席间朋友说起小砚，小砚就在不出百里的桃花源，这是自小砚大前年网上发布一封邀酒信后，我听到的有关她的最新消息，听来略显激动，自然应了句"哦，是吗？""是呀，要么明天我陪你去桃花源，小砚就在那开了个酒坊，是山中的酿酒师呢，不一定能看到小砚，但那里确实好美哟，你肯定喜欢！"热情的冰茶总是那么善解人意。"相当 OK！谢谢！谢谢！"我感动得连应带谢。美女主席蒹葭也表示要一同前往，去看看小砚，走走桃花源。

第二天一大早，冰茶驱车载着我与蒹葭向桃花源进发。冰茶博览群书，广交朋友，多次去桃花源，不止一次见过小砚，平日喜品茶乐读书，对文字与茶道皆有研究。蒹葭是负责一方文艺组织的领导，加之她们俩的孩子在同一所中学同一年级读书，说作家、作品，聊孩子与学习，都是我不陌生的话题，三人一路上随便聊随意说，可轻松欢快了！

不知不觉中我们便到了小砚的小屋。主人不在，狗在，狗最通人性，对陌生人的叫嚣防范是对主人的绝对忠诚，见我们停车过石桥靠近小屋，它老远就冲着我们叫，狠劲地叫。还好有绳系着，我才敢近前细瞅，哦，这是一张从未见过的苦瓜狗脸，简直是独一无二，如果没有它连吠不停的声音，它属狗族我都会持怀疑态度。冰茶说它叫赉，闻声从菜地折回的矛拾捌告诉我们它是卡斯罗，外国狗。原来是只洋狗啊，洋狗也没什么了不得，不过我见贲没有尾巴，应该不属于哈巴狗之流，才接受它的怪异之相。

小砚不在，全权接待我们的是矛拾捌，她年轻漂亮，笑起来两个酒窝非常迷人，是小砚的忠实读者、铁杆粉丝，大学毕业后从杭州转道来桃花源，已有一年多，至今没有打算走的意思，帮助小砚打理平日事务，售书售酒养狗喂猫种菜做饭沏茶接待各方访友，也为自己打理文字，有个人公众号，文字清新，文如其人，文与人皆像山中清流。冰茶与矛姑娘熟，矛姑娘视我们为好友，带我们屋前屋后转悠。小屋上下两层，是从当地老百姓租来的青砖黛瓦房。屋外左边大坛接山泉水，水是最好的水，早在唐朝陆羽就认证为天下第一泉，小砚逐泉为酒，亲力亲为，利用小屋一楼左厢房建起了酒坊，酒坊叫石见泉酒坊，酒坊门上有小砚阿爸亲笔手写的对联"意出风尘外，人行草木间"，右厢房是储酒室，包装一律有"风月遂我张小砚的酒"的品牌标签。

言谈中得知，每年开锅出新酒，小屋约酒走起来！城里乡下，五湖四海，见过的，没见过的，认识的，不认识的，有联系的，没联系的，来者带粮带菜，坐着小酌，站着畅饮，关键是敞开肚子喝，喝好了怎么舒适怎么待着，你来我来他来都可以，想来就来，想走就走，这不，一楼厅堂的一墙壁画就是这那禅师留下的杰作，他足足喝了一个月新酒，体验了一场奇特时髦的品酒盛宴后，用自己最擅长的方式绘画，见证与评点了张小砚带给人们难得的生命狂欢，栩栩如生，极富感染力，让没来的想来，来了的还想再来，来了不见小砚不仅仅是遗憾的问题，弄不好可能成为心病。

小砚，何许人也？她是个有怎样思想魔力的女子？我陡增好奇，好不容易来了，不亲眼见见小砚，难得释怀呀。巧了，矛姑娘手机铃声响起，接了一通电话，告诉我们小砚刚送走千里迢迢来为她过生日的康巴汉子泽让，下午就回来，我心头掠过一丝喜意，心想一定要等到下午见见小砚再回才是完美的桃源之行啊。

冰茶、蒹葭和我耍溪头、聚泉边、亭中歇，许是惊动山风水雾，回报我们的是细雨霏霏，稍增情趣，我们雨中漫步康王谷，也别有一番滋味在心头。

午后大约一点半，我们再次来到小屋，小砚是十二点从彭泽家里出发，该快到了，矛拾捌放着音乐煮着茶，四个人边饮边等，陪伴我们的还有贲和一对精明可爱的小黄猫。"这俩猫是双胞胎吧？"我顺口一问，矛姑娘很感慨地说起小黄猫的身世。小黄猫同胞姊妹四个，俩黄俩黑，都是小砚老家猫妈咪所生，猫妈咪生下它们就撒手人寰，去了极乐世界，俩黑的留在老家，俩黄的小砚带了回来，刚开始很长一段时间都是用针管给它们打羊奶粉喝，一把屎一把尿地把它们养活，费尽心思，特别不容易，现在俩黄猫几个月大了，很可爱粘人的样子。贲很懂主人的心，看小砚和矛拾捌对俩黄猫好，也从不欺负俩小黄猫，就像对待妹妹一样亲……听着听着，我忽然感觉对未曾谋面的小砚多了一层理解，那份女性天生的伟大爱心，在她对日常琐事的无限耐心中熠熠发光。

随着汽车喇叭的一声轻鸣，只见一辆白色吉普已经停妥在酒坊前，我们应声迎上去，小砚已下车，真真切切就站在我的眼前。她个子不高，清瘦，大眼睛，不戴眼镜，齐刘海，头发不多，用皮筋捆成一小把扎在脑勺后面，口里衔着已咬几口的红苹果，一手提着一个袋子，好像是秋凉的衣服，一手拿着琴、打火机和香烟。乍一看，她与我印象中和想象中的名人或作家都有点反差，倒与桃花源的山花清泉很搭，我事先想好的见面问候语有点太过庸俗，便改叫了一声"张老师"，算是打个招呼，没再多说。

矛拾捌接过小砚的袋子，放到二楼的卧室，下来与小砚坐一方，起身加了几次水沏茶，我、冰茶、蒹葭三个人坐一方，五个人喝了好一会儿茶，有牛肉干和瓜子做茶点。牛肉干是小砚刚带来的，说是妈妈亲自为她买的，脸上写着一位女儿的幸福，人啊，无论多大，无论在哪里，孩子永远是母亲的牵挂，能感受到母爱的孩子心头总是暖暖的。

品茶中，小砚抽出香烟，一边客气地问过我们三个人要不要来一支，一边自己点上，夹在食指和中指之间，时不时弹着烟灰吐着烟圈。她手里的烟，不是女士烟，是硬中华，抽起来提神带劲的那种，这我很能理解，很多搞创作的人，常常日夜颠倒，古人靠酒，酒过三巡，千古名篇一气呵成。今人大多靠烟、茶、咖啡甚至是槟榔来提神，听说鲁敏写作有喝茶的习惯，严歌苓写作有喝咖啡的习惯，也亲眼看过河北新锐小说家张楚聊写作时抽烟的频率，一根接一根地抽，可想而知写作时抽得有多勤……我看小砚单薄的身子，抽烟毕竟伤身，总觉得对小砚不好，不无担心地问："张老师，你一般什么时候写作？"小砚迟疑了几秒钟，笑着说："没钱的时候。"回答很智慧很幽默，我们三个人没再问，只静静地听她慢条斯理地说。

她说最喜种谷种花的日子。一说到家乡彭泽的糯谷田、玫瑰园，嘴角泛着满足的微笑。前几年是她亲自在种，糯米田里寄托了她的梦想，玫瑰园内播散着她的真情，她尝试着生之本真，回味着爱之浪漫。现在雇人在种，不过仍然严格监管不能打农药，哪怕产量低点，也要保证糯谷的安全与质量。用最好的糯米、取最甘甜的泉水，用真诚与善意酿出张小砚的酒，寄托一种情怀，融入一种文化，是她的初衷，也是她始终要坚持的原则。

一年一度的约酒函，也许是小砚想让这份初衷与坚持播得更广，传得更久，摆渡浮华世道里一个个浮躁的灵魂。然而酒总会有醒的时候，回到现实，还得好好地活，过大众化的生活，正如小砚教员工小谢一样。小谢憨憨的，小砚与他不沾亲带故，对他却总是不厌其烦，教他爱卫生，让他按时吃，按时睡，凭力做，教他该干什么不该干什么……善良是这世界最好的品质，小砚实实在在地酿酒，踏踏实实地写作，诚心诚意待人，摆渡自己，摆渡他人，让自己和他人过上更好的生活。

又到深秋十月，菊花开了，糯谷新熟，小砚躬身蒸米酿酒，潜心圆梦，她的、你的、我的……匀点时间，以梦为马，诗酒趁年华的马托邦生活约起来。我想，桃花源、谷帘泉、作家张小砚、山中酿酒师，此地此景此人缀连起来就成了一种新生活，既不像当年康王所见与世隔绝的生活，也不是如今芸芸众生追名逐利的生活，而是精神和物质达到某种程度契合的全新生活！也许其中还有什么深意，得待我们去慢慢体味！

　　临别时，我转账矛拾捌，喜得一本由清华大学出版社出版的小砚新书《山寨》，诚请小砚亲笔签名，她挥笔写下"做生活的侠客"与我共勉。这次算是走近小砚，最近距离地见识了小砚，但我似乎觉得并未真正走进她的内心，若想如愿，还得继续读她的作品，随着她的文字心跳去解读她以及她眼里的世界。

　　返程途中，冰茶与蒹葭继续聊着未竟的话题，我斜靠在后座上，微闭双眼，默默地期待着，期待小砚，又好似在期待自己，甚至在期待所有人，期待各自人生的"新作"源源不断，回报对你有所期待即关心与爱护你的人一种希望，一份诗意与美丽！

公号大 *V* 六神磊磊

自媒体，兴起于二十世纪末，先以论坛，后以博客、微博、QQ空间等形式出现。自从有微信后，微信公众号撬起自媒体的蓬勃发展时代，盛行于世，火爆至极，如今人们手机里谁没有关注几个自己喜欢的公众号？读唐诗读金庸的公号大V六神磊磊就很受人欢迎。

六神磊磊，原名王晓磊，江西铜鼓人。毕业于北京广播学院（现中国传媒大学），曾任新华社重庆分社资深时政记者。二〇一三年开通个人公众号，二〇一五年辞去公职成为自媒体创业人。一年工夫，就获得二〇一六中国年度新锐榜"年度新媒体"（个人）。

公众号，旨在打造具有黏度和个人魅力的形象，通过软文、广告等方式产生盈利。公众号的呈现形式很多，有图文并用类的，长短视频、朗读音频等等。运营公众号的关键是有足够粉丝，首先达到一万粉丝的公众号便可开通打赏、硬广告、软广告、流量主等公众号一切功能，后面放宽到五千粉丝甚至五百粉丝都有上述功能，于是乎，公众号遍地开花，人人都可开通公众号，一人最多可注册五个，企业最多可拥有两个公众号。粉丝够多，坚持日更原创，盈利特别可观。公号大V的粉丝至少十万，也有几十万到百万以上的。十万+的公号主如果铁粉活粉多的话，月入百万并不是夸大其词。二〇一八年有官方媒体报道江西省十大月入百万的公号大V，六神磊磊也在其中。

　　做活做大做强公众号在吸粉、增粉、保持粉丝的活跃度上得费一番功夫。像标题党、蹭热点、有奖活动、大号互相推送等是惯用的手法。如果公号主一个人智慧不够，精力有限，就组织团队来经营。上广告，写广告软文本来是公众号非常重要的盈利方式，但公众号也为自己打广告，有借助电视的，也有请电影明星来打 call 的，像大号咪蒙，它的广告做到全国各大飞机场和火车站大屏幕上去了，可见推广度、影响力有多大。这样一来，受自媒体挤兑的传统纸媒缩水、停刊、倒闭的比比皆是。有些纸媒强大，"危"而不倒，也纷纷配上公众号发电子版稿件甚至再配上有声朗读，方便宣传转发流通，悦纳更多读者，焕发新的生机与活力。

　　无论是传统纸媒还是新媒体公众号，读者是上帝。读者是一个个活生生的人，每个人有每个人的阅读喜好和阅读需要，不同的读者，阅读能力、阅读品味也因人而异。众口难调啊，一篇公众号文章要吸引千千万万的读者，而且要让读者们产生认同感，情不自禁地点赞、点亮文尾"在看"，如若高兴伸出金手指，点点文中广告、文尾广告或直接打赏，谈何容易？除了要有养眼的标题，养心的内容，还要具备能引起人产生共鸣的文风，令人佩服叫好的文气，愉悦人心情的图片和音乐……归根结底，内容选题最重要，有的人写社会热点、有的人上传名著有声朗读、有的人播放经典电影、有的人谈家庭教育、有的人写原创文章、也有人解读庄子、解读红楼、369 读书、南怀瑾读书等等五花八门，应有尽有。六神磊磊选择的是对唐诗对金庸的解读。

　　六神磊磊在公众号选题上非常聪明，他选择了自己感兴趣、熟稔于心、能自由畅谈的内容，他选择了中国新武侠小说泰斗金庸的小说，他选择了中国最鼎盛时期的诗歌唐诗来承载自己的创业梦想。

　　"不读金庸枉少年""熟读唐诗三百首，不会作诗也会吟"像是活脱脱的广告，早早地为金庸小说、唐代诗歌积攒了一个庞大的阅读群体。六神磊磊善于挖掘金庸小说里的古诗词，善于结合时政来剖析金庸笔下的人物与事件，品味唐诗的古代意境和现代深意，视角独特，观点新颖，语言幽默，让人轻轻松松就有了知、趣、理、美等多方面的收获。这样的公号文章自然成为很多人的期待，铁粉忠粉特别多。

六神磊磊随意写的偶然发布的《猛人杜甫，一个小号的逆袭》就曾经刷屏，前前后后这样有影响力的爆文不少，六神磊磊，一个人行走江湖，一支笔闯荡天下，没花多久的时间，没用特别的手段，他的公众号成为坐拥几十万粉丝的大号，完成了人生的逆袭，达到了人生高光时刻。六神磊磊公号文写多了，影响大了，著书立说是水到渠成的事，他的专著《给孩子的唐诗课》《六神磊磊读唐诗》《你我皆凡人——从金庸武侠里读出的现实江湖》《越过人生的刀锋——金庸女子图鉴》《六神磊磊读金庸》一一问世，成为一些人进步的阶梯。

六神磊磊经营公众号，在自媒体创业上有多成功，业界行内的人都心知肚明，也在后台数据看得见，我无须多说。在此我要说的是还有看不见的或者是暂时无法估值的东西，那是一种勇敢抵制，一种大胆发声，一种孤傲坚持。

公号文，趋向快餐式文化，有些注重形式忽略内涵，甚至出现洗稿、盗图的乱象，少数公号大 V 也如此，六神磊磊勇敢地站出来以文字为武器手撕某号，让其发表公开道歉声明，稍稍有所收敛，多少维护了原创作家的权益，网络一片哗然，称赞叫好。如此大胆发声，不是文人相轻，而是对文人底线的不懈坚守。

六神磊磊读金庸作品，读出了母爱读出了爱情读出了友情读出了人的生存法则。给人价值的引领，精神的陪伴！

六神磊磊读唐诗，以仰视的眼光来看待诗歌，以平视的眼光来看待诗人，以俯视的姿势来拥抱世界，还原诗人人性的真实，鉴赏唐诗之美，传承文化精神，给当下人们文化素养、精神气象的熏陶。

闲时莫忘读点诗，读读唐诗，看看公号大 V 六神磊磊读唐诗、读他谈及的金庸小说里的唐诗，不是让自己背多少首诗，也不是去分析某首唐诗的艺术手法，而是让自己爱上唐诗，读出浪漫，读出自信，插上想象的翅膀遨游人生。

文字是他的人生注脚

收到蒋坤元老师的赠书有些时日，并且早已拜读完毕，一直想写点什么，可又迟迟未动笔，生怕自己粗糙的文字难以标配蒋老师的创业和创作双丰收。

有的人，是物质上的巨人，却是精神上的矮子；有的人，是精神上的富人，却是物质上的穷人。蒋老师集物质精神富豪两张名片于一身。他是苏州的企业翘楚，中国的亿万富翁。他是简书日更达人、文坛高产奇才，正式出版个人著作近四十部。让人不由得惊叹他的精力、能力和毅力。

蒋老师在一天二十四小时有限的时间里，白天忙工作，晚上不眠不休勤写作。简书是蒋老师的创作平台，随时写好随机发，每天早上我醒来，翻翻朋友圈，便见蒋老师新写的文字出炉，我一直很纳闷，蒋老师哪来那么旺盛的精力？读他的作品才知道，原来蒋老师一般是晚上九点半睡觉，凌晨三点半起床读书码字。当人们早上睁开惺忪睡眼，伸伸懒腰还想赖一会儿床时，他已经完成了一天的创作，出门上班打理正翔压延厂的事了。对蒋老师来说，时间像弹簧，他尽量增强着有限生命的弹性，让人生变得更有宽度、深度和广度。

有深度的人往往能力不凡，蒋老师的能力毋庸置疑。他的能力也不是与生俱来的，而是与他丰富的阅历息息相关。

蒋老师十八岁高中毕业后参军，当了五年特种水兵，转业回到家乡从公职到私企再到自己单干办厂当企业老总。一生经历了军旅生活、打工生活、总裁生活。当兵的辛苦，打工的辛酸，当总裁的压力山大，不仅体力要耗得起，更要精神上扛得住，他选择了读书码字作为人生业余爱好，写作是他的精神寄托，文字是他人生的注脚。

蒋老师从军期间就开始写作，除了公文写作，更多的是记录生活，他几乎把人生所有经历的人与事敲成一行行有况味的文字，并从中悟出道理，启迪人生，教益他人。一路走来，思想在行文中沉淀，能力在思想沉淀中升华。他新出版的散文集《我就是那一只墙外的苹果》，记录的差不多是他和他身边人的真实故事。他山之石，可以攻玉，读蒋老师文字，比对自个儿的生活，多多少少能提升自己，这是知识的力量，能力的传递。

阅历是时间的打磨，能力是岁月的提炼，而蒋老师身上那份成熟与坦然，来自他几十年如一日的不卑不亢与持之以恒。

蒋老师出生于二十世纪六十年代初，自他高中毕业至今四十年，四十年的拼搏奋斗，四十年的风风雨雨，有成功也有不顺利，有欢乐也有惆怅。他处在事业低谷时不气馁，当年创业起步那会儿购地购设备负债累累，他以厂为家，吃在那，住在那，每有空闲就读书写文；他处在人生巅峰时不膨胀，即使成了亿万富翁，仍然开着当年创业起步时买的一辆十几万的面包车。

蒋老师经得起人生沉浮，抗得住生命孤独，这不是一般毅力的人所能达到的。他认定了的事就坚持去做，要做就做到最好。蒋老师下海前是在妻舅那干销售，收入可观，生活无忧。后来，早过而立之年的他顶着妻子的反对毅然决然地另起锅灶，自立门户，办起了正翔压延厂，创业的苦、创业的难总在不可预测中到来，受乡企同行挤对他立志把工厂做大做强，受经济危机影响他以诚信把损失降到最低……无论多么艰难，他从没有放弃写作，四十年如一日地辛勤耕耘，他在文字里超越：前事不忘，后事之师。他在文字里安放心灵：他心安处在纸墨。

写着写着，文字见报了。写着写着，成为网络平台简书上日更达人。写着写着，把文稿集中分类出版，有小说、散文、诗歌，前后已出版面世三十八部著作，还有两部正在统稿出版中。其中也有在他创业艰难时期出版的。在常人眼里，办厂经营企业是正事，要全力以赴，耗费所有精力和财力在所不惜，业余写作只是一种兴趣爱好，不能当饭吃，可有可无，如果要因之费时费力就是一种莫大的浪费。他完全不这么认为，当大老板当大作家都是他人生的梦想，在他的人生道路上，拥有这双重身份才是辉煌灿烂完满的人生。为了让妻子放心，曾经坚定地对妻子说："你让我每出一本书，我替企业赚一百万。"真的，书一本本地印出来，实现了自己对自己创作的承诺，钱一百万一百万地赚到手，实现了自己对创业的承诺。创造了巨大的物质与精神财富。

由此看来，蒋老师的创作与创业不矛盾，不冲突，而是载他前行的两艘远航母舰，他凭自己的精力、能力、毅力，走了一程又一程，直到永远……

千言万语道不尽蒋老师的人生故事，千字万句解读不完蒋老师的心血著作，丰富的人生阅历是他文字的源泉，来自心灵的著作里有他不寻常人生的投影，文品即人品，文字是他人生最好的注脚，读其文如探一座城，读其文如见其本人！

草根作家老戴

早听说小城有个会写故事的木匠师傅，他就是戴成标老师，戴老师的创作故事早有耳闻，可人一直未曾谋面。

初识戴老师是在一次采风活动中。平日我很少参加采风活动，那次是红姐相邀，适逢暑假有时间，我便应下一同前往采风目的地巾口参观学习。戴老师是活动组织者之一，去之前他加了我微信，告诉我相关事宜，顺便叫我发一篇文章过去，他评点道："你的作品很清秀，很美，看不到错。不过文中最好是少用成语，还原于成语的本真是一个作家必须做到的基本写法。"我笑了笑，不管怎么样，戴老师的真诚实在就叫人尊重。

再见戴老师是参加他的长篇小说讨论会。当时气氛活跃，大家个个都有发言。轮到我，讲了小说文本里几处最打动我的地方和看得见的疑问，另外主要针对这部正张罗着出版的小说，提了提我知晓的出版过审要求：书名要醒目、主题要积极、文字要精美、情感要丰富、不能触及政治敏感问题……自那以后，他时不时发来小说新作，每次我都抽出时间认真拜读。不知不觉中，戴老师的文字一篇较一篇老道成熟，透着浓浓的乡土气息，越发让人觉得他是天生会讲故事的人。

作品公开发表是一个作家实力的证明，争取作品上大刊名刊是作家们不懈的追求。戴老师也常把自己满意的小说投出去，无论是石沉大海，还是杳无音讯，他都没有泄气，一直坚持写作，继续投稿。终于有一天，他的小说《家乡那棵红枣树》以程溪的笔名发表在《陕西文学》，几乎同时，他的《远亲》又上了《当代人》杂志，小说一篇又一篇地公开发表，真是可喜可贺！连续几天，作家群里可热闹了，点赞的贺喜的表情包占满手机屏幕，淹没其他信息。见到戴老师，我再次祝贺他，他怪不好意思的，连连说些谦虚的话语，不过笑得很开心灿烂，如牡丹盛开，胜似金榜题名时的美滋滋。

一个作家，作品上报上刊，本来无足宣扬。然而对戴老师来说，着实难能可贵，惊艳了我们小城文艺圈。戴老师出生于二十世纪六十年代初，是武宁县文化重镇船滩镇人，初中毕业出来学木匠，并以此为营生大半辈子，写文出书的事不曾想也无暇顾及。

不过，戴老师打小特爱看书，白天偷闲看，到了晚上，掌灯了，他挑一盏满油的青灯找一安静处，啃起《红岩》《青春之歌》等大部头小说，多少次，油尽灯枯才掩书而憩，日积月累，文学功底杠杠的。

写作，戴老师起步较晚，真正创作是最近几年的事，首先写写小散文，后来主攻小说。真没想到，他写小说竟然从长篇开始，更叫人吃惊的是，不到一年的工夫，他悄无声息搬出一部四十余万字的长篇小说。自那以后，写中短篇小说，轻车熟路，信手拈来，有点想法有点灵感就是一篇：生活里的故事，故事里的人生，多多少少触碰社会痛点，尽力描述了一个个看透人间冷暖、诠释人性善恶的烟火世界。

也许，戴老师对巴尔扎克所说的"黑夜总是激起感官丰富的想象"很是认同，他一般在晚上创作，喜欢任意延长黑夜，放飞想象，静心码字。他的文字如大海潮起潮落的沙子，在思想汪洋里纵横，碰撞出自己期待的火花，编织自己瑰丽的文学梦想。

受缪斯女神的引领，戴老师主要选择了小说。小说二次元，虚构是小说艺术的灵魂。然而，小说又是一门来源于生活而又高于生活的艺术，故事可以无中生有，但绝不是空穴来风。戴老师说故乡是他创作的原乡，小说很多情节和人物言行都是散布在生活里的真实，有时为了需要从时空上做一些巧妙的艺术处理罢了。有人说到过他小说甲里那条街，有人说认识他小说乙里的主人翁，细细比对小说内外的人与景，却又似是而非。假亦真，真亦假，把虚构的小说与现实生活相融合就已达到一种境界。可见戴老师不但会讲故事，讲故事的方法也自有独到的感悟。戴老师的小说，称其已成风格暂且有点勉强，有追求创作风格的强烈意识则一目了然，他注定是有个性能走得远的作家。

现如今，年近花甲的戴老师，儿女皆已成家，一个在浙江，一个在广东，小日子过得不错，无须父母操心，戴老师赚得清闲，寓居家乡小城，专心做自己喜欢的事。一杯茶、一本书、一台电脑、一本字典、一辆小车是他五大宝贝，像最亲密的战友一样陪伴他走向更美好的明天。品茗、读书、采风、写故事是戴老师的生活常态。

阅读是创作的源泉。戴老师深知，一个作家不读书或者读书较少，只管输出，没有知识的更新，慢慢地，写着写着也就枯竭了，没有了灵气，谁都难逃此劫。前不久，戴老师邀我到小城书法名人黄建新老师处品茶，随意聊起读书的事。他说，过去书荒年代，年富力强，是本书就想方设法弄到手，甚至强借强读。现在书海无涯，精力有限，书有得选，就得拣出好书，挑合自己胃口的书读，为自己的文字补充养分。他读得最多的是阎连科的小说，阎连科是个热衷于地域方言的知名大作家，以大胆的想象力对常规语言进行颠覆与创新，具有独特的语言特征和艺术魅力。戴老师深受阎老的启发，小说乡土味越来越浓，平日创作非常注重锤炼语言，掺杂方言的乡味语言成了他小说一大特色。他还悄悄跟我说朗读是自己揣摩语言修改文章的小秘诀，碰到存疑的词语，就随手拿起新华字典查，几年来，一本字典都翻烂了。这话说到我心坎上，我不禁插言道："这法子好啊，戴老师，我也常用。"我写散文，写完就读，读中改，改后读，遣词造句和情感的抒发在反复朗读中得到最好的修改和检验。"哦，是吗？是蛮好的吧！"他好像一下子找到知音，脸上漾出满意的笑容，津津有味地分享着自己小说里的精彩……

　　付出才会杰出，上帝垂青努力和坚持的人。戴老师几年来的创作高达上百万字，不仅有数量也有质量，有的发表在省级纯文学大刊上，有的正在审稿出版……木匠师傅是戴老师曾经的辉煌，会写故事的小城实力作家是当下戴老师最好的标配！漫漫长夜，孤灯相伴，真诚的戴老师早已习惯，习惯与夜絮语，与心对话，讲述着一个个扣人心弦的故事……

走在文字的沙滩上

从小我就有个爱好，喜欢让心灵在文字的芳草地呼吸，可我真正经营文字是在那年身体突遭变故之后。

当时，手术后的我只能平躺着，右手不能动弹，心情也跌到谷底，在很长一段时间，难以找准生活的定位，常常于紧张与迷惘中徘徊挣扎。

有人说文学是最好的疗伤方式，静下心来读书，与文学大咖对话，走进他们用心染色成的多彩世界真是不错的选择。就那样，文学经典伴我走过最艰难的日子。更幸运的是，不知从什么时候开始，我习惯以文字来记录生活，真真切切体验到文字是思想的表白、情感的倾诉、内心深处情思的最好珍藏方式……

在好友阿甘、老梅的支持下，我开通了公众号，为自己的文字找一个合适自由的平台，一直以来，我坚持原创更新，既艰辛而又充实，最有成就感的是其中部分作品上了纸媒。承蒙《九江日报》的厚爱，我的散文《一杯清酒漾除夕》首发《九江日报》周末版的"长江周刊"，至今还记得当时得知文章发表的兴奋劲儿。同年，作品在县、市、省级报纸刊物都有发表。走在文字的沙滩上，尽管我独自在探路，时而高一脚时而浅一脚，每每看到自己的作品上报上刊，信心倍增，慢慢地，感觉脚下沙粒不那么硌脚生疼。

时至今日，我已常规出版了两本个人作品集，它们皆是适合中学生课外阅读、以读促写、助力中学生提高阅读和写作水平的散文集。篇篇散文，满满正能量，公开走进全国各地新华书店，带给广大学生学习上的启迪和人生的感悟，每每想起来我就喜不自抑，那美好的感觉胜似随意走在沙滩上，沐着和风暖阳，很是惬意！

人生总是充满着可能性，一些看似不可能的喜事降临在你的身上，就特别振奋人心。我的第一本散文集《你不懂，我的春风在心里》于二〇一九年十月一日面世，没过几个月，出版社就传来消息，我们一套十本来自全国教师作家的悦读文库系列的书，只有我一本出版社已没了存货，开始第二次印刷。从出版到全部售罄，花了不到一年的时间，图书畅销对作者而言无疑是一种肯定。

有一天，远在舟山的江山同学突然在微信里问我，他能不能将我送给他的签名本《你不懂，我的春风在心里》转送给他同事的女儿，特别交代了他同事的女儿是舟山市中考状元，现在正在重点高中读高一，用得上。原来我的赠书被他的同事借去看，觉得对她女儿阅读与写作有帮助，想要珍藏。书赠有缘人，那高一女生是我同学的同事的女儿，冥冥中也是一种缘分。赠书一本，礼遇爱书人，江山同学的同事主动向他索取赠书，按常理不会不爱书。他把我的赠书转送给一个爱它的主人，算是对书的尊重。书是作者的孩子，孩子受到尊重，身为母亲的我，那也是无比荣光的。

九月初，听闻江西援疆支教带队负责人武宁县教育局年轻有为的马股长正为阿克陶县的学校向社会募捐书籍，我便把我的新书捐赠了一些，敬请马股长带过去。我的书跟着他穿越大半个中国到了祖国美丽的边陲，但愿能礼遇真爱它们的人，假若自己的文字能够给新疆孩子们带去温暖与振奋，更是让人欣慰不已。

二〇二〇是个特别之年，春天迟到了好长一段时间，但最终没有缺席。四月八日是个好日子，江城解封，武汉重启，举国同庆。从此，有关我个人的好消息也频频传来。在文字的沙滩上独行了几年，我终于被组织看见和认可，可我没有因为成为省级会员而沾沾自喜，更不敢飘飘然，仍然一如既往地贴着地面探寻，很幸运再次拾到一串惊艳的宝贝，愉悦自己，感动编辑，我的第二本散文集《随风奔跑的少年》成功组稿并通过层层审核，正式签了出版合同，已经交付印刷。虽然没有过高的稿酬，但在全国公开发行，不说是一份殊荣，至少也是一种褒奖。我突然顿悟，人啊，只要坚持沙里淘金，总会有颗金子在你面前熠熠发光。

二〇二〇年，是祖国脱贫攻坚收官之年，中国打赢了一场漂亮的脱贫攻坚战，中国方案，世界瞩目。二〇二〇年，平日以写散文为主的我尝试了一些新形式的文字，应约写了脱贫攻坚类的纪实文章《东山"在"起》《柳山深处写芳华》，将收录在九江市脱贫攻坚胜利大书《光阴光景》里。另外散文的上报上刊情况也不错。有的刊登市级杂志《浔阳江》，有的发表在省级报刊《江西工人报》……感谢编辑，感恩读者。我的信心也因之一点点累积起来，犹如心中的桅杆，助我战胜偶尔袭来的风风雨雨。

二〇二〇年即将远去，二〇二一年正向我缓缓走来。发表了文章，出版了图书，也没什么了不得。人生易逝，来日并不方长，我思故我在。我将继续努力践行"我手写我心"，让自己漫步在文字的沙滩上，面朝大海，春暖花开。

第四辑　快乐之美

捧一颗诗心，带着诗意栖居红尘。闲时莫忘读点诗，无论是古诗还是现代诗，捕捉其中丰富的意象，品析凝练的语言，体验充沛的情感，从而咀嚼生活，修炼自己，教益子孙，活出无悔的人生。倘若人皆尚之，闲时人人都能读点诗，完善人类的精神家园，可期可待，让世界变得更加美好，定然是可圆的梦想。

朵朵向阳花

人们常说："老师是园丁，学生是花朵"。身为老师，以人类灵魂的工程师自居，有人会误会为自吹自擂，多少有点难为情。但全心全意引领陪伴学生们成人成才诚然是一名老师言行的最高指令。二十多年了，送走一届又一届，来了一批又一批，带不走抹不去的温馨记忆是那一朵朵向阳的花儿，向阳而生，花开四季，温暖到人心，美丽漫人生。

一

"阅读老师好，我捡到一百块钱。"

"哦，在哪儿捡的？"

"我坐靠窗边位置的桌底下。"

"好，好样的，拾金不昧啊！你叫什么名字？"

"蒋嘉城。"

"李家富豪到了蒋家成道德标兵了，真不错！"我笑着说。

"老师，蒋嘉城，城市的城，不是诚信的诚。"蒋嘉城认真地纠正道。

"是，老师记住了，蒋嘉城就是蒋嘉城，独一无二的蒋嘉城，好样的。"我拍拍他的肩膀。

"谢谢老师。"说完，蒋嘉城放下钱，准备离开，我叫住了他。

"一百元，大钞呢，一捡到就交给老师，能这样做真难得！"我在夸他，又好似在自言自语。

"其实没什么，就是习惯了。从小学起我捡到东西就马上交给老师的。"

"好习惯！你把钱放在班主任处，我等会儿跟你班主任邓老师打个电话，请她向学校汇报，学校会出通知找失主，也会表扬表扬你的好品行。"

"好的，老师。不过，能找到失主就行了，表扬的事就不用啦！"蒋嘉城淡然地说完，转身回到座位，又认真地看起书来。

二

"我们班毕芳芳昨晚一夜成名，当上勤学网红了！"张老师欣喜地电话告知我。

"真的吗？怎么回事？"我连忙翻手机。一条"三轮车上的夜读女孩"的信息铺天盖地，微信朋友圈在疯转，百度多家媒体在播报。澎湃新闻记者也闻风前来采访，采访芳芳本人、班主任和她母亲，似要从其本人、学校和家庭挖掘芳芳这一励志行为的根源来，让人知其然而知其所以然。

瘦小的芳芳，平日不怎么引人注目。她不爱梳妆，也不注重打扮，总有一小撮头发耷在前额头或垂在脑际后，整天裹着一身暗红夹蓝黑的校服，穿了三年，裤子有点短小，高擎在脚踝的上面。乍一看芳芳，第一感觉少了女孩子的娇气，多了假小子的真实与随意。

芳芳的字倒是写得漂亮，工工整整，从不马虎。芳芳喜欢阅读，朗读时字正腔圆的，认认真真，声音也很好听，是个能学好语文的好苗子，我一直很看好她。

她家住新区，离学校远，就读初三，早上太早，晚上太晚，下了晚自习坐母亲脚踩的三轮车回家，再快也要二十多分钟。芳芳有时太困太累，倚着靠着眯会儿；有时轻松高兴，一路上讲述着学校里的新鲜事；有时作业多头脑清醒，趁着路灯争分夺秒刷题。这不，昨晚自习后母亲踩三轮车缓缓前行、芳芳在车上专注做题的一幕，成为放学路上最动人的情景，深夜里最精彩的瞬间。恰巧另一所高中学校高三某班主任拍摄录下芳芳夜读的一段视频，顺手发了朋友圈，朋友再发朋友圈，一夜发酵芳芳就成了网红。

事后同学中常有人对芳芳说："你成了网红，现在不得了啦！""其实没什么，作业多时抓紧做呗，只是一个习惯而已。"芳芳笑了笑。初三十轮模拟考，芳芳有时成绩不稳定，我略有担心地问："芳芳，成了网红后，你学习是不是有很大压力？"

"老师，我没把自己当网红，所以压力不在这，不过初三中考多少有些压力，我会扛住的，谢谢老师。"芳芳的从容实在，真没辜负我对她的一贯看好！

三

小城十月，"山明水净夜来霜，数树深红出浅黄。"卧在校园围墙上的柚叶微微泛黄。秋深意浓，校园却不知愁思绪，一年一度的秋季运动会激情上演，热闹非凡，绿茵场上，运动员们赛出春天般的活力、夏天样的律动和秋季的丰收。

田赛场里，跳高进行中，初中三个年级六十多个班级，男生女生外加全能的，每个高度每个运动员跳三下，不知跳了多少人次，我负责横杆升降归位和护垫的复原，弓身捡杆，摆正护垫，一下不停歇，半天下来，腰酸背痛，手指红肿，而学生们的体育实力让围观的师生们惊叹不已，也让我忘记劳累疲惫，时不时情不自禁地欢呼叫好。

"张海涛"，负责检录的黄老师大声叫道，只见一位瘦高男生左脚向后一踏，右脚迈出，步伐小频率快，临近横杆处，张海涛步子加大，最后左脚一蹬，右脚一抬，身子腾空而起，轻如飞燕，侧翻而过，横杆纹丝不动，掌声顿时响起。我清晰地记得这个乌发浓眉的初一男生跳了五次，五个高度，已经升至一点三五米，到了很多运动员的颈脖之上，这般高度，只有三个人跳过，另外两个是第二次和第三次过的，初一男子跳高比赛已分伯仲，冠亚季军以至前八名皆已赛出。裁判长说比赛转入初二男子跳高，我多想让冠军张海涛再跳，挑战校运纪录，挑战个人极限啊。趁初二男子跳高运动员集体检录之际，我兴奋地追上正准备离开的张海涛，"张海涛，你真棒，你是我们初一年级的骄傲！"

"老师，没什么，我喜欢跳高，从小学起就这么跳过来的。"

"你还能跳更高么？最高跳过多高？"

"能是能。我平日跳过到自己鼻子这么高。"他一边说，一边用手在鼻子处比画着，特别认真的样子，格外可爱。"好，真好，真棒，来，拍一张怎样？"他随即站着，没摆 pose，连拍照表情包都没用一个，也许就是他平日状态，不卑不亢的样子，我为他拍好照片，给他瞧了瞧，他礼貌地道声谢谢转身走了，汇入井然有序又密密麻麻的看台学生群中。我忽然记起还没问他哪个小学毕业的，如今在哪个班，转而又庆幸自己的忘记，心里最期待的不是来年金秋时节这位体育之星再展风采吗？

我庆幸自己是一名教师，更庆幸自己一直坚守在教育这方净土里，默默地勤耕细犁。教学，千个老师千个法，我更喜欢用智慧教导学生，让他们的知识结构纵横发展，有深度有广度；育人，根本在于立德，我常讲述中外名人的高尚、身边小人物的纯朴去感染学生，让他们向善向美。善心是内在美，美行是外在气质。小元、小东中外名著精彩片段表演是一种美，小诺、小桐围棋比赛的巧妙布局是一种美，小辉、小丹自觉劳动天天保持教室清洁卫生也是一种美……

众所周知，万世之师孔子弟子三千，有名者七十有二。如此盛名我不敢奢望，唯愿一届又一届一个又一个学生每天快乐如花儿，朵朵向阳开，美如玉，气如兰！

花在恰时开

花有花期，适时绽放，五彩缤纷，芳香四溢，养人眼，悦人心。花如此，人亦是。

人生如花，儿童、少年、青年等皆是人生不同花期，如果说儿童如美丽圣树上的金色花，青少年便像朝气蓬勃的向阳花，似锦繁花恰时开，淡者香，雅者贵。

青少年，十多岁的孩子们，青少年时期，大致相当于初中阶段，这是一个独立性和依赖性并存的时期，这是一个自觉性和被动性矛盾的时期，这是一个半幼稚和半成熟错综的时期，同时这也是会影响孩子整个人生的重要发展时期。

青少年成长路上，父母是孩子的第一任老师，是孩子的镜子，是孩子的榜样；老师可以说是孩子的第二父母，用智慧与爱心科学地引导着他们成长。

雨璇是我曾教过的学生，如今是深圳市某区税务局的公务员。每年春节零点钟声敲响，她的祝福语便悄然而至，往往成了我新年微信的头版头条，让我倍感欣慰，一年又一年地忆及雨璇的成长故事。

记得雨璇刚进中学报到那天，她身着天蓝色大披领连衣裙，瓜子脸，光光刘海，皮肤白净，马尾辫高高正正扎在脑后，朝气中不乏文静，带点小清新，有点小可爱。

可有谁能想到，雨璇竟然是留守儿童。家访中得知，爸爸妈妈在她两岁时就双双去了广州打工，几年后他们开装潢公司更是忙得不可开交，一年到头只有春节才回老家与孩子待上几天。雨璇从小是奶奶一手带大，好在奶奶是退休的民办教师，不仅能做雨璇爱吃的饭菜，还会辅导她功课、跟她讲故事，更是容许她做自己喜欢做的事，兴趣班学画画、网上学剪纸等，陪着她采撷七彩岁月的美丽……雨璇自然不孤单，性格不内向，快乐无忧的金色童年是她人生最好的起跑线。

可天有不测风云，悲伤总是来得让人猝不及防。就在雨璇刚刚升入初中二年级不久，奶奶摔了一跤突发脑出血离开了人世，没有留下片言只语，就永远撒下雨璇，这让视奶奶为最亲最爱的孙女如何能接受？即使雨璇的妈妈放下工作回家专职照顾她也无济于事，雨璇变得沉默寡言，学习成绩一落千丈，早读迟到上课打盹不止一次发生，好像干啥不干啥都无所谓。我单独找她聊过，没问出所以然来，也视频电话联系过家长，隐约感觉奶奶离世不是雨璇变化的唯一原因。

是啊，正值初中二年级，孩子身心都发生巨大的变化，心理活动会更激烈、易动荡，这个年龄段称为危机年龄。如果处理得好，孩子的身心发展可能非常顺利，为其进一步发展打下坚实的基础。否则可能使孩子经受曲折，变得很难教育，容易造成长久性挫伤，所以家长对孩子一定要全方位关爱。作为老师，对孩子也不能有半点疏忽，我决定再次家访，这次我改变了策略，没有提前预约家长，而是当了一次突袭性的"闯入者"，想了解雨璇在家里最真实的状况。

到达雨璇家是周六下午两点的样子，前来开门的是个陌生女人，随即雨璇妈妈连问："谁呀？谁呀？"来到门口，看见是我，有点惊讶，立马热情地把我迎进家门，一边抱歉地说不知道老师要来，没有任何准备，不巧家里有朋友在有些凌乱等之类的话。客厅里有好些人，看电视的，玩的，其中还有小孩，与雨璇差不多大，茶几上满是水果零食等好吃的，却没看到雨璇的身影。我问："雨璇不在家吗？"她妈妈说在，嘴巴朝雨璇的房间努了努。

有外人在，当外人面问起雨璇的情况，我觉得不妥，示意她妈妈找个安静的地方。她把我让进书房，关上房门，滔滔不绝说起来："这孩子，照说她奶奶离开这么久，也该走出来好好学习了，没想到越来越糟糕！我天天劝她，奶奶也希望你好好的，她就是听不进去……我为了她，舍弃工作，专门在家陪她，看她成绩退步，给她买了课外辅导书，每门科目都买了。又怕她孤单，这不，今天周末我约了几个朋友，特意叮嘱带孩子过来跟她玩，她倒好，竟然把自己一个人锁在房间里不出门，哎……"雨璇妈妈越说语速越快，甚至有点结巴，我知道那是心里急啊，看她满脸焦虑的神情。我连忙叫她别太激动，说我先去看看雨璇。

我来到雨璇的房前，轻轻敲了敲门，温声说："雨璇，刘老师可以进来吗？"还好，很快她就打开了门，把我请进房间，立马又把门关上了，而且扣上反锁。我顺手搂着她，"孩子，你吃了吗？饿不饿？"摸了摸她的秀发，"小姑娘发质真好，扎起披着都好看！"然后我又带着羡慕的口吻夸她房间很漂亮，说自己小时候，可没有独立房间呢，即使有也不可能像她一样能把小天地整理得那般美……慢慢地，雨璇敞开了心扉，跟我说了很多。我才明白她妈妈跟她沟通出了问题，她妈妈看到她成绩退步，不容分说停了她的画画兴趣班，电脑也不让她碰，学不了剪纸，整天要她做一大堆辅导资料书。我随便一翻那可不是初二年级的同步资料，全是《五年中考三年模拟》的书，有些内容学都没学过。她躲在房间里，有时偷偷画画，有时偷偷剪纸，有时在做永远做不完的资料书，真是难为她了。她还说了晚上有时候做资料书挨到太晚，有时候想奶奶睡不着，第二天起晚了迟到，白天有时犯困打盹。我又问她为什么不出去跟外面朋友玩？她说跟妈妈相处都觉得陌生，对她的朋友和朋友的孩子就更陌生了，没什么话说，干脆躲而不见……最后我顺势问她比较信任的亲人和朋友是谁，她说她的姑姑还有同桌等三两好友。临走时，雨璇送我到门口，我再一次搂了搂她，在她耳边悄悄说：孩子，我一定会帮你的，让你舒心快乐地成长，请相信我！

　　第二天，我打电话把她的妈妈和姑姑约到学校，跟她们谈了好久。最后我们达成共识：沟通是教育孩子的生命力，尊重是教育孩子的真谛。亲近雨璇，走进雨璇心灵，了解雨璇真正需要什么，而不是把我们自认为的爱强加给她；爱雨璇，尊重雨璇，尊重她可以拥有兴趣爱好的权力，尊重她可以选择自己的喜欢，选择自己的擅长，尊重她读初二可以不做《五年中考三年模拟》的题，尊重她处在哪个学龄段就学该学龄段的知识，尊重她多大的人干多大的事，尊重她的成长规律……在家校共同关心与爱护下，不久后雨璇回到了原来的正轨，又是一个自信快乐上进的女孩。

　　一路成长一路花香，尽管有过小小不和谐的插曲，但总的来说，雨璇的十一二岁如石榴花般的纯真，她的十三四岁如豆蔻般的玲珑，她的十五六岁如樱花一样浪漫，如己所愿地带着梦想前行，登上时光的列车，在恰当的时间抵达人生的一个个站点，又以最好状态奔赴下一个站点和下下一个站点……

　　孩子是家庭的新苗，祖国的花朵，无论是父母还是老师都如同花园里的园丁一样，应该依照不同花木的习性和成长规律因势利导，倾心呵护，细心陪伴，耐心等待，静候每一株花木在恰当的时间呈现最好的状态，守护每一个孩子收获最理想的成长。

快乐岛的门票

在一次"我成长我快乐"的主题班会课上，婉欣同学弱弱地问："老师，能不能说自己的梦境经历呢？""日有所思，夜有所梦，梦里常有人真实的憧憬，当然可以跟大家分享啦！"她颇为兴奋地讲述着自己梦见闯关获取快乐岛门票的故事。以下便是我根据她口述的故事原型整理润色提升出来的文字。

南方有海，不知方圆几千里也？海之上，礁岛林立，星罗棋布。波纹叠加波纹是它们的天然背景，浪花追逐浪花是它们无须付费的娱乐节目。

众岛之中有个快乐岛，很是奇特，甚是好玩。最适宜六七岁到十几岁孩子游玩，可是一票难求啊，那不是早早排队用金钱能买得到的门票，只能凭自己的兴趣技能敲开快乐岛之门，进入快乐岛的核心游乐园。

相传快乐岛历史悠久，岛上的祖先不是凡夫俗子，皆是来自天庭的神仙。N年前七夕节，天庭少男少女们偷偷来到快乐岛看世间繁华，正玩得欢，忽然黑云翻滚，狂风大作，快乐岛强烈颠簸，慌乱中他们弄丢了返回天庭的披风外套，只能留下来，永不得重返天庭。毕竟是天庭子民，罚也罚了，天尊一直是慈爱他们、庇佑他们的，于是快乐岛经过地球的变迁，依然是一方美丽的小岛，草木依旧，其他凡人都遭受了变故，掉进大海或被冲击到快乐岛的边沿地带，唯有这些少男少女们毫发无损，任由他们掌控着快乐岛。

天庭来的少男少女们都是贪玩善玩的主，既然走不了啦，他们要把快乐岛建成自己喜欢的样子，寻找与自己玩得来的人类伙伴。他们在快乐岛边沿建立了很多小矮房，形如现在的民宿，不过房顶是很漂亮的锥形草席顶。在岛内环形建了一个个不同级别的游乐园，最高级的是核心游乐园，那是只有跟他们自己同频的人才能进去的地方。

天庭来的少男少女们没有钱的概念，进入快乐岛的门票他们不卖钱，只需登岛者用兴趣技能闯关换取。

登岛有登岛的规矩，登岛处张贴了入园须知：（一）六岁至十八岁领卡通红牌入园；（二）凭卡通红牌只能进入三个基础园；（三）凭卡通红牌进入基础园，每进一级换取不同颜色的卡通牌，依次为灰、白、绿、蓝、紫、橙、金色卡通牌；（四）凭一个金牌或凭三个蓝牌以后颜色的卡通牌（含蓝牌）可进入核心游乐园。

入园人员有年龄限制，六岁以下的孩子不能进入，因为不安全；十八岁以上的人不能进入，因为游乐园不适合成年人玩，最适宜中小学校学龄段的孩子们去体验。其他随同人员一律不得入园，可在外面草顶小矮房里活动，吃穿住行玩依照人间模式。进入快乐岛游乐园内的便可领略不同世界的神奇，越到高一级越美妙，到了最高级的核心游乐园简直像到了世外桃源。

三个基础园，其实是三大主题乐园，分别是以运动、游戏和阅读为主题的乐园。运动主题园里有田径类、球类、棋类，还有游泳、攀岩等项目。游戏主题园里除了电子游戏外，玩拼图、搭积木、转魔方、剪纸、填九宫图、算二十四、猜谜语、放风筝、迷宫寻宝、红蓝对抗演习等传统游戏大多数都有。阅读主题园里，其中诗词大会和名著片段场景模拟这两项特别有意思也特别有意义。

凭红牌进入基础园的人根据自己的兴趣选相应主题乐园的项目，可以是单个项目也可以是集体项目，以实力竞技，闯关成功再挑战下一级，败下阵来就要立即退出游乐园，不能留下观看，否则人满为患。只有一路闯关一路晋级的人才能留下来，直至核心游乐园与神仙后代同台竞技享受那份爽呐那份新鲜劲儿。闯关晋级失败的人怏怏不乐地退出来，多少都有些懊悔，懊恼自己平日懒惰不运动，后悔自己没养成阅读的习惯，他人说书诵诗，自己一听三不知，就连跟别人一起玩个益智游戏都跟不上拍子，皆为同龄人，怎么就相差这么远呢……

婉欣的分享掀起小小高潮，同学们纷纷表示要去快乐岛一游。我郑重地告诉大家：快乐岛只是婉欣梦中的幻想，现实中的南海是找不到快乐岛的。不过这神奇的快乐岛门票温馨提示大家要从小培养自己兴趣，练就技能。特别是培养运动、游戏和阅读方面的兴趣爱好。著名教育家、实验心理学博士、脑科学家洪兰教授指出运动、游戏、阅读可以益智益脑又愉悦心情。特长是兴趣使然，技能是兴趣的提升与演变，强大的兴趣特长技能，那就是生存本领，想必它到哪都是一张免检的门票，可以敲开一扇扇人生快乐的大门！

别样小镇钟书阁

时隔二十年，再次来到上海，待在上海十来天，市内市郊走走逛逛，也远足邻省的嘉兴嘉善，而我最喜欢的还是泰晤士小镇，那里有我一见钟情的钟书阁。

小镇坐落在方圆千米的地方，精致得像位公主，它按一比一比例复制英国泰晤士小镇，纯欧式建筑，清新脱俗，让人一见倾心。

走进小镇，高高的天主教堂是向导性建筑。坐在教堂前左侧休闲椅上，聆听钟楼里传来的赞美诗，默念心中的祈愿；静观平整的绿茵地，矮矮的白栅栏，西装男，婚纱女，一对对新人尽情拍照是最美的流动风景。

以教堂为原点，四通八达地延伸，咖啡屋、花园小院、茶座、影楼、音乐厅、小桥、流水、何有此生、意象之火、恩戴尔街、肯特路、钟书阁……每到一处，别样风景别样情。

轻轻掀开钟书阁帆布帘，两步台阶进得门来，左侧右侧、脚下头顶全是书，踩着书籍地板，仰看书本天花，置身书的世界，游弋在书的海洋，我兴奋不已，情不自禁地顺着书籍阶梯进步，来到空高十来米的二楼，玻璃间成几十格书架，犹如魔幻哈哈镜，魅力无限。

钟书阁与众不同的是上下两层楼各有区域，配置吧台，安放桌椅。一楼儿童天地是钟书阁的特写镜头，那地很开阔，七彩装饰，为了孩子，很是用心，犄角一大沓小皮垫，父亲或母亲随手拿一个陪宝贝坐看童话小人书，孩子困了让其躺着休息一会儿也未尝不可。二楼圆桌皮圈凳四周附以通空鼓栅栏，隔而未隔，是成人区，或独处看书摘抄，或相邀谈书论道，也是难得的学术交流、创意探讨、文学沙龙、党建活动的平台。大家如有需要，到吧台叫些茶点或咖啡，红茶、绿茶、奶茶、柠檬茶、加糖咖啡、咖啡加奶，随人叫，随人点，边饮茶点边看书，边品咖啡边思考，随人意愿，可以说有南京先锋书店的情怀，较南京先锋书店更玲珑雅致，好不惬意，甚是喜欢。

钟书阁的藏书，虽不及北大图书馆浩如烟海，但文学、音乐、绘画、雕塑等图书，分门别类，摆放齐整，难计其数。其中最丰富的藏书是文学类：外国文学、中国文学，古典文学、现代文学、当代文学，每一类分为诗歌、小说、散文、戏剧等，每一种文学样式又以主题风格相似进行归类，乡土文学、城市文学等，多产作家的书特地设置了专柜……我不禁感慨起来，文学真是个迷人的事业，在历史长河中涌现如此多的文学狂热者，他们用自己的才华与智慧以文字的形式展现民族的心灵世界，传承文明，带给世人审美与思考。

满阁书香，沁人心脾，面对茫茫书海，我有些不知所措，太多想读，太多想看，无从选择，最终认定名家大咖与新书资讯，从名家专柜和新书专区里开启选书的学问，好好过了把书瘾，享受看书的唯美。

读了龙应台的《百年思索》，她着眼看世界，看中国，文字里的思想，思想里的才华，难怪她谈古论今那么有底气。

重看杨绛《写在人生边上》，又有幸读到《且以优雅过一生》，一部外国作家写的杨绛传，更全面地了解杨绛先生，我为她女性的聪慧，女性的坚强，不平凡的一生而深感叹服。

读萧红作品，特别是再读《生死场》，一口气看完，萧红对人性的诠释，对生存的思考，深邃透彻，年纪轻轻，就写出如此传世经典名篇，我心生敬佩，强烈地想为她点赞：情感的任何波折都没禁锢住萧红的思想，生活的任何劫难都没挫败她的创作勇气，这位弱女子做到了在任何时候都保留这份可贵的坚持，成就了自己的创作辉煌，也丰富那个时代的文学殿堂，在当时，有几人可比，几人能敌？即使放到现在，又有几人能超越？

读到贾平凹的《朋友》，一部写人的散文集，亲情、友情、世情，其中《哭三毛》《再哭三毛》，堂堂七尺男儿，赫赫文坛大咖，情感如此细腻，情意如此真切，感天动地，感人肺腑。文学无地界，他们不曾谋面，却早已在文字里相遇相知，惺惺相惜，如同多年好友。

陈忠实的《我与〈白鹿缘〉》和《好好活着》，让我看到了实力派文人的创作自信与创作孤独。

《当李清照遇上苏东坡》《月光落在左手上》《我们都是有歌的人》是最新出版的古今诗集和诗评，读着读着，中年的我同样深切体味到诗歌闪烁着灵动，永远为时代呐喊，为时代而歌。

二〇一九年五月面世的《在时光里流浪》叙写了江一燕勇敢的旅行人生，文字里跳跃的总是醒着的灵魂，自由而浪漫，让人心里痒痒，迫不及待地备好行囊，找寻诗和远方。二〇一九年六月版的《我是刘慈欣》早早在钟书阁上架，以采访的方式呈现中国科幻小说之神、《流浪地球》的作者刘慈欣荣光背后的酸甜苦辣。

来到钟书阁，屏蔽一时的喧嚣，忘却内心的困扰，"读一本好书，就是和许多高尚的人谈话"，每一次阅读，都是一次身心的光合作用，引领我更好地发现人间风景，收获满满，感慨颇多……

回到家乡后，我不止一次梦见自己坐在钟书阁里，小小圆桌上，一卷书，一杯茶，白烟热气，氤氲书香，相得益彰，恰是人生好时光！

闲时莫忘读点诗

"有田不耕仓廪虚，有书不读子孙愚。"

"读史使人明智，读诗使人聪慧。"

人可以不写诗，但不可以不读诗，闲暇时读读书，切莫忘记读点诗。

诗歌，一种阐述心灵的文学体裁，是世界上最古老最基本的文学形式。作为炎黄子孙，生长在诗的国度里，徜徉在诗歌的海洋，耳濡目染，不会作诗也会吟。

读诗，可以领略四季之美。

一年四季，风光各异，诗歌是最好的摄影师，又是最好的丹青手，亦真亦幻再现时光的脚印。只要你愿意，好读诗，读好诗是全民的福利。

读"好雨知时节，当春乃发生。随风潜入夜，润物细无声"，读出春雨春风的细密与轻盈。

读"明月别枝惊鹊，清风半夜鸣蝉。稻花香里说丰年，听取蛙声一片"，好像在参加一场夏夜话丰收的宴会。

读"自古逢秋悲寂寥，我言秋日胜春朝。晴空一鹤排云上，便引诗情到碧霄"，跟着诗豪刘禹锡以全新的视角去赏秋，收获一个常人难以感知的别样秋天。

读"北风卷地百草折，胡天八月即飞雪。忽如一夜春风来，千树万树梨花开"，啧啧惊叹诗人敏锐的洞察力和浪漫气息的同时，情不自禁被冬雪的壮美意境所陶醉。

春夏秋冬，二十四个节气，一个个节气一首首诗，读时令之诗，沐浴在带着泥土芳香的文字里，感应大地母亲的心跳。特别是谷雨时节，雨生百谷，万物逢时，为了歌颂春天，歌颂劳动，歌颂生活，一九六二年四月的某一天，有诗人气质的江西省老省长邵式平在自家的寓所组织第一次别开生面的诗会，从此，一个真正以诗歌、诗人命名的节日诞生了，时至今日，"谷雨诗会"早已成为江西文化的品牌，也是中国诗坛独特而又持久的文学景观。年年谷雨岁岁诗，读到"谷雨有雨，雨生百谷／种下种子，收获果实／雨水滋润着辽阔的大地／肥沃的大地荡漾起／植物生长的韵律／以及久违了的号角／布谷的歌声，催熟了／人们渴盼的眼神"读出了春天的生机勃勃，仿佛看到春天黎明的那道光，总会越过黑暗，照耀东方……

读诗，能够饱览锦绣山河。

中华大地，名山大川，数不胜数，长江、黄河，五岳、珠峰等，无不受文人墨客的青睐，在他们的妙笔下生成一首首激情的诗歌，如同一朵朵美丽的花儿。每每吟哦，花儿在心中荡漾，意趣在余音中萦绕，优雅至极。

不是吗？读"天门中断楚江开，碧水东流至此回。两岸青山相对出，孤帆一片日边来"，跟随诗仙畅游长江；读"惊涛澎湃，掀起万丈狂澜，浊流宛转，结成九曲连环"，感知黄河的伟大与神奇；读"会当凌绝顶，一览众山小"，见识巍巍泰山，领悟俯视天下的豪情壮志。读"冷藏的高贵／来自天空冷藏的眼神。遥望者不由自主／抬高心灵"，随着王继文的笔触，用心遥望珠穆朗玛峰……

读诗，可见处处人文景观。

读"一径竹阴云满地，半帘花影月笼纱"，对颐和园的月波楼了解一二；读"清风明月本无价，近水遥山皆有情"，能隐隐约约知道，原来沧浪亭是个有情有义有故事的地方；读"四面生白云，中峰倚红日"，能多多少少认识黄鹤楼；读"落霞与孤鹜齐飞，秋水共长天一色"，则把滕王阁留在记忆深处。

读诗，能传承浓浓的节日文化。

中国是个礼仪之邦，节日多种多样，习俗丰富多彩，节日文化底蕴深厚。单就中秋节而言，同题赋诗，各有千秋，不分伯仲。张九龄说"海上生明月，天涯共此时"，李白吟"明月出天山，苍茫云海间"，杜甫念"露从今夜白，月是故乡明"，苏轼叹"此生此夜不长好，明月明年何处看"……举杯邀明月，读诗赏中秋，好一场佳节文化盛宴啊。

读诗，能见亲情、爱情、友情和拳拳的爱国心。

读到"白头老母遮门啼，挽断衫袖留不止"，不难理解：母爱是人类永恒的主题，亲情是世界上无价的瑰宝。

读到"衣带渐宽终不悔，为伊消得人憔悴"，不难感悟：爱情缠绵如蝶，爱情甜美如蜜，让人如痴如醉。

读到"海内存知己，天涯若比邻"，你便知晓：朋友，是一杯陈年老酒，越品越香醇。

读到"为什么我的眼里常含泪水？因为我对这土地爱得深沉"，你会明白：热爱祖国，保卫家乡，是我们义不容辞的责任。

诗歌，艺术的最高境界，它形式灵活，语言精美，最适合口耳相传，可以随时随地阅读。读邵燕祥的《断句》让我们学会不骄不躁，谦虚朴实；读向林的《武汉加油》鼓励我们要坚强；读舒婷的《人心的法则》启迪我们要诚实守信……

捧一颗诗心，带着诗意栖居红尘。闲时莫忘读点诗，无论是古诗还是现代诗，捕捉其中丰富的意象，品析凝练的语言，体验充沛的情感，从而咀嚼生活，修炼自己，教益子孙，活出无悔的人生。倘若人皆尚之，闲时人人都能读点诗，完善人类的精神家园，可期可待，让世界变得更加美好，定然是可圆的梦想。

名著精彩片段表演比赛

语文皆人学。著名教育家叶圣陶先生说过："学习语文，就是学做人，学好语文，就是要学做好人。"

高尔基曾提出："文学即人学"。可见恰当的文学阅读对语文学习有多重要。

我是一名语文老师，深知文学阅读对学生的语文学习、对学生的成长发展意味着什么。它是学生获取知识的重要途径，是学生学习其他学科的基础，是学生综合素养的重要来源。"以读为本"是我的语文教学理念，"好读书，读好书"是我在语文教学中一直所践行的原则。"好读书"，培养学生的阅读兴趣，"读好书"，选择适合学生阅读的书籍。

什么是适合学生阅读的书籍呢？当然是健康有益的书籍。文学名著是经过历史积淀和时代检验的文学经典，是文学的精华，也是人类文化的精华，无疑是最适合学生们阅读的书籍。阅读名著既可以积累知识，又能提升素养；既可以拓宽视野，又能够陶冶情操；既可以启迪智慧，又能够塑造性格。引领学生走进名著，在阅读中感受经典名著的魅力，给学生传递正能量，促进学生身心健康发展。

选好名著，静下心来慢慢啃，似乎不怎么难，有时感觉枯燥了，可以听听名著有声朗读，也可以看看名著改编的电影。可是对学生来说，读名著毕竟不是一项消遣的活动，在有限的时间里要读得高效，读得有收获，说白了，要能够应对大大小小的考试。在我的名著教学中，常常采用激趣导读的方法。除了名著专题训练、名著知识竞赛、讲名著故事、写名著读后感以外，名著精彩片段表演比赛很有成效，既能激发学生的阅读兴趣，又能促进学生深入了解作品，把握人物形象，增强学生的代入感和成就感。

名著精彩片段表演比赛在本班里每个学年都会开展，一般是同一部名著不同片段表演比赛。名著精彩片段表演比赛也在全年级开展过，一般是不同名著不同的表演形式。以前，我在担任语文教研组长的时候，召集整个年级各班语文老师，组织学生参加年级名著精彩片段表演比赛，以赛促读，全年级掀起了读名著的热潮，读后表演，展现各班学生们的风采，效果不错，反响很大。

记得当时活动是在初二年级举行。初二年级有十五个班，每个班选送一个节目，赛前准备时间为两个月，参赛表演时间不超过一刻钟。活动通知发出以后，全年级各班学生总动员，利用课余时间找搭档，读名著，选片段，确定表演形式，集中排演，忙得不亦乐乎！

比赛的日子到了，地点在学校七楼阶梯教室，每班有一个方阵，评委是其他年级的七名语文老师，学校工会王贤德主席主动为我们全程录像，学生们更是兴致勃勃，欢呼雀跃。从表演中不难发现，各班选送的节目都是班里精挑细选出来的，并且经过打磨与提升，集中了全班人的智慧，可以说各个节目都有各自的亮点。

九班表演了《西游记》孙悟空三打白骨精，有删改，悟空装很醒目，孙悟空金箍棒挥舞得挺像那么回事；十一班表演了《简·爱》罗彻斯特与家庭教师简·爱的经典对白；六班表演《三国演义》里的"隆中对"……入情入境，让人觉得初二的学生不再是懵懂无知的孩子，个个都是活力无限正向青春的美少年。

最后获得冠军的是十五班，几个学生一起表演了《屈原》第五幕第二场。因有时间限制，情节做了巧妙处理。表演从屈原长篇独白《雷电颂》开始，以婵娟献身、郑詹尹被护卫所杀结束。屈原是由班长张鸿元饰演，他穿着仿古的长袍，拖着脚镣，举着手铐，满腔忧愤，气势凛然，吟到最后转为闪电惊雷般的怒吼：鼓动吧，风！咆哮吧，雷！闪耀吧，电！把一切沉睡在黑暗怀里的东西，毁灭，毁灭，毁灭吧！（配有风雷电的音乐）他发出了抨击政权的战斗檄文，唱响了唤醒民众的起义歌，激情澎湃，慷慨激昂，让人仿佛穿越时空，置身楚国大地，正要做出保家卫国的英勇举动……现场报以雷鸣般的掌声。魏璇同学对不怕威胁、鄙视利诱、误服毒酒、舍身捍卫真理的婵娟这一角色拿捏得很准，动人地烘托出屈原精神，让正义之光的屈原形象更丰满。同时水到渠成地引出护卫的出场，护卫由冷靖林饰演，高大威猛，勇敢果断，上场抽出明晃晃的长剑毅然决然地杀死郑詹尹，保护屈原准备前往汉北……表演结束，掌声再次响个不停。

这样的表演，让人不得不惊叹学生们对经典名著的理解力和表现力。他们合理的角色分配、逼真的场景布置、给力的音乐辅助，还有恰到好处的角色拿捏，给人们情感上的渲染，让人产生强烈的共鸣。这是经典名著自带的魅力，也有学生们阅读名著的艺术再创造。读者艺术再创造是对名著的自我解读，针对名著展开合理的想象和个性欣赏。

阅读是一世之需，经典名著是一生的财富，阅读经典名著是为了一世之需，获得一生的财富，何乐而不为？每个年龄段都有最适合这个年龄段阅读的经典名著，选取自己喜欢又适合自己的名著，慢慢地品，深刻地读，启迪智慧，学好语文，净化思想，学做好人，让最美最灿烂的阳光常伴人成长！

听书是另一种阅读

又是一年世界读书日，应景说说读书的事。

一个人，闲暇里，读多少书，读什么书，以不同方式打开阅读，阅读效果肯定有所不同。

最近几年，纸媒受新媒体的冲击，发展陷入瓶颈，有些灯枯油尽，停报停刊。历史悠久的《成都晚报》停了。曾创下日广告四百万，年广告近三亿，发行量达五十万份的《华商晨报》也只不过历经十八个春秋，在二〇一九年初寿终正寝，再也不见……究其原因，人们纸质阅读率下滑，而网络阅读、手机阅读、电子器阅读、平板电脑阅读等数字化阅读发展态势良好。

稍加留意，环顾四周，"低头族"随处可见，尤其是年轻人，一部手机，一副耳塞，听歌听曲听美文已成常态，听书日渐成为一种阅读时尚。

听书好吗？多多少少能让人受益。当下发展快，市场大。多地大鼓书，浙江评弹，自古大家不绝于耳。如今，听书平台，付费的免费的，层出不穷，单单人们大力关注使用的就有"369读书""十点夜读""为你读诗""懒人听书"等。

记得我刚刚下载"懒人听书"那会儿，一有时间就听，书中叙写什么事，抒发什么情，渗透什么理都在朗读者字正腔圆中转手传出，无须我想无须我记，更谈不上摘抄写心得笔记，十足懒人一个呢，好一阵子都没翻过一页书。书在书架里乘凉，寂寞得与尘埃相伴。久了，听书会让人上瘾，几近痴迷，没时间时我也兼顾着听，走路听、摘菜听、炒菜听。有一次剥豌豆，听得专注，把豌豆往垃圾桶里丢，豌豆壳直往箩子里放。炒菜不是忘放盐就是放多了盐，当家的也抱怨我，后来边听书边炒菜时我特别注意放没放盐，可打断了听书，而不知其所云……

看书则不同，通过视觉整合抽象文字，是原生态的阅读方式，更利于专注阅读和个性思考。特别是大部头小说，篇幅长，人物多，看到后头忘了前面，回翻就可温习；看至精彩句，停下好好记，细细品，慢慢悟，完全可以不受时空限制。我在看《简·爱》《悲惨世界》《霍乱时期的爱情》《白夜》《倾城之恋》《穆斯林的葬礼》等的时候，深悟爱情是人类永恒的话题，经典语句，摘抄了满满一大本，可称中外爱情名言语录大全。看余华的《活着》，"没有什么比时间更具有说服力了，因为时间无须通知我们就可以改变一切""被命运碾压过，才懂得时间的慈悲"……对这些富有哲理性的句子好生琢磨，人哪，就活出生命的豁达与坦然。

读书是时代之需，生活的养料。培养人读书的习惯，要从娃娃抓起，以什么方式读书也至关重要，为了让读书人自觉自主阅读，更好地实现阅读中的再创造，请让他们以看书的方式打开阅读之门，永远保持看书"正宫"之位。听书对阅读者有导向性，滋长人的惰性，当然听书可以缓解看书人用眼疲劳，在诗歌、散文阅读中会让人有入情入境之感，也是一种享受，加封听书"妃嫔"之名，作为一种补充阅读，无疑是最佳安排。

看书，听书，一主一次，两者完美结合，如江河的主干与支流，不断充盈读书人的头脑，累积读书人的知识宝塔。书读多了，自然能举一反三，融会贯通，一统自己的知识江山，以备用时之需，做事便会顺风顺水，水到渠成；做人则能成为一个有趣味、有温度、会思考的人。

朗读绽放精彩

"鸟欲高飞先振翅，人求上进先读书"。

读书是一种遇见，读书是一种成长，读书是一种修养。

无论哪种方式的读书，潜心默读也好，放声朗读也罢，都是一种种对话，与文本对话、与作者对话、与自己对话。读书是一个美丽的过程，读书是一种特别的享受，读书的人不会轻浮，读书的人生是幸福的人生。

默读，于无声处听欢歌；朗读，于有声处听惊雷。课余的默读如冬日午后的阳光，温柔惬意；课堂的朗读如夏日久旱的甘霖，大放异彩。

身为语文老师，多少年来，我坚持读书并努力践行朗读的语文课堂，以读为本，读出精彩。可是初中生三年一届，训练学生朗读费时费力见效缓慢是常有的事。单单改变学生从小唱读的习惯，三番五次、五次三番，反反复复，就费了很长一段时间。一般到了初二，学生的朗读能力才算过得去，然而，初二的学生正处在青春叛逆期，信奉"我的青春我做主"，"狂欢是一群人的寂寞，沉默是一个人的精彩"，哪怕是早读，大多数人也保持静默，一个班几十号人，读书的分贝有时竟然超不过老师一个人的，愁得我偶尔有失园丁的优雅，无奈干起了监工的简单活儿……

教育家叶圣陶曾说："教无定法，贵在得法。"今天，有幸聆听了上海建平中学校长李百艳老师亲授的亲情主题散文《散步》，见识了什么叫正高级语文老师，什么是全国初中语文教学领军人物。朗读实力是她的底气，对话思想是她制胜的法宝。她千里迢迢，从魔都大上海赶来，走进革命老区江西武宁，进行大型公益宣讲，面对全县所有校长和所有的年轻语文老师的观摩，与几十个素昧平生刚刚升进初一的懵懂孩子对话，引领他们撷取《散步》里语言文字的意义与情味，碰撞出智慧的火花，享受解读文本的快乐。

一走进课堂，李老师首先把话筒递给学生，实现师生平等。男生女生各一个话筒，相互传递，没忽略学生与学生的平等。李老师把话语权交给学生，确定学生是课堂的主角和中心，一下子，学生们情不自禁地举起了手，自告奋勇发言的多了，与李老师一道争相谈论自己眼里的语文，回答李老师投石问路的问题"学语文有什么作用"，众说纷纭，气氛活跃。没想到李老师这课堂预热的小小举措便拉近师生距离，激发了孩子们兴趣，孩子们的自信心也随之增强。

李老师而后让学生自由读课文，可以慢慢朗读，随意欣赏，不带任务，没有负担，轻松"探宝"。孩子的潜力是最可期的。殊不知他们有的从描写的角度、有的从叙事的角度等寻得宝贝，多则一段，少则一句，甚至某个词或字，并通过大声朗读进行分享。李老师适时进行朗读训练：单个学生朗读——李老师范读——全班齐读，最后又以个别学生重读来检验朗读训练的效果。

毋庸置疑，这课堂里最大的亮点是朗读，特别是李老师的朗读。虽然她读得不多，就那么一小段，就那么几句话，但她吐字精确有力，节奏分明有序，表情适度得体……这不是一次用溢美之词"抑扬顿挫"评价得了的朗读，这是一位资深语文老师专业素养自内而外的呈现，绽放了课堂精彩，顿时感染了在场的师生们，把人带入佳境。只见有人闭了眼，似乎在酝酿情感，不经意间口中喃喃，欲要读出些声情并茂的文字来，如秋桂飘香般沁人心脾。

已过不惑之年的我更是深受触动。"莫道桑榆晚，为霞尚满天"，我仿佛一下子回到青春正当年，一缕执念，坚信在教育教学的道路上，磨石不误砍柴工，多读书，常朗读，内修于心，外修于行，成为最好的自己，当更优秀的语文老师，驰骋三尺讲台，做学生智慧的老师，做孩子们有趣的朋友，引领与陪伴学生们畅游语文天地。

课堂上，学生们朗读此起彼伏，悦耳动听。整堂课由浅入深，以读为本、以读促悟、以悟领读，朗读成诵。文章诸如思想感情、语言特色、思路脉络、写作手法等之类的问题在一次次朗读中被学生揣摩、感悟、体会、品味得八九不离十，完成了教学预设目标。

最后李老师说："谁敢挑战自己？在朗读的基础上，试着背一背，几句话、一小段都行。"背诵，可是朗读的延伸与强化，抵达朗读的最高境界。还别说，男生女生都有挑战自己成功的佼佼者，李老师欣慰地摸了摸他们的小脑瓜，连赞带夸，一堂精美的语文课在朗读成诵的美好状态中接近尾声……

这是一节典型的公开课，这是一堂实用的常态课，把公开课上成常态课，非普通老师所能为之，对教学高手来说却是小菜一碟。大都市名师李百艳老师从朗读出发，对山区小城孩子们娓娓道来，与学生们和蔼可亲地对话，师生共同演绎了《散步》课堂的精彩，让我和在场的许多老师共享一顿特别的秋日佳肴。

语文如一支婉转悠扬的乐曲，又像一首音韵唯美的诗歌。语文是一门读的学科，读分粗读、细读，精读、泛读、默读、朗读……无论哪种阅读方式都是一种对话，而朗读是对语言最直观的感受，朗读就是欣赏，朗读就是感悟，朗读注定是语文最好的归宿。

其实，朗读何尝仅限于语文课堂呢？朗读是文字的红娘，文字从创作到传播，朗读是最好的媒介。当文字遇见声音，朗读便能轻叩文字的灵魂。常常朗读文字，好好体味情感，定能绽放异样的精彩！

找个出口为情绪泄洪

人的健康包括身体健康和心理健康，身体健康是幸福的保障，心理健康是智慧的源泉，两者缺一不可。

"代谢"乃生物学名词，一个人只有保持正常的新陈代谢，才会有健康的身体。同样的道理，一个人想拥有愉悦的心情，就要有一个恰当的"心情代谢"方式。找个出口为情绪泄洪，可以让人天天少烦恼，更换好心情。

情绪基本上有喜、怒、哀、惧四种。人的情绪一般是复合形的，即四种基本情绪的任意组合。青少年情绪有敏感、强烈、脆弱、变化迅速、容易冲动、缺乏理智等特点。如果他们过于激动和负面情绪得不到及时有效地缓解，久而久之，常常会滋生出自闭症、焦虑症、躁狂症、抑郁症等心理疾病。

心病还需心药医。心药并非实体药品，而是一种现代心理疗法，即通过调节人的精神、情绪及心理活动以便使得身心健康的养生方法。调节精神和心理活动，是心理咨询师或心理医生的专长，调节情绪，是人人都应该而且能够掌握的生活技能。

有位名人曾说过，在青少年成长成才的路上，最大的敌人并不是缺少机会，而是缺乏对自己情绪的控制。可见，要想健康快乐地成长，必须要控制好自己的情绪。控制情绪的方式方法很多，为情绪泄洪的出口因人而异。

邹葱是我调到武宁第二中学的第一届学生，我从初二接手他班。他坐在第一排，个子小小的，从来不说一句话，与他同班了一年的同学都说他哑的，不会说话。我每次跟他交流，他都是点头或摇头，于是我压根不怀疑邹葱是个失语的孩子。

开学不久从乡下转来一个新同学叫林波，个子也是小小的，我把他与邹葱编在一起做同桌。有一天林波突然跑到办公室跟我说："老师，邹葱会说话，就在刚刚，他跟我说话了，声音很小，但我百分之百地确定从他嘴里说出清晰的话来。"看林波一脸的认真，我知道他并不是开玩笑。那天下午我抽空骑着电动车去邹葱家家访。原来邹葱的爸妈是开卖煤气灶店的，他妈很时髦，他爸很精明，都能说会道的，我无法想象邹葱出自那样的家庭，非常纳闷邹葱为什么会变成现在的样子。

说到邹葱，他的爸妈像换了个人似的，愁眉不展，唉声叹气。邹葱一生下来就是外婆带，到七岁才到县城与他们一起上学，有一次邹葱到铺里玩，拧开了试煤气灶的煤气罐，煤气泄漏，好在及时发现，没出什么大事，他妈大骂他一顿，他爸狠狠扇了他两巴掌，从此不准他到铺里来，不上学时就把他一个人关在家里。不知怎么回事，自那以后，邹葱不爱说话以致一句话不说。首先他爸妈没太在意，后来带他到处去看医生都于事无补……交谈中，他父母句句话语透出悔不当初的无奈与失望。

当他爸妈听说邹葱说话了，感到特别意外，非常惊喜，立马跟我到学校找林波问邹葱怎么开口说话的，说了什么。林波说："我与他同桌以来，下课老邀他一起出去玩，有时带东西来学校吃，每次都分给邹葱吃，首先几回邹葱不愿吃，后来吃了，吃完后他也只是冲我微微一笑，从来没有说过话。今天大课间我们一起吃的是香辣鸡翅，很辣，很香，很好吃，邹葱边吃边喝水，情不自禁地说了辣、香，还对我说了声谢谢……"

林波与邹葱一起分享零食，也是一种交流，是通过美食的一种情感交流。青少年如果受到负面情绪的不利影响和困扰，家人或是朋友对其进行有效的沟通交流，最终会达到缓解消除负面情绪的目的。在学校我鼓励同学们关心邹葱，与他一起玩，和他一起说说话，在家里，他父母尽量抽时间陪伴他，无微不至地呵护他，几个月下来邹葱便能与人正常交流，算是走出了几年前坏情绪带来的自我封闭阴影，恢复原有的健康。看来良好的沟通交流是缓解负面情绪的有效措施之一。

不仅如此，运动也是排解青少年不良情绪的有效方式。江南某知名中学下了第二节晚自习到上第三节晚自习之间，操场上有很多走路散步的学生，都说走路运动是缓解压力、排解坏情绪的特好方法。坚持适度的运动不仅可以维护心理健康，还可以有效提高免疫力和抵抗力，预防多种疾病的出现。

相关研究表明，音乐不仅可以让人放松，同时也可以通过释放以及表达个体被压抑的情绪来达到维护心理健康的效果。当心理情绪低落时，听听《其实我很好》《风中少年》等青春励志的歌曲，能够让人转悲为喜，心态阳光；当心理情绪焦躁时，听听贝多芬的《月光曲》、莫扎特的《紫罗兰》等音乐，能够让人迅速安静下来；若喜欢听中文歌，选择《远方的寂静》也不错，它能够把人带到大自然，去感受大自然带来的恬然、温暖、安宁……音乐就像一位医术高明的医生开出的神奇药方，帮人调节心情，排解烦恼，让人开心快乐，使人心旷神怡。

其实，做自己喜欢的事总是开心的，只要合规合法，做任何感兴趣的事都可以排解不良情绪，特别有效。学生时代，一份甘甜润青春，我与闺蜜常常吃着糖葫芦在操场上转圈散步，边走边吃边说说话，无论遇到什么烦心事，心情也坏不到哪里去。兴趣可以充实生活，可以带来智慧，也可以带来财富与健康。从小应该培养青少年一些兴趣爱好尤为重要，诸如篮球、足球、羽毛球、乒乓球，象棋、围棋、军棋、五子棋，散步、爬山、游泳、街舞、跆拳道，绘画、听曲、吟诵、读书、闲坐看云、听潮观海……哪怕是喜欢看电影、吃美食，也比啥都不感兴趣的强，在关键时刻兴趣能改变人的情绪，更换人的心情。当人的情绪如洪水般不可控的时候，做自己最喜欢、最感兴趣的事，就像找到一个破洪的出口，可以平复心情，防患或治愈心理疾病。

　　人生在世，谁都会有烦心事，青少年当然难免有心情不好的时候，负面情绪实际上并不可怕，只要以正确的态度来面对并处理负面情绪，找个出口为情绪泄洪，分散或转移注意力，完成自我调节和自我救赎，就可以有效维护自己的身心健康，心情便像小鸟般欢欣快乐，人也会如沐春风一样神清气爽！

尊重是最好的爱

尊重别人是一种修养，尊重自己是一种智慧，尊重自然是一种境界，尊重是对世界最好的爱。

纪录片电影《重返狼群》讲述川西女画家兼作家李微漪救狼养狼与狼共舞以及帮助小狼成功重返狼群的故事，真实再现李微漪对生命对自然最大的尊重，最好的爱。

二〇一〇年四月，李微漪在若尔盖草原采风，偶然救下一代狼王的遗孤，并带回城市喂养，取名为格林。

当时，格林才刚刚出生五天，父母不幸遇难，它举目无亲，藏匿山洞，差点饿死，恰巧幸运地投身人类之家，尽管有爱它宠它的人类母亲李微漪，可它没有兄弟姐妹。尽管格林时不时地嗥叫和狂野是它永不改变的本性，但它以狗为友，常常改狼嗥为狗吠，与狗共舞，活不出狼自身的真性情，享受不到狼本族的快乐与自由。

格林日益消退的野性，难以逆反的孤独，李微漪看在眼里，急在心里，加之格林对人们的不设防和人们对格林本能的戒心与天生的敌意，李微漪强烈意识到问题的严重性，也许有朝一日格林会因为是人群中的另类而惨遭毒手，自己将永远失去格林。李微漪做了个大胆决定，带着格林寻找狼群，让它回到真正属于自己的家园，并且坚信重返狼群，回归自然是格林最好的归宿。还格林自由，就是尊重格林，就是给格林真正意义上的爱，著名作家张抗抗阅读《重返狼群》时也有说，这个故事最鲜明的主题是爱与自由，最打动人的地方是充满着母性的温情。

重返狼群是一条未经的路，充满着艰辛与传奇。李微漪在男朋友亦风的陪同下到若尔盖草原安营扎寨，一待数月之久，由夏入冬，天天带着格林寻找狼群。有时会遇到飓风席卷，有时会遭遇猛兽攻击，常常要经受严寒的折磨，常常会碰到牧民质疑乃至偷袭。李微漪像保护自己的家人一样，倾心保护格林。

李微漪追狼烟，探狼迹，判断狼可能出没的地方；学狼叫，抛狼食，如奥地利动物行为学家康拉德·劳伦兹一般与动物相处几近疯子，当地牧民形象地称她为"狼女"，可见李微漪助力格林重返狼群的癫狂与痴迷，可见李微漪促成人养狼孩回归大自然的专注与执着。

付出就有回报，坚持就会胜利。李微漪尽力学用心教，教会格林抓捕打斗，让它获取生存和自我保护的能力。李微漪耐心观察伺机放逐，让格林慢慢适应野狼群居的生活，安全快乐地融入其中。格林成为第一只由人养大并成功返回狼群的狼，李微漪是第一个成功帮助人养狼孩重返狼群的人。最难得的是，真实再现了这史无前例的惊世之举先有电影后有小说。李微漪和亦风拍摄的纪录电影《重返狼群》经过七年的剪辑完善于二○一七年六月十六日首映，李微漪独撰的小说《重返狼群》于二○一八年六月出版面世。

电影镜头里，小说描述中，李微漪一声声长短轻唤，格林一次次伫立回望是她与它之间不用解密的语言，那是一种爱的交流，那是心灵相通的默契。不难理解，李微漪与格林九个多月的朝夕相处和九年多的不失联不忘却靠的就是这份默契，维系这份默契的是李微漪与格林彼此之间的尊重和内心拥有的爱。

在人类的字典里，狼天性凶狠、生性好杀。殊不知，狼崽格林对待李微漪并不是农夫与蛇故事的翻版，而是一改狼的狡猾与贪婪。回报李微漪的是感恩的温情，视她如自己同族母亲一般，每天早上向李微漪投石问好，每次别离用头深埋李微漪怀里依依不舍。特别是有一次，李微漪病重不起，极其虚弱，连门也无力打开，格林一直在门外叫唤，见毫无反应，便爬上窗子叫唤，把自己存储的食物分享给李微漪吃，上演了人与狼相互关心相互牵挂的温暖一幕，真叫人感动。

李微漪完成心中意愿让格林成功返回狼群，回到了成都。由于对格林过于思念，过于牵挂，后来不止一次地回到若尔盖草原看望格林。到了那片熟悉的难忘之地，李微漪一声叫唤，格林闻声而来，亲昵不已，仿佛出嫁的孩子遇见娘亲一般，李微漪欣慰万分，欢喜满满。可是最近二〇一八年李微漪的一次探望，虽然格林仍旧应声出现，但远远站着，凝视着李微漪，神情很是复杂，那份失望后的不信任和陌生感，叫李微漪羞愧不已，望而却步。原来格林的几个儿子先后在猎手的枪下丧生，只剩下一个女儿，格林作为新一代狼王却无力保护自己的孩子，它心中的苦楚和无奈李微漪最能理解，也最为痛心。当年她对格林的担心发生在格林下一代身上，自己却无能为力。

人生最大的悲哀是明明知道应该怎么做却做不到，而最大的阻力恰恰是自己的同类。是啊，李微漪只能保证自己对生命对自然的尊重，而光靠一个人或几个人的力量能救下一个格林，那小格林小小格林又会怎样呢？我似乎听到来自她心里的最强音：狼有狼的世界，人有人的天地，各自安好，互不侵扰就是最和谐的相处，最美的尊重，也是彼此给予的最好的爱。

细细想来，李微漪呼吁尊重是最好的爱又何止适用于人与格林本族之间呢？在生物宇宙里，人与物、物与物、人与人之间皆应如此啊，而人是维系其中一切平衡和谐的总舵手。所以我建议我们每一个人对自己以及身边的人大声地说：尊重是最好的爱！

美食致美好

"金樽清酒斗十千，玉盘珍羞直万钱"，名贵美酒价格不菲，高端美食自然也不便宜。不过，健康又营养的美食，没人会拒绝，它是人体的必需品。尤其是处于青春发育期的青少年，更有特殊的营养需求，一般比成年人高百分之十三到百分之十五，青少年因不断加大身心活动量，其热能的需要也比成年人高出百分之二十五到百分之五十。然而，在饮食上，十个孩子九个挑，聪明的妈妈往往把食材做成美食才能基本保证孩子的营养与健康。

说到美食，用心用情去做，不仅能让孩子吃得下，吃得高兴，更是能够让人吃出一种情怀，根植一种文化。我曾参加过一次校企联合的团建活动，有幸作为美食大比舞的评委，品尝美食，见证美好！

那是"大雪"且近、子月起始的日子。太阳公公经过整夜思考，终知拗不过江西文演创科人的团结一心，众志成城，于是做个顺水人情，一大早就露出笑脸，暖洋洋，金灿灿，好一个蒸蒸日上。

暖暖的阳光弥漫在一望无际的苍穹，像调皮的孩子与温柔的母亲撒娇嬉戏，冲淡着冬日大地的单调与沉寂。神秘的望夫山下，美丽的博阳河风景区内，不见大地飞花，唯有江西文演创科公司九个部门，九支劲旅，以美食致美好，千姿竞发，百花齐放，一展才情尽妖娆。

走进伙园，左侧是十张大圆桌，隔着中间露天的草坪，正紧盯着对面的一大排大锅大灶，好像在说："嗨，帅哥美女们，做啥好吃的呢？请速速呈上来，让我们一睹为快哈！"锅边灶下，切菜的、剥蒜的、掌勺的、生火的……大家忙得不亦乐乎！

临近中午，大锅大灶已退出繁忙，闪亮登场的是十张大圆桌，其中九桌皆已装点得精彩纷呈，铺满一桌的菜，荤素搭配，色香俱全。每桌一个部门，每个部门差不多十来个员工，大伙坐在一块，和和乐乐，相交甚好，好一场美食盛宴！

正中间摆好碗筷酒水没上菜的一桌是评委席，待到评委们莅临落座，那里顿时成了焦点。干练的主持人在报幕，一个部门一道参赛菜肴依次呈现在评委们面前，那可都是秘密武器，拿手好菜哦。一道菜，简直是一件艺术品，可圈可点，各有千秋，有得一比。

递上一道美食，附有一段美言。瞧上去，精致诱人，尝起来，美味可口，听得出，一道道菜，一个个故事，抑或一种种寓意，凝聚着一个个部门的巧思妙想，他们紧扣"创未来"的活动主题，诠释文演创科的企业精神，寄托着大家的美好愿景。文演创科人的智慧才情，叫人打心底里赞许不已，这些年轻人啊，也许他们平日里没怎么进过厨房，可一旦比起厨艺，谁都不比谁差。是啊，一个人，一个部门，一个企业，只要肯干愿干，只要众心合一想干好，哪怕是世上难为之事，也能破冰而出，理清理顺大功告成。

《尔雅·释天》有言：十一月阳生，欲革故取新也。文演创科人发挥天时地利人和的优势，参赛作品从菜肴命名到食材搭配到烹饪制作甚至选择盛装的盘子皆最大限度地呈现创意。

票务宣发队呈送的佳肴是日式料理锦绣天妇罗，属油炸食品，不油不腻，外酥里嫩，滋味拿捏得恰到好处，加之配以种类丰富、摆设讲究的果盘，挺有味感和观感，美妙胜出，获得此次美食大比拼的金奖。

财务投资队的参赛作品乌克兰金羊毛，名是洋名，食材是牛奶加鸭肉，大胆的搭配，立时有人惊叹："啊，原来还有这种吃法呀！"不过叫人印象深刻的是那段精彩的解说词，俄文中文并用，抑扬顿挫，讲述了一个古老而浪漫的故事，听着听着，我仿佛置身多瑙河畔，吃着美食，咀嚼着文化……

文演文服队选送的菜肴叫豫章福气，直白地说，就是猪肉炖豆腐子，花撒点蒜苗，普普通通，但至简至真，吃出家的味道，让人牢记家庭担当是义不容辞的责任。

市场营销部和科技艺术部参赛作品叫群英荟萃，创科上市。食材没啥特别，一盘鸡肉，三根黄瓜，一个柿子。挖掘的寓意却不简单，囊括了江西四色文化：青花蓝、马蹄金、香樟绿、杜鹃红。青花大盘、鸡肉，黄瓜、柿子皆切实有所指，不得不说的是顶上的柿子，彰显创科人勇于创新、敢闯敢拼的精神，同时也是创科公司红红火火发展势头的真实写照，预示着文演创科在未来的日子里大展宏图，夺目上市，创造辉煌。一道美食，透视创科人的远大梦想，展望创科的美好未来。

特别用心用情的是大型活动中心队，他们立足红色文化，走创新之路，展现出大气魄，大手笔。取参赛菜名为峥嵘岁月。食材选自井冈山下贝贝南瓜、黑猪肋排和极具江西风味的米粉。南瓜的清甜、猪肉的甘醇和米粉的绵密，汇聚舌尖，唇齿留香，正如创科公司上上下下一起走过的峥嵘岁月，是那么醇厚、丰富、历久弥新。峥嵘岁月使用温火蒸至而成，也寓意创科蒸蒸日上，宏图大展！

文演创科公司各部门合力做美食，展美食，创未来，我深受感染，好像自己也成了创科里的一员，心情异常激动，不禁想起古书《道德经》里的"治大国若烹小鲜"，不难想象，经营公司与美食制作也应有相通之处。创科人制作美食的创新理念与团结协作以及竞争意识，就是他们职业精神的一种折射。美食致美好，我坚信，美好亦是而且将永远是创科公司发展的执念与主流……

言归家庭美食，它不可能餐餐如团建美食大比舞那样菜系齐全、鲜香丰盛，但尽可以选择符合自家孩子营养需求和口味喜好来拣菜配菜。得闲时亲自下厨忙活，可精心尝试烹饪多种荤菜:或蒸蛋或炖汤，或炒肉片或煎鱼块，或炸可乐鸡翅或卤五香牛肉，或焖大虾或蒸螃蟹，或做糖醋排骨或做啤酒鸭肉……亦可用心研制无限美味的素菜大全:红烧千页豆腐、做荷塘月色(豆荚藕片胡萝卜)、西兰花炒香菇、醋溜土豆丝、松仁腰果玉米粒、炒冬瓜、蒸南瓜、拍黄瓜、手撕包菜、爆炒上海青、油淋小白菜……还可采用科学荤素搭配炒出别样的风味佳肴，诸如虾仁炒黄瓜、芦笋炒黄鳝、萝卜炖羊肉、韭菜蛋饺、西红柿炒蛋等等。买食材做美食一周大变样，每天小变样，一日三餐，餐餐干湿混搭，荤素兼得，每顿饭桌上一汤三菜或四菜一汤，外配一碟当季新鲜水果，顿顿保证孩子有个好食欲，让孩子吃好喝好，吃出家的味道、母亲的味道和爱的味道，增强体质，愉悦心情，个个长成健康阳光美少年！

鸡蛋的烟火人生

一次早读课后，我随口出了一道谜题："脑袋尖尖、肚子圆圆，外表光溜溜，里面滑溜溜，没有爹只有娘，心中藏着个小太阳。猜猜它是什么呀？提示一下，是大家早餐常吃的东西哦！"我话音未落，班里的娃儿们抢着说：鸡蛋！鸡蛋！我直夸他们聪明反应快，他们不无得意地说：鸡蛋，我们几乎天天吃呢。哦，小小的鸡蛋，常常忙碌于江湖，尽情抒写着自己的烟火人生。

鸡蛋物美价廉，富含蛋白质、铁、钾、氨基酸等人体必需的营养，现在已经成为家家早餐里的必备，是最平民化的营养品。

要搁在过去，鸡蛋是乡村人家奢侈的美食，一般轻易吃不上。记得小时候，除了端午节吃鸡蛋，平日里只有生日或是考试考了高分母亲奖励我们，才有鸡蛋吃。

生产队年代的农村，每家每户都有几只唱着凯歌下蛋的母鸡，可大多时候鸡蛋都是攒起来卖钱的，五分钱一个，卖上十来个鸡蛋就可以买回家里炒菜的食盐、补衣服的针线、孩子读书的铅笔和作业本等。我常常看着母亲把鸡蛋放在大格子手帕里，两对对角一系，提着去大队部的货亭，那是公社国营的分部，会收购鸡蛋，售货员是国家正式职工，不会过分挑剔鸡蛋的个大个小。母亲把鸡蛋从高高的小窗口里递进去，报上要买的货物，不一会儿售货员把东西全摆在小窗口的台面上，有一角五分一斤的食盐、一角一包的针、五分钱一卷的线、两分钱一支的铅笔、三分钱一个的作业本，买了好几样，最后找剩的钱放在手帕里托着递给母亲，母亲核算后，偶尔也会拿出一两分钱再递给售货员买几粒豆豆糖给我。

我一手拿着铅笔和本子，一手拽紧豆豆糖开开心心往货亭不远处的学校走去，到了教室，用新铅笔新本子写着新学的字，心情特爽，字也写得忒认真。下课与好友平英、桂莲一起吃买来的零食豆豆糖，感觉与平日家里带来的红薯片、南瓜子、炒蚕豆就是不一样，嘴里心里都是甜的。

那年月，鸡蛋不仅直接或间接给孩子带来童年的快乐，也可作为礼物，互惠人情，传递祝福。邻里乡亲，谁家有个病有个疼的，左邻右舍会提些鸡蛋去看望问候一下以表关心，尤其是看望坐月子的小媳妇，送鸡蛋尤为多。数量上，送多送少跟感情亲疏有关，但又不是绝对的。来了就是情到，送了就是意到，礼轻礼重，都是情意，薄来薄去，厚来厚往，礼尚往来，彰显中国礼仪文化，演绎社会人情世故。

鸡蛋，敲不敲开都可做成美食，煎、煮、炒、蒸等不同的烹饪方式，便有不同的味道，那是母亲的味道，家乡的味道。在成长中，这舌尖的美味，皆成暖意的记忆。

生日时，母亲煎荷包蛋给我们吃，往往碗头一个，碗底一个。我们端起饭碗，香喷喷的荷包蛋里有母亲浓浓的爱，一碗饭吃到底，又见惊喜，爱意绵延，自始至终都开心，增添生日的快乐！

考试考了高分，母亲水煮全蛋奖励我们，一煮煮俩，放在筷子旁，双筷子双鸡蛋，寓示考双百的意思，语文数学齐头并进，都要学好，全面发展。

新客来访，贵客登门，主人不久便呈上一碗水煮荷包蛋，数量两个、三个或者四个不等，外加红糖或白糖。得此礼遇的一般是重要新客或很受敬重的人，不过我母亲待我们兄妹的同学朋友很是热情，现在好些同学问起我母亲，没有不忆及第一次去我家，进门不一会儿母亲端来的水煮荷包蛋！

　　鸡蛋炒着吃，最简单快捷。有下饭的家常菜辣椒炒蛋，也有大多数小孩的最爱西红柿炒蛋。随着时蔬变化，鸡蛋可以炒成多种口味，诸如香椿炒蛋、地耳炒蛋、韭菜炒蛋、韭黄炒蛋、苦瓜炒蛋、黄瓜炒蛋、茼蒿炒蛋等，荤素搭配，上得待客宴席，遍及百姓餐桌。

　　要说蒸鸡蛋，是一门有学问的厨艺，无论是单纯蒸鸡蛋，还是肉丸蒸蛋，抑或是银鱼蒸蛋，蛋和水的比例要恰到好处，大约是一比三，水多了，蒸蛋不成形，水少了蒸蛋板结，蒸的火候与时长也有讲究，中火蒸，一般蒸七到八分钟即可，火力太大，用时太长，蒸蛋像打老的豆腐，吃起来不活络，便失去进口即化的鲜嫩美味。

　　鸡蛋行走江湖，最不受地域限制的该属茶叶蛋，几乎覆盖大江南北，堪称中国传统特色小吃。早餐店里，热腾腾、香喷喷的茶叶蛋，总受人青睐，即买即食，或装袋带走，趁热吃，或搁凉吃，同样好剥，同样营养，皆是美味。不知何时开始，乡下办酒席时兴一道满盘茶叶蛋的菜，往往在宴席接近尾声端出来，客人吃得下的想吃就吃，吃得太饱吃不下的拿一两个塞在口袋里带回去也行。另外，街头巷尾、车站码头，抑或是景区旅游地，茶叶蛋无处不有，炖在煤球炉里，热在电插锅中，也有用原始土炉炭火温着的，一元或一元五角一个，最贵的也就是两元钱一个。走街串巷的、搭船赶车的、观光旅游的，闲着或是累了、乏了、饿了，随手扫码捏一两个蛋，茶香扑鼻，蛋香可口，花不了几个钱，便能解乏解累解嘴馋，补充能量，倒是舒爽，倒也惬意。

　　关于鸡蛋菜系，最后不得不提到腊肉炖鸡蛋。这是我家乡赣西北武宁山背过年时的一道大菜，食材是腊猪肉与土鸡蛋，把腊肉洗净切成大块，入锅煮熟，用清水煮鸡蛋，差不多熟了，捞起去壳，放入腊肉锅中再煮十来分钟即可。腊肉炖鸡蛋制作程序不烦琐，无须什么调料，甚至连盐也不用放，因为腊肉本身偏咸，味道却浓鲜香嫩。吃肉喝汤，瘦肉不柴，肥肉不腻；喝汤吃蛋，蛋黄容易下咽，蛋白质容易吸收。一道腊肉炖鸡蛋，让人吃出武宁山背的年俗年味，吃出山背人的诚心诚意；一道腊肉炖鸡蛋，让归来的游子吃出了家的味道，慰藉无限的乡思与乡愁……

小小鸡蛋，浸透人间烟火，但也有它的清欢它的神奇。伟大的画家达·芬奇是从画鸡蛋开始；著名诺贝尔经济学奖得主詹姆斯·托宾提出"不要把鸡蛋放到同一个篮子里"的经济法则；知名作家村上春树有获奖感言"在一堵坚硬的高墙和一只撞向它的鸡蛋之间，我会永远站在鸡蛋这一边"……引人思考，给人启迪。不仅如此，鸡蛋的可贵更在于蛋生鸡，鸡生蛋，蛋又生鸡，鸡又生蛋，无止境地孕育生命，延续生命，传承生命！

春节舞狮子

"爆竹声中一岁除，春风送暖入屠苏"。过年了，千家度岁，万户迎春。城里乡下，大人小孩，贴对联，放鞭炮，喜笑颜开，热热闹闹。印象里，年味最足在乡村，乡村过年最热闹莫过于正月初一舞狮子拜大年。

舞狮子，引自西凉的"假面戏"，随佛教从西域输入中国。作为一种传统民间艺术，舞狮子起源于南北朝，至今有一千多年的历史。到了唐代，广为盛行。明朝时，相传广东佛山的乡农群起舞狮子镇住了岁末年关兴风作浪无法无天的怪兽，渐渐地，大江南北便有了一种习俗：每逢春节，敲锣打鼓，走家串户，舞狮子拜年，以便消灾除害，预报吉祥如意。

记得小时候，正月初一一大早，村民们吃过茶水点心，跟本族长辈拜过年，便纷纷来到公家保管室芜场，像平日开村民大会一样，静待队长安排。队长来了，打开保管室，叫几个年轻的后生搬出舞狮子的道具，诸如锣、鼓、钹、狮子等。狮子的制作可有讲究了，大体如香山居士白居易所言："刻木为头丝作尾，金镀眼睛银帖齿"。

接下来是分工，敲锣的、打鼓的、击钹的、舞狮子头的、摆狮子尾的，还有念新春祝福喝年运好彩的……一切妥当后，迅速各就各位，点燃一大挂爆竹，打起鼓，敲响锣，配上有节奏的钹声，顿时，锣鼓山响，鼓钹齐鸣，新春舞狮子拜年的队伍出发了，助兴的，凑热闹的，长龙般，后面紧随，那种阵势、那份欢腾、那般喜庆，透着浓浓的年味儿，呈现满满的仪式感。

每家每户听见锣鼓声朝自家传来，主人立马出门放鞭炮迎接。狮子队一到，便在芜场舞开了，舞狮子头的时而跳、时而跑，又是转圈又是翻身等，自由发挥，形式灵活。摆狮子尾的配合倒也默契，相应动作做得恰到好处，好像是一只真实的活狮子在表演呢！

最有意思的是摆狮子尾的化被动为主动，休闲在地不动了，时不时掸掸尾巴，没承想，舞狮子头的便双腿并列前伸，也趴在地下，随着尾巴掸动，眨巴着眼睛，那时间点掐得真是准，简直是神了，舞狮子的两个人一前一后，首尾相顾，呼应相接，用不着怀疑，绝对是绝活儿，围成圈儿观看的人群，情不自禁齐声鼓掌，呐喊叫好。俄而，狮子张开嘴巴，做哈欠状，左右摇摇头，一跃而起，随意摆摆尾，精神抖擞，似欲离开，围成圈儿的人群心领神会让出一个缺口，狮子队伍便辗转到下一家……

狮子舞得精彩，为此精彩再掀高潮的是那新春祝福贺词的声声吆喝：一拜老者福无量，儿孙满堂身体健。二拜中者志气大，敢想敢干敢向前。三拜少者易成长，勤学好问有才能。上上下下都拜上，满门喜气乐无边……舞狮子大多在人家门前的芜场表演，如果有谁家建了新屋，或添丁进口的，或德高望重的，或多子多孙的，狮子入宅会高高跳起，口吐红布，喝年运好彩的人站在堂前右上方大声说：狮子进屋，发财致富；狮子出门，件件兴隆。年胜年胜年年胜，月红月红月月红……一声声喝彩，一句句祝福，融入了邻里情谊和节日的洋洋喜气，如和风送暖，特别打动人心，倏忽间，在人心里种下千万种美好，让人化为千万种追逐。"一年之计在于春"，刚起头儿，便带着希望出发，放飞春天的梦想，一路均将斗志昂扬！

舞狮子拜年，新春送祝福，各家各户的主人都特别高兴，他们以各自的方式来欢迎与感谢感恩。男主人掏出香烟，见人就发，不分性别，无论大小。过年的吉祥香烟，沾着喜气，人人都不会推辞，欣然受之，有的夹在耳朵背后，有的插入自己半空的烟盒，有的顺手塞进褂裤的口袋。如果狮子舞进屋了，主人就会加送一个红包，里面有几张"大团结"，一般交给队长保管。女主人端着一个大托盘，里头装有糖果花生、蚕豆瓜子、雪枣麻片糕、红薯片爆米花等，品类多样，堆得老高，挨个儿给孩子发，孩子太小不会走路抱在手里的，也发，谁抱就发给谁，一个抓一把。没走几家，孩子们口袋鼓鼓囊囊，吃到元宵节还能在裤兜旮旯里摸出几粒瓜子或豆什么的，开开心心过完了年。带着甜味的记忆总是美好的，拥有美好的童年总是难忘的，这一切一切都成为我孩提时代永远的歌谣。

二十世纪八十年代初，随着农村家庭承包责任制的实行，田地下户，生产队集体的东西能用的便分掉，老化无用的便丢弃，后来连保管室都拆了，舞狮子道具没了，舞狮子队伍也自然解体，舞狮子拜年，慢慢退出年俗，多少年来，燃放鞭炮烟花成了年文化的最强音。

近几年，乡村旧貌换新颜，春节期间禁燃令渐渐落实到位，就在人们感慨年味越来越淡的时候，很多村庄悄然建起了祠堂，全村乡民集体分年饭很是流行。政府扶持，能干的乡贤意思意思，每人赞助一点，"招兵买马"，弘扬舞狮子文化，助力乡村文化振兴又被提上日程，具有悠久历史的舞狮子呈现一道道风景，复活了多少人的记忆。春节舞狮子，再次点亮乡村内涵，绽放中华民族传统年俗文化的异彩！

乡风柔适话过年

中国的春节，西方的圣诞，堪称世界年文化的双璧。我们不是洋人，也不定居国外，无须过多关注圣诞。过好中华最古老的传统节日春节，注重春节的中国味与仪式感，将会获得足够的民族认同感和满满的民族自信心。

要说地道的春节仪式，当属中国乡村。赣北小城武宁，古朴的幕阜山，秀丽的修河水，养育着武宁的祖祖辈辈，一代代纯朴厚道的武宁人，对老祖宗的年文化从不摒弃，敬重有加，尤其是信奉"过年好，好一年"的乡村人，越发中规中矩，不偏不倚地遵循岁末年初的大小习俗。

除夕守岁

除夕，旧岁之末，这天的主题是大家最熟悉的吃年夜饭。武宁人管吃年夜饭叫分年饭。大年三十，全家人大大小小聚在一块吃一顿丰盛的晚餐，鸡鸭鱼肉，山珍海味，应有尽有，荤素搭配，色香俱全。

不过年饭里是找不到狗肉这道冬季佳肴的，相传过年期间有年兽出没，狗是人类忠实的朋友，尤其是乡村人家的守护神，在举国上下，家家户户欢庆之时却以"朋友"助兴享乐，实在不厚道。也有狗肉上不了台面的说法。

分年饭前，添第一碗饭，一般只添一勺，点三支香，敬天，风调雨顺，谢地，滋养万物。

磨盘般大的鞭炮噼里啪啦响起，年饭进行中，家族之长致精短开席词，总结过去，展望未来，阖家举杯，喝酒吃菜，说话聊天，不久，每个小家的"财政部长"拿出一沓红包，给孩子发压岁钱，其实只要未结婚的没赚工资的，都见者有份。

酒过三巡，酒足饭饱，大伙陆续退出宴席，撤到堂前围火守夜的现场。青瓦老房空间高，仍然在堂前用松树根生大火；新建洋房则在底楼大客厅用白炭生一大盆火，全家大大小小团坐在火主旁，剥剥瓜子，唠唠嗑，继续年夜饭未完的话题，大多是倾听长久在外的游子的故事，亲人们时而欣赏夸赞几句，时而担心叮嘱几点，话里话外全都是关爱与温暖。

小孩拿着一支香，从火盆点着做火引，点散鞭炮，放小烟花，跑进跑出，好不快活。

读书娃们捧着手机微信聊天，看新闻，抢红包，玩游戏。

成年人中男的聚在一块，打打扑克玩玩牌，不玩的就在旁观看吆喝；女的洗好碗，拖完地，摘下围裙，三个女人一台戏，家长里短说个不停……

过年度岁，大伙各以各的方式玩，有些竞技输赢以金钱计算，一家人，"肉烂在锅里""肥水不落外人田"，没人计较，也没人舍不得，要的是热闹，图的是开心。

春晚临近尾声，新年进入倒计时，"十、九、八……三、二、一"零点钟声响起，各家各户放长鞭炮，响彻整个村庄，传到十里八乡；放大烟花，照亮了漆黑的夜晚，映红天地。不大的乡村，几十分钟消停下来，恢复夜晚的宁静，老人小孩入寝休息，年轻后生们仍然继续，围着不熄的火主，一直守护除夕到天明，迎接新春第一天正月初一的第一缕阳光……

新春拜年

新春拜年，岁首朝贺，从古就有，秦汉以来，尤为盛行。

171

正月初一，雄鸡报晓，鞭炮轰响，各家各户的鞭炮犹如接力赛一样，热闹好一阵子，把人们从沉睡中唤醒。

一年之计在于春，春节起得早，全年都好。大人小孩纷纷起床，穿新衣，互问新年快乐。

正月初一讲究的规矩可多了，大人早有告诫，小孩也耳熟能详：洗脸水要装在盆里，不能倒掉，水是钱的象征，倒掉水就是流失钱的征兆；打扫卫生，要从门口往里扫，招财进宝；所有物件都要轻拿轻放，不能够磕磕碰碰，摔坏了，预示着一年不顺，不吉利。

女主人烧好茶，准备各种点心。全家人洗漱完毕，喝了早茶，立马出门拜年。拜年的第一家叫出头个方，千万不可中途折回，否则全年办事有半途而废的风险。

拜年的先后也有说法，"初一崽，初二郎，初三初四拜姑娘。"

初一给父母双亲拜年。礼物一般在头年底拿去了，空手去即可，陪父母说说话，接待前来拜年的街坊邻居，帮父母准备午饭。初一午饭与除夕年夜饭一样丰盛，与席者是父母和儿子儿媳、孙子孙女以及下一辈等纯粹的一家人，吃了中饭，各自回去，走走逛逛，感受节日的气氛，或早点回家，操办第二天妻子回娘家的事宜。

初二，女儿女婿前来拜年。大包小包礼物一大车，为娘家每家甚至每个人都带有礼物，以示与娘家亲，报答娘家的养育恩。女儿是父母的贴心小棉袄，难得春节有假，回娘家拜年，近的会住一晚，远的会住几晚，多陪陪父母。有些人家有几个女儿的，女儿回娘家拜年便是姐妹几个相聚的最佳方式，人到得最齐，人多力量大，活也干得漂亮，会喝酒的放开量来喝，岳父大人开心，不会喝酒的到灶下打个帮手，岳母大人满意。堂姐夫因为每年春节都在丈母娘家露一手——炒菜，而深得全家人认可，堂姐无论受多大委屈，跑回娘家申诉，伯父伯母仅凭好印象每次都轻易谅解堂姐夫。家家都有一本难念的经，女人尤为敏感，姐妹几个与母亲整天凑一块说些掏心窝的话，一说半宿，互相支招，相互安慰，女儿永远是母亲的牵挂，回家时母亲总塞给女儿一些或吃或用的宝贝，然后千叮咛，万嘱咐她们相夫教子，勤俭持家。女儿们带着娘家的温暖离开，向着新一年的美好进发。

"初三初四拜姑娘"，"姑娘"不仅局限于姑娘，泛指叔伯舅舅、姑婶阿姨辈等亲戚。首先罗列要拜年的亲戚住址，制定路线，不走回头路，人到礼物到，小坐一会儿，或抽根烟，或喝口汤，吃块腊肉就转道下一站。亲戚少的，初三初四两天把要拜的亲戚跑个遍。出身大家族，亲戚多，拜年一般延续到初五初六也能全部搞定。

新春拜年，早晚都会放一挂鞭炮，大概是要镇住年兽，保护全家人出入平安吧。随着鞭炮火药味的渐渐消退，拜年的事也趋于尾声，落下帷幕。

过年过到初七八，上班族，初七得正常上班；没单位的，初八开始陆续出门发展，找寻属于自己的一亩三分地；元宵过后，读书的娃们都开学了，大家各忙各的事去，新春佳节自然算是过完，乡村退出年前年后的热闹，恢复了往日的寂静，留下几幢楼房，几盏孤灯，几个佝偻的身影。

乡风柔适春来到，过年，承载着人们美好的祈愿，亲人真诚的关爱，全在大家的言谈举止中。一年又一年，一代又一代，不变的精髓便是中华温情脉脉而又博大精深的仁爱文化。

打捞文明长河中的黑珍珠

中华文明上下五千年，源远流长，博大精深。由儒、道、佛三家文化为主流组成的中华优秀传统文化，是中华文明的智慧结晶和精华所在，是中华民族的根和魂。它的具体表现形式，诸如诗词文赋、书法、音乐、武术、曲艺、棋类、节日、民俗等，正像文明长河中的一颗颗璀璨的黑珍珠，引导孩子们从小泛舟打捞，可得其丰富的文化知识、高尚的道德品质和为人处世之道，可以增强孩子们的文化底蕴与文化自信。

在二十多年教书育人的旅程中，我总是有意无意地将传统文化渗透到教育教学中去。

每届初一新生开学第一篇作文，我让全班同学现场写命题作文《这就是我》。一篇篇作文，一份份语文水平测试报告，从中我可以了解学生的写作能力、语文素养。几十篇稚嫩的文字，几十个孩子的心灵独白，几十种个性陈述，从中我略知每个学生喜欢什么、擅长什么、憧憬什么。以便引导学生确定眼前目标和长远目标，树立人生理想，让孩子们带着梦想出发，启航人生新征程。根据学生的喜好组织他们积极参加学校第二课堂活动，有书法小组、围棋小组、象棋小组、合唱团、乐器团、舞蹈队、篮球队、足球队、插花剪纸绘画小组等，激发他们的兴趣爱好，培养他们的个性技能。

每节语文课预备铃一响，到打正式上课铃，有几分钟时间，安排课代表领着同学们齐读古诗词，从课内古诗词到课外古诗词，朗读成诵。一个星期五节语文课，一个学期上百节，初中三年，古诗词积累何其多，古文功底自然不会差，更关键的是让孩子们养成了日诵古诗词的好习惯。古诗词是中国文学库里的瑰宝，可以给孩子们美的熏陶和人生的启迪，让优秀的传统文化根植于孩子们的内心，成为他们自内而外的优雅气质。

每天课后让学生摘抄一到三条名言警句并识记，大多数是结合语文课本相关篇目引导学生们积累相应的主题名言。例如学习《〈论语〉十二章》，让学生积累仁、义、智、恕等名言；学习《陈太丘与友期行》，让学生积累礼、信的名言；学习《朝花夕拾》，让学生积累孝、悌的名言……日积月累，对承载着儒家核心思想的"仁、义、礼、智、信、忠、孝、悌、节、恕、勇、让"十二字中华传统美德都有收录，当然，带有哲思的佛语"爱出者爱返，福往者福来"，承载道家智慧的"知人者智，自知者明"等也有涉及。脍炙人口的名言警句更让孩子们熟记于脑、领悟于心、实践于行，内化为自己的人生提醒与处世标尺。

每个学期举行不定时的读书活动，其中不乏中华传统经典作品的读书分享会。中学生课外阅读，除了初中生必读书目外，在不同年级我还着重推荐不同的传统经典阅读。初一年级学生阅读《三字经》《弟子规》《论语》《西游记》等；初二年级学生阅读《道德经》《水浒传》等；初三年级学生阅读《诗经》《三国演义》等。孩子们在阅读经典中，或懂或似懂非懂，每有会意，读有所得便是有效有意义的阅读。坚持常读常新，在读书分享会上，就自己的个性阅读心得与老师、同学们交流，分享阅读审美带来的愉悦感。从中吸取传统文化的精华来充盈自己精神领域，更好地传承炎黄子孙的血脉，同时在喧嚣与浮躁的现代社会中坚守住自己的心灵家园。

每个学期组织学生积极参加古诗词默写比赛、古诗词配音朗诵比赛、古诗词配画比赛、传统节日手抄报比赛、书法比赛等，以孩子们乐于接受的方式，提高他们的审美理解力、审美想象力和审美情趣，拾掇节日民俗文化、弘扬古典文化，让书香墨韵伴随孩子们健康快乐地成长。

一年一度的元旦晚会，对初中孩子来说，是难得的集体欢娱。临近元旦，班里的同学们积极得很，纷纷自由组合、策划、编排与排练各自擅长的节目。我是班主任，充当总顾问的角色，又身为语文老师，潜意识里建议学生多融入文化的元素，节目中常有成语典故接龙、民歌戏曲串烧、民族舞、书法、古筝、琵琶、相声、朗诵、小品等精彩纷呈的才艺表演，也有猜谜语、拼字对联、吟诗填词等形式多样的小游戏让元旦晚会平添不少欢乐……

"教是为了不教"，鼓励和唤醒孩子们学会学习、学会尊重、学会做人是教师的智慧之举。多年来，我始终不敢懈怠，在课前课后，课内课外引导孩子们带着发展的眼光去探索学习传统文化渗透的哲思道理、思想品质、文化知识、人世美德等，以便让孩子们学会更好地处理人与人、人与内心、人与自然的关系。

泱泱中华，诞生了灿烂的文化，千古文明，凝就历史的风骨。引导孩子们徜徉在历史的时光隧道里，陪伴孩子们泛舟文化的汪洋大海中，打捞文明长河中的黑珍珠，融入当今时代的新元素创新地传承中华传统文化，助力孩子们争做一个尊重自然、慈爱众生、有理想有抱负、积极进取、追求完美、无私奉献的人。

第五辑 人情之暖

情至深处浓成歌，多少次，耳畔似乎响起了母爱的颂歌，那熟悉的曲调，那激荡的歌词，是《烛光里的妈妈》? 还是《世上只有妈妈好》? 不，都不是，从未听过，权且命名为《晨曦里的妈妈》，它属于我，属于阿丽的女儿，也属于如我们一样幸运而又幸福的人!

一缕青烟寄哀思

父亲生前爱抽烟，在一些特别的日子里，我们兄妹总是点燃一支烟敬献在父亲的坟前或遗像前。一缕青烟升腾，往事如潮水般涌上心头，勾起我无尽的哀思。

父亲走的时候我才五岁，算起来已过去四十多年，对父亲仅有的一点点零碎记忆在年复一年的思念中变得清晰而深刻。

父亲生前是一位语文老师。我们兄妹七人，三哥是父亲唯一直接教过的孩子。可三哥偏科，理科强文科弱，有一次，语文试卷偏难，三哥只考了五十九分，连及格都差一分。父亲遗憾地说："崽啊崽，阿爸亲自教你都考不及格？"后来父亲只要得闲，周末在家会跟三哥开开小灶，我喜欢在场旁听，似懂非懂，至今还依稀记得几句父亲对《江南》中莲的解读……

天有不测风云，人有旦夕祸福。父亲只教了三哥一年，三哥升到初二不久，父亲就病倒住院了，从此一病不起，那年除夕便撒手人寰，终究没能看到三哥跳出农门。如果父亲泉下有知，三哥继承了他的衣钵，当上了老师，还曾教过语文，也许能含笑九泉。如果父亲还健在，看到当年旁听的小丫头，今儿是正宗地道的语文老师，业余还喜欢读书，偶尔能写些文字见报见刊，那该有多高兴呀。

父亲二十三岁便当上了校长，是当时全县最年轻的校长。父亲很重视读书，可那时因为贫穷，读不起书的孩子太多，每遇到这种情形，父亲总是最大限度地让他们赊账，尽最大能力为他们垫付学费，能帮一个是一个。其实我们一大家九口人，加之一九六八年母亲从县人民医院下放回家，没有工作，日子过得紧巴巴，经常入不敷出，以致父亲临走时，留下一个厚厚的账本，记录着父亲生前工资不吃不喝三年都还不清的账目。其中有一些母亲不知晓的欠款，应有父亲为了帮那些太难太难家庭的孩子上学而留下的。

对待自家的孩子，父亲更是殷切地希望我们个个有出息。遗憾的是，大哥读高中时，全班同学时常被调去修水库，一去几个月，两年高中，真正没读上几天书，自然与大学无缘。而预考成绩不错的二哥在高考中却失利，名落孙山，其他几个小的都没到升学的年龄，父亲生前没看到任何一个孩子考上大学或中专，失望至极。在临终时，极其虚弱的父亲，断断续续吐出几行字，全是交代母亲，无论多难，也要让孩子多读点书的话。

父亲过早地离开了我们，缺席了儿女们的成长。我是在思念父亲的岁月中，照着好老师好父亲的样子慢慢长大的。思念是一种惆怅的温馨，是一种忧伤的幸福，是对昨日悠长的沉淀和对未来美好的向往。

我对父亲的思念除了来自我的记忆，便是来源母亲的念叨。常听母亲说起，父亲在生命最后一段时日，可能实在感觉自己大限之期不远矣，便不止一次跟母亲说过最不放心儿女们，带着深深的愧疚拜托母亲要辛苦地把我们好好抚养成人。

我是家中最小的孩子，也是唯一的女儿。父亲最牵挂的是我，特意交代母亲无论多难，切不可重男轻女，女儿也一定要送去读书。所以我不但读了书，而且读到大学毕业。

从母亲平日言谈中，不难听出父亲最疼的也是我，老夸我是个聪明努力的孩子，长大会有出息。原来我在父亲眼里的聪明，是因为儿时那件不值一提的小事。

当时我很小，不到三岁，父亲在家里赶写一篇校长发言稿，我在一旁拿着拨浪鼓摇响着玩，吵得父亲难以静心写文章，父亲顺手拿起我的拨浪鼓放在圆形椅的中间。圆形椅不高，我踮踮脚，小手够得着椅面，要再伸长拿到中间拨浪鼓就难了。父亲见我没哭没闹，纳闷一个小孩子的反常，停下笔走过来看看，只见我正围着圆形椅面四周走一圈，一边走一边尽力伸长手，试着在最佳的位置拿到拨浪鼓，很努力的样子，尽管怎么够都够不着。父亲心疼地一把抓起拨浪鼓给我，并抱起我举过头顶，我骑在父亲的肩膀上，高兴地摇着鼓，父亲驮着我在家中厅堂，开心地转了又转，喜不自禁地直夸我聪明又努力。多少年来，我一直以为，聪明，我不敢随意拿来自诩，努力，应该还算得上一个。是哦，天道酬勤，多少事情，人努力，天不负！

沧桑往事，因遥远而模糊，在每次敬拜父亲中，一缕青烟燃起之时，瞬间变得明朗而又清晰，历历在目，哀伤之情也会因之决堤。但以亲情做保养，长留心底的，不再是曾经的悲鸣，早已衍生为我们精神上的温暖，鼓励着我们一路前行……"人生在世一蜉蝣，转眼乌头换白头"，时光在弹指间散沫，叫人不知所措。而迎接生活种种挑战，直面人生处处寒凉的所有勇气与力量都可来自对亲情特别深切的理解：亲情，像一堵坚不可摧的铜墙铁壁，可以隔断老天爷的残忍，它又如一张永远用不完的爱心卡，让人类可以融化世间的一切无情！

晨曦里的妈妈

加了我 QQ 好友的人便知道，晨曦影子是我早年的 QQ 名，后来很遗憾被盗了。晨曦影子，谈不上有什么深意，当时只是为了不忘母恩，激励激励自己，顺便取了这么一个名。

学生时代，我只要出远门上学，母亲总是执意为我做新鲜的早饭，那年头做一顿早饭不是一蹴而就的，少说要一两个钟头。有一次半夜醒来，我侧转身摸摸旁边的被子，空的，母亲早已起床，窗格上透进微黄的光，照着我迷迷糊糊走进厨房，灶台边有母亲忙碌的身影，满房的烟火气，呛得母亲时不时咳嗽，一股莫名的强大力量在我心底涌动。而后学校里，晨曦初现时，路灯下，常有一个小小的身影在翻动着书页……

晨曦里的妈妈，您的身影，您身上的柴火味是我抹不去的记忆，是我永远的感动，激励我不畏艰难，无惧风雨，踏实前行。

母爱是世界上最伟大的爱，似海深如水长。母爱像和煦的阳光，又像无声的细雨。母爱流动在早晚接送孩子的滚滚车轮中，母爱隐藏在每天早餐的杯盘碗碟里。

八零后的阿丽是我认识多年的朋友，为人真诚，写得一手好文章，在小县城大有名气，工作突出，业绩过人，职位也不低。年近四十，她却突然打破一切，告别过去，以崭新的面貌考入市直某单位……可以说她本身就是一个典型的励志故事，是她女儿心中的女神，为女儿树立了很好的榜样。

作为母亲，阿丽明智地把自己内心修炼强大，让正能量如涓涓细流般注入孩子的生命里，让爱在整个家庭流淌。她积极响应国家二孩政策有了小崽后，也丝毫没有冷落女儿，四口之家更是爱意浓浓，温馨幸福。

女儿升初三了，课业负担重，学习压力大，学校要上晚自习，女儿从早上六点半出门直到晚上九点，都得待在学校，一个星期难得在家吃几顿饭。早晚接送女儿上下学，阿丽一直亲力亲为，车轮滚滚不息，母女交流不止，除了出差，从未间断过，但阿丽仍然觉得为女儿做得太少。

为了让女儿早上可以多睡一会儿，为了给青春期的女儿增强营养，阿丽费尽了心。当时流行"早餐要吃好，中餐要吃饱，晚餐要吃少"的养生之道，想必有几分道理，阿丽便决定尝试着每天为女儿做早餐。在征得女儿的同意后，阿丽说干就干，尽管厨艺不精，但很是用心。她网上搜索、参考抖音视频等，主要结合女儿的喜好，制订食谱，每顿早餐有奶+蛋+主食+水果，杯碗盘碟全部派上用场，分门别类装上早点食物摆在女儿面前，让人看着就觉得喜欢有食欲。奶+蛋，提供人体必需的蛋白质，主食充饥给人饱腹感，水果补充维生素，可谓科学搭配，一份早餐一份爱，阿丽给了女儿最温情的陪伴。

阿丽对孩子特别有耐心，对女儿永远不厌其烦。她不是心血来潮为女儿准备一两顿早餐做做样子，而是天天做，一坚持就坚持了三年，如今女儿已经读高二了，妈妈牌的早餐仍在继续。更难得的是一周下来早餐几乎天天不重样。奶有鲜奶、酸奶和牛奶、羊奶日日轮着喝；蛋有煎蛋、水煮蛋、茶叶蛋和鹌鹑蛋天天换着吃；主食有面包、水饺、粥、粉、面、红薯、芋头、山药等，每天煮一种或者一两种；水果更换得勤，只要女儿喜欢吃的，照单买好洗好削好装在小碗里……早餐，很多家长十元八元便打发孩子了事，阿丽却乐意做，做了三年，女儿喜欢吃，吃了一千多个日子，可以想象，这对母女有多默契，她们家的亲子关系，有多和谐！

我曾问过阿丽，晚上要带小崽，早上那么早，起得来吗？未免也太辛苦了，没必要天天做吧！她说："还好呀，习惯了，起得来的。孩子喜欢我做给她吃，只要她能吃饱吃好，辛苦就辛苦点呗。一般头一天准备好食材，第二天早上五点四十起床做早餐，差不多来得赢，不会耽误女儿上学。再说，女儿在身边，我能天天为她做点什么是作为母亲的幸福，以后她考上大学，离开了，我想做还没有机会呢！"

清晨微光从窗户漏进厨房时，阿丽已备好可口美味、丰富营养的早餐，端上餐桌，等待女儿吃好上学。时不时也拍照发朋友圈，广泛听取大家的意见，以便更好地完善早餐，让女儿吃得更健康更欢喜。

爱心早餐，清晨一晒，偶尔更新着阿丽的朋友圈，成为很多人的期待，点赞小红星我回回送，送给智慧的母亲阿丽，为她无私的付出而献花，为她们和谐的亲子关系而点赞！

阿丽，用平凡的爱给了女儿健康，用自己的坚持教会了女儿坚持。坚特就是胜利，任何学习上的压力，成长中的烦恼，拍拍脑壳咬咬牙，甩甩刘海一个美丽的转身也就过去了。难怪有人说，母爱是天下最好的良药，几乎可以治愈人所有的不适与不悦。

情至深处浓成歌，多少次，耳畔似乎响起了母爱的颂歌，那熟悉的曲调，那激荡的歌词，是《烛光里的妈妈》？还是《世上只有妈妈好》？不，都不是，从未听过，权且命名为《晨曦里的妈妈》，它属于我，属于阿丽的女儿，也属于如我们一样幸运而又幸福的人！

我的舅舅我的娘

　　我唯一的舅舅，小名小海。大哥与舅舅相隔几岁，从小俩人一起长大，大哥一直管舅舅叫叔，后来我们兄妹也跟着这么叫，似乎觉得叫叔要比叫舅舅更亲。

　　小海叔是母亲的弟弟，他的养母是母亲的生母，他的养父是母亲的继父。

　　母亲九岁时，她生父因病去世。第二年，母亲突然走不了路，严重到双腿瘫痪，人消瘦得不成样子。年仅二十九岁的外婆实在走投无路，经人介绍与邻村一个退伍兵相识，后来那退伍兵成了母亲的继父、我的外公。

　　听说外公当兵前结过婚，夫人生儿子时大出血离开了人世，外公深受打击，意志消沉，过了几年赌徒生活，也许是被逼无奈，也许是想彻底告别当时的糟糕环境，一狠心抛下家里老小，跟着解放军部队走了。后来外公伤心地回忆道:那天天没亮，趁三岁幼儿熟睡，悄悄别过年近花甲的老母亲，简单拿了几件换洗衣服就出了门，一路辗转，南征北战。外公坐过国民党的铁笼子，还好有个国民党军官的太太路过，认出是同乡的外公，便悄悄放了他，外公才得以回到原来的部队。后来他随部队跨过鸭绿江，参加抗美援朝战争，几经坎坷，历尽磨难，胜利归来，退伍欢喜地回到家，没想到，以前天天晚上搂着他脖子睡的儿子却早已因病夭折……

　　生活不幸让外公与外婆没有过多的相互挑剔,结识后不久便走到一起。外公是抗美援朝复员的兵，国家有工作分配，在当地供销社上班，每月有薪水领，加之外婆做事麻利，粗工细活样样行，日子过得一天比一天好。然而，外公唯一的遗憾是膝下无儿，没个随他姓的孩子。经检查，外婆在生母亲时得了月下痨，喝过草药芭蕉根水。医生说，只要喝了一小碗就会导致不孕，何况外婆曾经喝了三锣罐，应是彻底失去了生育能力。母亲的外婆得知后，心痛我的外婆，到处托人留心为外婆抱养一个孩子。

　　第二年冬天，母亲的外婆真的抱来了一个不足月的孩子，他就是我的舅舅小海叔。母亲比小海叔大十一岁，姐弟俩感情却很好，不知情的人，谁都想不到他们是没有血缘关系的姐弟。母亲对小海叔老弟老弟地叫了一辈子，小海叔喊母亲姐比嫡亲的还亲。母亲十五岁卫校毕业后分配在县人民医院工作，每次回家，有时忘记给外婆带礼物，但对小海叔不曾空过手，吃的玩的穿的轮着买。小海叔自打上了学，母亲时不时塞点钱给他零用，其实他并不缺零花钱，但母亲依然给，那是作为姐姐的一份心意。

　　一九六八年，母亲工作没了，兜兜转转回到生她养她的小山村。尤其是一九八〇年除夕父亲病故后，母亲独自一人带着一帮没成年的孩子，日子过得很艰难，青黄不接时为一家人能吃上饭，母亲东借西挪，想尽了办法。更让母亲担惊受怕的是三天两头，说不定哪个时间哪个孩子会突然生病，上吐下泻、高烧不退、久咳不愈……每每这些时候，最愿意、最诚心帮助母亲的是小海叔，小海叔早已成了我们家可以依靠的人。记忆中，我一直觉得小海叔能胜过别人嫡亲的舅舅，亲过他人真正的叔。

　　小海叔是二十世纪七十年代的高中毕业生，当时国家还没有恢复高考，不过，允许子承父业，他便直接顶替外公进了供销社上班。休假的日子，小海叔常来我家，看看他的姐姐、我的母亲，有事时能帮则帮，帮不上就陪着说说话，出出主意。每次小海叔一进村口，连我家的狗都大老远摇着尾巴，热情迎接，好像知道小海叔是我们家至亲的人……小海叔一次又一次尽力帮衬，如汩汩温泉，温润着母亲，温润着那段岁月，抒写了那个时代一对姐弟难能可贵的深情。

　　后来小海叔娶了妻，我们没叫她舅母，而是称她为婶娘，觉得这么叫更加亲近些。婶娘不仅长得好，而且勤劳能干，虽然没读过几年书，但待人接物倒是热情周到，对我母亲以及我们兄妹几个更是诚心实意，无可挑剔。从此，在我家至亲的名单上又添加了婶娘的名。

多少次，天蒙蒙亮，婶娘便背着满满一拔箩时蔬过河越岭抄近路送到我家，然后干一阵子母亲不擅长的田地农活，再匆匆赶回去，有时甚至连水都没喝一口就走了。我知道，婶娘对母亲对我们家一切的好都因为她与小海叔的夫妻恩爱。

可天有不测风云。结婚才五年，小海叔与婶娘就被阎王爷残忍拆散。小海叔交友不慎，经不住朋友的软磨硬泡，铤而走险动用公款八百元帮朋友应急三天，可朋友不讲信用，三个月都没有还回来，竟然耍无赖口出狂言，小海叔再讨要便杀他全家灭口。八百元，当时不是一笔小数目，小海叔得赚三四年的工资才能还上，挪用公家这么大一笔款，纸是包不住火的，显然瞒不了几年的时间，到时盘点清账填不上窟窿，不仅仅是受处分丢工作的事，那肯定得坐牢。

这事，小海叔不敢跟外公说，他怕外公失望，外公曾经是军人，平日对他非常严格，常常交代他不占用公家的一点一滴，不动用公家的一分一毫。这事对婶娘小海叔同样只字未提，当时婶娘正好生下他们的儿子不到一个月，还在坐月子，不想叫她焦急难过。他对无话不说的姐姐也没说，他知道钱的事，母亲也没有办法解决，不想白白害她担心。他就这么默默地独自扛着，到了一九八二年元旦前夕，他实在扛不住了，他摸出床底半瓶农药……抢救了三天，仍然没有挽回他的性命。小海叔撇下二十二岁的爱妻，抛下两岁半的女儿和在襁褓中才二十多天的儿子，永远离开了人世，从此母亲失去了唯一的弟弟，我们没有了至亲的舅舅。

新旧三年内，母亲痛失父亲、舅舅小海叔两位至爱至亲的人，那是何等地悲，那是怎样一种痛！

很长一段时间，夜深人静，母亲常常偷偷抹泪。多少次，半夜三更，我听见母亲还在翻来覆去睡不着觉。多少次，我早上醒来，触摸到母亲的枕巾是湿的，该是她又做梦了，梦到我的父亲，梦见我的舅舅小海叔……

那些日子里，母亲几乎每天去外婆家，来去七八里路，都得靠走，有时甚至一天两次，她要去照顾伤心至极的双亲，劝慰悲痛欲绝的姊娘。每次去外婆家，母亲强忍泪水，为了外公外婆，为了姊娘，为了幼小的侄子侄女，她必须坚强。

逝者已矣，生者如斯。父亲走了，母亲既当爸又当妈，一辈子，她用她的勤劳和坚韧，为我们兄妹们撑起一片天。舅舅小海叔走后，母亲接力他行孝，服侍外公外婆，为他们养老送终；母亲更没有忘记做姐的责任，实心实意帮助姊娘，照顾好两个年幼的孩子，硬是把一个没了主心骨的家，在时光年轮的流转中转出了主心骨，活出了希望。

如今，我们兄妹七人，还有小海叔的孩子，即我的表弟表妹都已成人成家，母亲却老了。岁月的磨砺让她失去健康，几年前母亲身患脑梗，行动不便，生活不能自理，一天二十四小时，不是躺在床上，就是坐在轮椅里，有时神情呆滞，偶尔认不出人，连自己的亲人也认错。我心痛不已，尽量抽出时间与她在一起，对着镜框里的全家福，一个劲儿地帮她逐个回想，一一辨别，温习曾经的美好，分享当下的温馨。每当儿女齐聚亲人环绕着母亲时，她会变得头脑特别清晰，儿子儿媳、孙子孙女，乃至曾孙曾孙女，她能叫得出他们的小名。逢年过节小海叔的孩子来看望母亲，母亲见到侄子侄女，欢喜地拉着他们的手，问问他们的近况如何，得知他们都过得好，才放下心来，轻松随意聊着天，脸上挂着幸福的笑容……

我的舅舅我的娘，一生命运多舛，但都是视亲情如生命的人。从他们身上，我看到那代人至真至纯的情感。他们给我最大的教益，就是我也把亲情看得特别重，亲情于我而言，早已融入我的血液，刻入我的骨子里，永远不会割舍也割舍不了。如今我最大的愿望就是想让住在我家里的母亲尽可能地开心些，活得久些更久些……

封存在鸡爪梨里的记忆

同事在微信群里发了一张鸡爪梨的图片，我看着很是亲切。当黎主任说第二天要摘些来给大家品尝时，我忍不住发出索要一点的信息。

第二天，正值学校举行秋季运动会，三千多学生迎着朝阳，朝气蓬勃，意气风发，整齐划一地步入运动场，同学们高高兴兴，挥舞着小红旗，沉浸在一片快乐的汪洋中。精彩的开幕式结束后，就地解散。运动场内来来往往的学生，其中不乏搬水的、提袋的。

鼓鼓囊囊的袋里装的是各式零食。要说初中生不爱吃零食，那是假话。特别是开运动会，眼里的热闹、嘴里的享受才标配得上这一年一度难得的集体欢腾。

大概十点来钟，微信群里传来黎主任的温馨提示："鸡爪梨，放在教务处，需要的自取。"我抽空去了教务处，看到办公桌上的一小袋鸡爪梨，好像见到久别重逢的朋友，这可曾是我初中岁月唯一消费过的零食呀，我真想一个箭步冲过去，尽情地与其亲昵，回味当年的味道。可有俩主任和几位老师在，只好掩藏自己本能的兴奋劲儿和馋猫的样子，速速拿了一小串，从教务处办公室里闪了出来。

走在楼栋的穿廊里，我再也无须顾虑，任凭自个儿的喜欢，掐一点儿送进嘴里，酸酸涩涩有点甜。进而好生端详起来，鸡爪梨，不规则不美观，形似"鸡爪"，呈褐色。它又名"拐枣"，倒是叫得形象，是树上自然生长

189

自然成熟的原生态水果。据说富含果酸，有降血压、健胃消食等作用。

时隔已久，我再次吃到鸡爪梨，尽管不及今儿常吃的葡萄、橘子等水果的美味，似乎也没有当年吃到鸡爪梨的满足感，而其中的滋味掺杂了那个时代的苦与甜，瞬间复活了我尘封已久的初中记忆。

三十多年前，我就读于鲁溪中学，这所曾经叫过"大桥中学"的中学，大家口头习惯称其"大中"。"大中"地处鲁溪集镇中心，集镇上有大河大桥皆是事实，可中学最缺的是水，只有两口深井，那时学生连洗涮之水都难到手，用水极其不方便整整愁了我初中三年。

"大中"之大倒是名副其实，它是全乡几所中学中最大最好的中学，也是全县数一数二的乡镇中学，从初中到高中六个年级都有。

鲁溪是大乡镇，老百姓重视读书。"生个孩子不读书，不如养头猪"是他们根深蒂固的观念，"就算砸锅卖铁也要送孩子读书"是他们说一不二的执着。鲁溪中学初中学生是本乡镇小学考上来的成绩好的毕业生，成绩弱一点的分流去了民办初中；高中学生主要来自山背几个乡镇没考上县城重点高中的初中毕业生，但都是积极上进想读书的人。学校学风不错，学校名气挺大，一直延续至今。

鲁溪中学师资力量雄厚，老师们很有吃苦精神，据说多多少少与知青遗风有关。知青年代，好些大城市热血青年来到鲁溪中学，既教书又劳动。他们扬起教鞭能教书，抡起扁担能挑担，到了晚上点上青灯读书写字、抵抗思念与孤独。读大学时，逻辑老师于德礼教授听说我是鲁溪中学毕业的，曾亲切地跟我聊起下放到鲁溪中学的事：那时日子苦，当老师的也吃不饱饭，有时一天只吃两顿，而且不能吃饱，习惯了也没觉得太饿，一天到晚仍然像打了鸡血样有劲，那是年轻人特有的青春热情，除了教书，还为学校做些别的事，苦力活也做，学校的水井就是于教授在鲁溪中学时与同事以及高年级的同学一起打的……

待到我上中学，距离知青时代已过去很多年，日子没那般苦，却也没好到常有零花钱用，不止我一个人不常有，初中大部分同学都不常拥有。

寝室住着一个年级两个班十几个女生，唯独一个姓熊的女生每个星期有两元零花钱，大家都视其为贵族千金。

初中三年，同学们都是自己带米到食堂蒸饭吃，一天三顿，皆能吃饱。菜，食堂没得卖，要自带。一般一周带一洋瓷缸炒好的熟菜，约莫分成十六份，每餐一份拌在热饭里，倒也吃得有滋有味。到了夏天，一缸熟菜没吃两天便会馊，有时捎上些霉豆腐或辣椒酱或萝卜干，过了些日子，这不容易坏的菜差不多也没了，吃几餐白口饭是常有的事。有零花钱的同学则不同，花上五分、一毛的买一瓢南瓜汤或豆腐花，花上两毛可以买一份辣椒炒茄子或辣椒炒豆角，花上五毛买一勺辣椒炒小鱼虾或一个煎蛋……应是很享受、很奢侈的事情。这些菜是当地老百姓在三餐饭点用盆盆钵钵装着盖好放在篮子里提来学校，在女生寝室下面的乒乓球台上卖。通常情况下，周一到周二没得卖，周三、周四、周五、周六才有卖，卖的人不多，两三个而已，买的人也不多，大多是高中同学。我从没买过，不眼羡，也不嘴馋，有时没菜下饭，一碗白米饭，三下五除二，扒着扒着就吃完了，不吃菜也似乎不那么难以下咽。何况我没什么零花钱，即便有，肯定也舍不得花来买菜吃。

也许有人会认为这是抠。我想这与抠不抠没有关系。如果一个人经历过缺金少银的无奈与辛酸，便会越发懂得珍惜，学会节省。对于这一点我早在读初一时就深有体会。

那年新春过后，很快到了开学的日子，我准备好寒假作业，找出成绩报告单，装在书包里，想第一时间去学校报到、领新书。而母亲每天早出晚归，眉头紧锁。想必家里又是没凑齐我兄妹几人的学费了，不过我不太担心，以往报名学费不够，母亲总是有办法解决，从没耽误我们去学校念书。

距离截止报名只剩最后半天时，我不由得紧张起来，见到母亲便跟在她后面不停地说："妈，成绩报告单里写：逾期不报到，后果自负。"母亲脸上有些掩饰不住的难色，还是故作轻松地说："等你大哥回来，就带你去报名。"大约三点多，大哥回来了，只见他跟母亲嘀咕了几句，母亲打开一个油纸包，里三层外三层，取出唯一的一张大团结，叮嘱大哥："你再去教育办找聂老师，无论如何，今天要跟你小妹把名报上。你俩弟弟报名更难点，就我去。"聂老师，教育办的出纳，管着全乡教师的工资，已故教师的遗属每月补助工资也在她那发。

聂老师的爱人黎校长，父亲生前与他同为校长，也是好友，黎校长夫妻俩了解我家情况：柔弱的母亲带着几个未成年的孩子，真是太难了，我家的大事小事能帮都尽量帮忙。哥哥们好几个学期的学费都是聂老师作担保，提前预支那一点点仅有的遗属补助工资解决的……

我跟随大哥来到教育办，聂老师不在，听说聂老师连续几天都不会来，我扯着大哥的衣服，哼哼唧唧："怎么办？报不到名怎么办？"

时间不允许大哥过多迟疑，他匆匆带着我赶到中学。报名处已经没学生了，只有一个负责收费的老师在，他桌上几张报到卡，标注着学费、杂费、书费、燃料费、住宿费等共计三十元，这可不是一笔小数目。大哥手里那张大团结连一半都不够付，看来这名是难得报上。大哥捏着报到卡，摸摸兜里的钱，看了看急得要哭的我，徘徊了一下，鼓足了勇气，上前很难为情地与收费老师说想赊一部分账报名的事。

收费老师不置可否，指着站在报名处边上的人，压低声音对大哥说："那是副校长，你去请示一下他。"大哥只好硬着头皮上前把想赊账报名的事重说了一遍，特别强调欠款可以按月从父亲遗属补助工资里扣回。可副校长仍然斩钉截铁地说："这不行。读书哪有赊账的？学校有学校的制度，不能因为你而破例……"他冠冕堂皇的话说了一大通，正欲扬长而去。我听着特别刺耳，拉了拉大哥的衣角，轻声说："算了，不读了，我们回家吧。""别说傻话，会有办法的。"大哥正要跟上副校长，再说些请求之类的话。"不要……这书，我真的不想读了……"那来自心底的吼叫，引得收费老师起身站起，看着我独自向校门口跑去，边跑边抹着泪，他叫住了大哥……

不一会儿，大哥追上来，拉着我回到报名处，欢喜地对我说："小妹，快谢谢老师，老师答应让你报名啦。"同时写下一张以父亲遗补工资作抵押的欠据，学校可以凭欠据直接到教育办出纳聂老师处把欠费扣走。收费老师在报到卡上签了名盖了章。我拿着报到卡，忽然感觉这个早春寒凉已退，围拢而来的尽是温暖。我翻来覆去看着报到卡，原来收费老师叫任宝龙，加盖在名字上的鲜红印章就像一朵红艳艳的小花，绽放在我生命土壤里；又似一颗善良的种子，埋在我心灵深处，生根发芽。

到发工资那天，母亲仍然领到一个月全额工资，有些纳闷，立马找到任宝龙老师家，才知当时是任老师自己掏腰包为我垫钱报的名，事后怕我家一时周转不过来，缓缓再说，便没凭欠据去找教育办出纳聂老师扣工资还钱。那时大家都不宽裕，任老师一家四口应该没多少闲钱，却真心实意帮助一个非亲非故非嫡系的学生，替一个不相干家庭着想，如此恩德，此等信任，叫人一辈子记得他的难能可贵。

母亲把欠款还给任老师，千言万语难表心头的感激之情。那年秋天，母亲拿了一些刚晒好的霉干菜、干豆角、红薯粉另加一包土鸡蛋，特地去学校送给任老师，再表谢意。当时正值中午，母亲到寝室看我，带给我一洋瓷缸熟菜，我送母亲出校门，看到乒乓球台上有两三个人在卖菜，走到操场边的冬青树旁，有人正在卖甘蔗和鸡爪梨，学生把他围成圈，有买的有看的，我没往里头凑，只随口对母亲说："两毛钱一根甘蔗，一毛钱一把鸡爪梨，贵着呢！"记得那天母亲出了校门又突然折回，塞给我几张皱皱巴巴的毛角钱，"家里从来没给过你零花钱，拿着吧，自己看着花，买点自己想吃的，零食也行。"我接过钱，攥在手心里，藏在书箱的底层，好久都舍不得花。现在已记不起后来是怎样花了那些零花钱，但有一点是肯定的，绝对用它买过鸡爪梨，因为如今再次看到鸡爪梨，悠悠往事历历在目。

多少年来，每每开学报名，身为老师的我，常常忆及这些人这些事，触碰旧时快乐的忧伤。开学之初，学期伊始，往往认识新同事新朋友，迎来新学生新挑战，犹如翻开人生一页页新的篇章，细细品读，刷新着我眼里的人间冷暖，教人从来不觉世味薄如纱！

阿姐，美玲

太阳普照大地，有人却挑剔其不能璀璨夜空。上帝赐予我六个哥哥，我却遗憾自己没个姐姐。

小时候，每当看到邻家姐姐给妹妹梳着漂亮的发辫，我便羡慕不已。随着慢慢长大，我越发感觉没有姐姐的缺憾。

多少年来，寻寻觅觅，以真心换诚心，结交了一些好朋友，好闺蜜。参加工作后，在同事中也处了几个好姐妹，其中龚美玲老师的行事之风叫人敬重，她的美好品德让我深受触动，不知何时在心里对她叫起了"阿姐"，这可是人们对自己一奶同胞嫡亲姐姐的称呼呀，嗯，没错，我发自肺腑地想"阿姐""阿姐"喊她叫她。

记得那是一个冬日暖阳的午后，我与几个同事一起逛街，闲聊中，叶老师说："……老 gōng 对我很好，我们是师范同学，那时老 gōng 经常帮我洗被子、提水……"没过多久，叶老师忽然大声叫唤："老 gōng，老 gōng，你也来逛街啦！"啊，怎么是女的？原来老 gōng 并非她老公，而是老龚，龚美玲老师呀！学生时代被同学们以姓氏前加"老"字称呼的，多半是肯吃亏乐助人值得信赖的大哥或大姐型的人，我大学寝室长梅秀凤，大伙都叫她"老梅"，就是名副其实的大姐一个！

这便是我与阿姐美玲的初次相见，初见是最没有成见的记忆。看上去她比我年长几岁，高高的个子，乌黑的长发卷梳在脑后，戴着黑边眼镜。

身着一件过膝的棕色风衣，稍稍结实的她显得落落大方。她那真诚的笑容像一抹和煦的阳光，透出女性特别的温暖与仁慈，她那上下打量人的眼神是善良的解读，教养的写真，给我留下深刻的美好印象。

过了几年，龚老师调入武宁第二中学，我们便成了同事。基本上在同一个年级组同教语文。工作内外我们有许多聊得来的话题，处着处着，不知不觉，她在我心中便长成阿姐的样子。

阿姐美玲性情温柔，对待学生更是"春风化雨，润物无声"般地用心呵护。温柔是人与人之间最圣洁、最美好的沟通，是和谐乐章中最美妙的音符。她与学生们关系处得融洽，学生乖顺好学，积极乐观，学习成绩不错。如今美玲姐临近退休，仍然在教学一线教毕业班的双班语文，班级语文单科考评排名常常名列前茅，深得学校师生尊重和社会的认可。

印象中，美玲姐在二中只担任过首届中考状元磨尖班班主任，那是初三下学期才组建的班，班级学生基础人数三十个，是年级总分前三十名，都是尖子生，来自不同班级，当时，校领导们毫不怀疑一致推举美玲姐"出征挂帅"，那是一份多么难得的信任呀，她不负众望地认领了这份如水晶般珍贵的信任。信任是一种责任，更是一份担当，她默默地守护着这份如水晶般易碎的信任，负重前行，整天不是在精心备课上课，就在耐心与学生谈话，与家长沟通，与科任老师交流中……临近中考，一周一考，一考一总结，在总结分析中发现学生的短板，在查漏补缺中精进学生的成绩，在赞扬褒奖中增强学生的自信，在全真模拟中训练学生应考实战经验……短短几个月的工夫，她瘦了一大圈，但回报也丰厚，中考超额完成预期目标，向学校与家长呈交了一份圆满的答卷。

泰戈尔曾说过，激情，是鼓满船帆的风。我是偏向激情型的老师，一直为驾驭激情如鱼得水而不断摸索。然而美玲姐那父母般的教育方式和教育耐心让我由衷地感慨：爱是最好的教育，世界上最深情的爱莫过于父母爱孩子。有一次，我听她讲授《羚羊木雕》，从课本到现实生活，温声细语地解读，现身说法地引导，俨然是一位母亲在与孩子们谈心，学生们很轻松很享受，好像在母爱的摇篮里沐浴春风，美不胜收，不仅掌握知识，也学会了为人处世。看学生们学有所得，美玲姐脸带笑容频频颔首称赞，那快乐和谐的教与学情景正如德国哲学家雅斯贝尔斯所说：教育就是一棵树摇动另一棵树，一朵云推动另一朵云，一个灵魂唤醒另一个灵魂。

都说老师教育别人的孩子容易，教育自己的孩子难。这话到美玲姐身上则不尽然。她儿子从小在她身边长大，读书后，一直是她带着读书，成绩特别优秀，初三毕业被南昌二中录取，三年后考上重点大学，随后再读研究生，如今立足大城市。心理学家说，孩子是否出色，往往取决于母亲的性格。是呀，好母亲是家庭的福音，《韩诗外传》有言："贤母使子贤也"。

办公室老师在一块常常说到孩子教育的问题，大家你一言我一语谈起育儿经验时，美玲姐总是很谦虚地说，没什么经验可谈，稀里糊涂就把孩子带大了。但从她平日话语中，可知她从来没有缺席过孩子的成长，除关爱尊重孩子外，母亲的好厨艺也是孩子健康快乐成长的因素之一。这点我很是认同。至于厨艺，我最拿手的是煲汤，也只有煲汤算过得去，其他的实在不敢炫耀。儿子小时候，我想让他吃得开心，只能跑到煌上煌去买回牛肉鸡腿当主菜。还好儿子如今长成了一米八的个子，稍稍掩饰了我为母的不称职。我在想，如果我有美玲姐一般的厨艺，儿子的幸福指数肯定高些。

关爱家人固然天经地义，对同事朋友真心实意就难能可贵了。那年我患病手术，休养在家，经历了好些烦心事，反反复复被折腾得够呛，美玲姐来家里探望我，见我情绪极其低落，说了好些鼓励暖心的话来安慰开导我，事后还多次抽空陪我散步聊天，我才慢慢走出了阴影，重拾信心抗拒病魔，再度热情地拥抱生活。

去年十月，有一个周末，美玲姐送来了一袋亲手包的哨子，她说知道我身体欠佳，哨子馅都是特别制作，避开我忌口的食物。看着有情有义有温度的哨子，我一时激动，久久握着她的手，坐在沙发好一会儿竟全然忘记跟她倒杯水斟杯茶。现在想来，那份感动呀，是自外而内的，犹如流星，划过我寂静的心；那份感动又转而由内向外喷薄，让我瞬间感到世间温柔依旧。哨子每每吃在嘴里，润滑可口，暖入心田，连爱人都说美玲姐待我真有心，比亲姐还亲，真长情，堪比青山不老松。

美玲姐还是个爱干净心灵手巧的人。办公桌上一沓沓作业本、一沓沓试卷，摆放得整整齐齐，随意拉开她的抽屉，里面的物什也收拾得井然有序。这年头，会做女红的人不多，尤其是每天忙于上班工作的人，更是无几，美玲姐却是寥寥无几中的一个，工作之余，织毛衣、钩鞋、十字绣样样都擅长，特别是十字绣，手艺可谓精湛。美玲姐曾经与人合作完成了一幅十字绣，那是与原图等长同宽的《清明上河图》，后来被人视若民间珍宝高价买走。我略观过实景模拟版的《清明上河图》，也见识过根雕版的，可无缘亲眼看见美玲姐十字绣手工版的真面目，甚是遗憾，不止一次向美玲姐问起它是怎么绣成的，尽管她说得轻描淡写，但我深知，用粗针粗线编织毛衣偶尔也会有漏针成洞的现象，何况是千针万孔的大幅十字绣，谈何容易？也许只有美玲姐那样好脾性有耐心的人才能用针画成画，在飞针走线中绣出美丽的业余人生。

有人说，女人赢了事业就会输了家庭，赢了家庭便没了事业。这绝对不是真命题，因为美玲姐就是最好的证明，她既赢了事业又赢了家庭也没输掉自我。其实，人的一生需要扮演很多角色，只要做人有爱做事有度，平衡好各个角色的责任与担当，便能切身体会到生活很精彩，人生没那么难。哪怕夜空无月，也定会找到属于自己的那颗闪烁星辰。

一场病魔与爱心的博弈

　　人的生命在病魔面前有多脆弱，我校初二学生余新算是领略过了。面对病魔，爱心就像一支能穿透一切的利箭，虽是无形，但力量无限。一场病魔与爱心的博弈，触碰人泪点的是可贵真心，最美真情。

　　二〇二一年三月初，春节过后没多久，正是开学时，余新总叫肚子不舒服，吃不下饭，当医生的小姑父得知后觉得不对劲，立马把他带到医院检查。一查才知绝对不是普通的寒气肚子疼那么简单，至少肝部有大问题，具体情况待进一步检查。小姑父电话通知了余新已经外出谋生的父母，迅速把余新转到省儿童医院住院。

　　医院给余新做了全身检查，肝穿刺、骨穿刺、寄生虫化验，还有一些不知名的检查，反反复复做了几遍。余新的主治医生怀疑他不是单纯的肝部肿瘤，是少见的疑难杂症，一下子很难综合他得了什么病。主治医生动用好些私人关系，做了很多功课，并请示医务部，医院马上召集省二附医院、儿童医院、人民医院相关专家会诊，最终确诊结果为：小儿朗格汉斯组织细胞增生症——LCH。这是一种罕见的血液病，发病率大约十万人当中有 0.5—5.4 人患病，一般发生在婴儿与儿童身上，其中男性患病的数目稍多一点。这病是因为组织细胞产生基因突变导致的，病灶可以长在身体的各个器官，长在肝部、骨头、眼睛、皮肤等各个部位，长在哪里，哪里就会出现问题。

患上小儿朗格汉斯组织细胞增生症的孩子是其一生的不幸。至于余新，他更是这些不幸孩子中最不幸的人，他的病灶在肝部，肝里长了一个很大的肿瘤，是非常严重的症状，得不到及时治疗和有效遏制也许只有几个月的生命长度。当时江西省儿童医院治不了，连整个省城医院都治不了，专家一致建议去上海儿童医学中心碰碰运气，那里有治愈的先例。

余新父母带着余新火急火燎地赶到上海，在上海他们举目无亲，医院里更是没有认识的人，预约进院不知道要等到何时，余新的状况等不起。看到余新一天不如一天，他爸爸吃不下饭，睡不着觉，心里急得不行，痛得厉害，连话都说不出来，精神几近崩溃，不到四十岁的他，不到一个星期头发白了三分之一。余新的小姑爷找了医科大的教授，教授发动在上海做医生的学生，学生发动他的同事，同事发动他的同学……在上海教书的老乡黎维宁老师也动用他的人脉，帮忙联系医院。一方有难，八方支援，几经周折，好不容易把余新的诊断报告递交到上海儿童医学中心某专家手里，可上海儿童医学中心病床早已住满。由于病情特别严重，医院很人性化，破例让余新先住进了医院。

然而，上海儿童医疗中心专家告知余新父母，这病没有特效药，只有通过化疗，治疗周期很漫长，大约要五十四周，配合靶向治疗可能会缩短疗程，而且这病容易复发，可能会没完没了。

一开始就要化疗，用的是治疗癌症的方法，余新只有十三岁，还是个孩子，心里很恐惧，化疗很消耗人，几天下来余新瘦得皮包骨，无论从心理和身体上他都无法接受，很不配合治疗。余新爸爸的表姐听说这件事后，马上联系心理咨询老师与他视频进行线上心理辅导。余新大姑也向公司请假，特地从广州赶到上海，安抚余新，他情绪稍稍稳定，病情略有好转。

这么严重的病，医疗费那是天价数字，一般都是五十万往上，每天费用以万计算。病房是无菌的，父母不能入院陪护，只能在医院旁边租一间房，十多个平方米，每个月四千块，还有吃喝，本来就不富裕的家，一下子就掏空了，亲戚朋友借了个遍都难以为继。真是叫人心酸，让人泪目。

余新的小姑到学校帮余新请长假办休学，跟班主任陈老师说到余新的情况。了解到余新家的难处，陈老师马上向黄校长做了汇报，学校行政会决定让校团委下发向全校师生募捐的倡议书，每个班级都有捐款，有很多孩子都是五十、一百地捐，也有老师捐款，我拿出了十张印有人民大会堂图案的纸钞投进了募捐箱。没两天工夫，总共募捐了九万多元，不仅有老师和同学的关爱，还有来自同学们家长的关心。小姑把这个事情在视频中告诉余新，余新特别感动，眼里噙满泪花，微弱但又坚定地说："谢谢！谢谢老师和同学们，我一定会好好配合治疗，争取早日康复回到学校读书。"钱很快送到余新父亲的手里，大大缓解他家当时的艰难。世上还是好人多，听说余新父亲的厂里也送来了同事们的爱心捐助……

病魔无情，人间有爱。余新在父母无微不至的照顾下，再有亲人的全力帮助，还有老师、同学等好心人的关爱，他坚强地熬过了一次次痛苦的化疗，头发掉了又长，长了又掉，经过多次轮回，终于闯过一道道残酷的鬼门关。前后治疗了一年半，病情基本上控制住了，现在他已康复回家，回到了学校继续读书。尽管他以后很长一段时间要定期到上海儿童医疗中心复查，但这已经是最好的结局了。这场病魔与爱心的博弈，余新赢了，我们大家也赢了，但愿大家这份真心这份真情能庇佑余新的病永不复发，一生康顺平安！

一粒永远的种子

那天是周末，大约是十点多，手机屏幕突然跳出一则辟谣的新闻：袁隆平目前在医院，身体状况不太好！

原来网络传过袁隆平院士去世的假消息，我心里特别不爽，暗自责怪媒体的不负责任。同时，莫名的紧张也袭上心头，我默默地为袁老祈福，很多人在为袁老祈福，衷心祝愿袁老能闯过难关，能够好起来。

万众同祈，可事与愿违，不幸仍然降临，下午，湖南长沙湘雅医院传来噩耗，中国工程院院士、"共和国勋章"获得者、世界水稻之父袁隆平生命永远定格在二〇二一年五月二十二日十三点七分，享年九十一岁。

倏忽间，全国各地以及国外好些地方，官方的，民间的，各以各的方式，沉痛悼念袁老一路走好。湖南湘雅医院门口、长沙街道两旁，伫立哀悼的，泣声成片。袁隆平院士老家江西德安，大家纷纷自发到隆平广场他的雕像前献花默哀。在袁隆平故居，到访者络绎不绝，虔诚地品读这位水稻达人平凡而又伟大的人生……

悼念袁老的人遍布五湖四海，缅怀袁老的文字情真意切，我怀着无比悲痛的心情搜索着阅读，泪水一次次朦胧了我的双眼，记忆如开闸的洪水，把我带到那个贫瘠的时代。

那时，估摸着我五六岁的样子，农村实行家庭承包责任制，各家经营着自家的水田旱地，日子较之前生产队年代有所好转，可很多人家仍然吃不饱饭，这在我家显得更为严重。每每青黄不接的日子，母亲总为粮食发愁，一家八口，一日三顿，尽管饭里大多是红薯或蚕豆，尽管米粥稀得盛在碗里能照见人，借谷兑米，还是年复一年，从未间断。

记得此现象得到缓解是因为那可贵的种子，那是杂交水稻的种子，它从秧到禾到谷皆优于其他普通的水稻，我们农家人称其为"杂优"。真的很神奇，正是这"杂优"种子的一次次更新和普遍种植让我全家人、村里人、中国人以及世界一些国家国民远离饥饿，吃上饱饭。这位研究"杂优"种子的科学家早已深深地烙进大家的心灵。不过，小时候的我还不知道他叫什么名，也不知他何许人也。

后来，有了电视新闻报道才知心中神奇的农业科学家叫袁隆平。有了电脑和无线网才更多地了解袁老，原来他的故乡在江西德安，是我的邻县，可以说是半个老乡，尤为亲切，特别引以为豪。

非常有缘，袁老的故乡有我的大学好友，我每每到德安，与好友漫步隆平广场，都情不自禁地在袁老的铜像前深深地鞠躬敬仰。

前不久，趁着假期，我特地到德安，走进隆平故里。看到一辆辆旅游大巴来来往往，游人络绎不绝，竟然没有喧嚣，尤为庄严肃穆，无疑是对袁老的敬重，满心全是对袁老的深切怀念。

隆平故居门前两棵树，一棵枣树，另一棵柿子树。两层的小楼，张贴满满的文字与图片，记录着袁老一生所追寻的"禾下乘凉梦"以及他的一些生活故事。

袁老出生在一个优渥的家庭，父慈而教，母柔而正，从小他性格阳光，兴趣广泛。他爱好游泳，曾经参加国家游泳队的选拔，成绩名列前茅，他也参加飞行员招飞体检，顺利通过，但认真审度自己的内心，斟酌再三最初的志趣，更是因为祖国的需要、人类的梦想，最终他给自己的定位是选择了大学所学专业，毕生致力于杂交水稻技术的研究、应用与推广，发明"三系法"籼型杂交水稻，成功研究出"两系法"杂交水稻，创建了超级杂交稻技术体系，为国家粮食安全、农业科学发展和世界粮食供给做出杰出贡献。袁老的名字一次次写进世界荣誉的功劳簿。二十世纪末国际天文学联合会将中国新发现的小行星 1996SD1 命名为"袁隆平星"，这是对袁隆平的崇高敬意，暗示着袁隆平的丰功伟绩与日月共光辉……

离开隆平故里时，内心的敬佩让我不由地一步三回头，目光再次踫撞入门的两棵树，我突然明白，这不正好寓示着袁老一生如枣树一样早早立志，一生如柿子树一般硕果累累吗？

袁隆平的世界很大，大到享誉世界、跨越时空；他的世界很小，其实就在稻田里，在一粒种子里。正如他所言："人就像种子，要做一粒好种子。"袁隆平走了，但他就像一粒种子，永远活在中国乃至世界人民的心中！

大爱无声暖彭坪

冷秋红，武宁县人民医院党总支书记。闲暇时她喜欢练练书法，码码字，在当地文艺圈里颇有名气，是一个知性优雅、如水素淡的高素质复合型领导干部。

二〇一七年五月，武宁县人民医院接力市派扶贫单位，负责帮扶武宁县大洞乡彭坪村，力争其二〇一七年底脱贫摘帽。身为单位主要领导的冷秋红应急受命，亲自挂帅，带领单位扶贫工作组，赶赴新时代这场最美的约定，进驻彭坪村，担任扶贫第一书记，奏响彭坪村脱贫致富之歌。

初到彭坪，乍眼一看，这里风景秀丽，空气清新，冷秋红心生疑惑，这么好的地方，还需要扶贫吗？其实不然，彭坪村地处鄂赣边界，这是一个距离武宁县城最遥远的地方，这是一块历史悠久的红色圣地，历经岁月的磨捻，却成了典型的"老、边、山、穷"的地区，是武宁县最大的贫困村，一直以来，备受各级政府的关注与重视，连续被列入"十二五""十三五"省级贫困村。

彭坪村这般境况，在短短的几个月内，让其退出贫困村的行列，谈何容易？有过十几年农村工作经历的冷秋红也着实感到时间紧，任务重，但彭坪村的落后、彭坪人的贫穷触碰着她内心的柔软，彭坪大地的红色文化燃起她的激情，进驻彭坪村的第一天，冷秋红就在扶贫日志的扉页庄重地写下隶书体的"不忘初心，牢记使命"八个娟秀的大字，蕴含着一个共产党员的全部忠诚，无疑是一份对党和人民的郑重承诺。

从此，冷秋红收起女人偏爱的高跟鞋，改穿健走如奔的运动鞋，踏上扶贫"新长征"之路。她每天早出晚归，摸村情，问贫因，找出路。晴天套一件防晒衣，雨天撑一把黑布伞，冷秋红走遍彭坪每一个角落，一遍又一遍，不厌其烦地走访各家各户，单是二〇一七年半年多工夫，就完成了两万五千里"长征"的行程，至今三年多，大约行走十二万公里。有眼疾的成桂花，听听脚步声就知道冷秋红来了，七十八岁五保户成奶奶有些糊涂，不认识村民邻居，却一看到冷秋红就能喊出了她的名字。哪个小组的路多坑洼冷秋红记着，哪家无房住或住危房冷秋红知道，谁家有人慢病在身，哪些贫困户是因为智残体残，谁家孩子读不起书，哪些大龄青年娶不上媳妇……诸如此类的大困难小麻烦，冷秋红都洞若观火，牵挂于心。

走访中，冷秋红以一个医者的职业敏锐问诊彭坪大地。

托尔斯泰曾说过："幸福的家庭都是相似的，不幸的家庭却各有各的不幸。"冷秋红发现，疾病致贫、残疾致贫、思想致贫、天灾致贫、创业致贫是彭坪村贫困户的几大主要类型。冷秋红带领扶贫工作组与村两委一起共同探讨，同心协力，精准施策！

经过市场调研，冷秋红毅然放弃彭坪村二十世纪辉煌了二十年的手工篾业工艺的大力发展，招来义乌市辉讯贸易有限公司等企业，创办了手工饰品、仿真绢花、口罩生产等三个扶贫车间，解决一百余人就业，其中贫困户三十五人。

凭借彭坪的美好生态，冷秋红请来农牧局技术人员，重启并做大做强搁浅一时的猕猴桃种植基地，以"生态+扶贫"的模式，发展生态种植。通过集体流转土地的形式，还创建槟榔芋、覆盆子等产业种植基地。当下彭坪村的种植产业发展前景一片大好，将富及彭坪几代人一点也不夸张。

走访中，冷秋红以一个党员的公仆心服务彭坪的民需民生。

冷秋红充分发挥部门优势，多次组织医生上门体检、送医送药。三年来，先后组织开展义诊十二次，诊疗上千人次，送药三万六千余元，大大改变老百姓过去看病远看病难的问题。

冷秋红深知扶贫关键是扶智，她积极发动社会力量捐资助学。前前后后，共募集到助学金三万八千元，受助贫困学生七十名。

在脱贫攻坚战中，冷秋红点子多，办法新。她还推行"公德银行"+"公德超市"扶贫模式。老百姓平日做好事可以积分存储在"公德银行"里，日后可以在"公德超市"里兑换日常用品。这大大调动老百姓"我奋斗我幸福"的内生动力，有效激发了他们的奋斗热情，同时提高村民的文明意识，改善村容村貌，形成良好的村风民俗，推动乡风文明建设。不仅如此，冷秋红和工作组联合武宁县文化馆、县女子书协、县摄影协会、县老年大学京剧社等文化团体多次到村里开展活动。既丰富了村民的文化生活，又增强了村民们决胜脱贫攻坚的决心和信心。

冷秋红运筹帷幄，倾情奉献，既扶勤又扶智，彭坪村于二〇一七年底成功脱贫摘帽。满打满算三年多时间，冷秋红引领彭坪人一路高奏致富之歌，如今的彭坪村焕然一新：宽敞平坦的路是通向幸福的路，茂林修竹的山是能变金换银的山，最难能可贵的是同时保住了绿水青山，二〇二〇年初彭坪村被国家森林草原局评定为"国家森林乡村"。冷秋红为彭坪村发展做了进一步规划与定位：依托生态资源禀赋，着力打造乡村旅游名片。并鼓励与支持二十七岁的彭坪人叶志高做得有声有色。冷秋红信心满满地说："彭坪村的未来不是梦，哪怕扶贫工作组走了，也定将越来越富裕，越来越美好！"

遇见彭坪，爱上彭坪，服务彭坪，推广彭坪，是冷秋红扶贫工作的宗旨，她如是想，这般做，多次被评为市县扶贫先进个人，二〇二〇年十月，获得江西省"最美扶贫干部"的殊荣。这份美一直根植在她的心中，希望老百姓早日脱贫，过上幸福的日子是她内心的最强音；这份美早已深入老百姓的心里，学习强国平台报道《冷秋红：村民联名写信挽留的驻村女干部》就是最有力的见证；这份美在让世界瞩目的中国脱贫攻坚战中写实，一千多个驻村日子里，冷秋红做得多，说得少，以自己的大爱与智慧完成时代的重托，向党和人民呈交了一份美丽的答卷！

善良，是最好的保护

2017 年 6 月 14 日，天似乎裂开无数道口子，暴雨像子弹一样，砸在祖国南方的土地上。美丽的赣西北连日大雨，洪魔肆虐，修水武宁，山野急流飞泻，城乡乱水奔腾，老壮生命、新旧房屋、贵贱财物在这突如其来的天灾面前显得如此平等，渺小和无奈。

巍巍幕阜山，清清修河水，赋予了人们纯朴与灵气，是一方百姓多少年来的自豪。可这几天，这里的山水不再慈爱，不再温柔，山崩水啸，让人顿觉陌生和心生畏惧。我寓居高地，可以高枕无虑，但同饮修水河，一河两段早已血脉相连。我心里默默祈祷："天哪，请你歇一会儿，不要再下雨了，让灾区人民喘口气吧！"一直紧握手机，揪心地留意微信、QQ、新闻报道，密切关注时时刻刻的汛情。不料在紧张担心中收获了生命的感动。

"你那里大雨，注意安全。"是午后远方朋友的关心。

"你好吗？注意安全哈。"是夜幕时分省城兄弟的问候。

"北方的早晨（附旭日东升的图片）。渴望，火车将旭日运往暴雨成灾的南方。"是北京清晨太阳升起时，铁路大作家在异地对南方父老乡亲的真诚牵挂。

……

常联系的、不常联系的亲朋好友在私聊框，朋友圈或电话里，送来出自肺腑的温馨话语，如骤雨的间隙里漏下的一缕缕阳光，慰藉一颗颗惊恐脆弱的心。让人从心底里感慨：天灾无情，人间有爱。

是啊，虽然现世还有冷漠，身边也不乏玩弄权术的人，但无论他怎样一手遮天，也抹杀不了善良的种子，遮不住人性的光辉。朗朗乾坤，芸芸众生，总会有人用自己的善良、自己的爱来保护这个世界。

修水县杭口镇的三位抗洪英雄，镇书记匡美建，副镇长邓旭，大学生村官程扶摇，六月二十四日凌晨两点去双井村疏散受灾群众，中途被洪水冲走，他们在无情的天灾前，把老百姓的生命财产安全放在第一位，无私无畏，献出了年轻而宝贵的生命。他们把自己的青春年华、美好岁月随同朴实而崇高的理想一起埋葬在滔滔修河里，用实际行动诠释了心底的善良和人间大爱，是党的好干部，人民的好儿子。他们就像赣北热土里一朵朵美丽的太阳花，永远开在人们的心中。

杭口镇双井村，是宋代大文豪黄庭坚的故里。曾在四年前，我借去修水散源中学交流学习的机会，怀着膜拜的心专程走进"华夏进士第一村"双井村。从修水县城出发，驱车前往，大约半小时（现在路好只要十多分钟）就到了这个幽静的小村，她背靠杭山，杭山以宋代丞相章杭山名字命名，面对修河，修河在此偃波息浪，水平如镜，绕成一个 U 字形，叫明月湾。潺潺流水养育了一方儿女，澄澈的碧波洗涤一切污浊。这里民风淳朴，人心善良，每一位来访者都受到热情地接待。这里人杰地灵，英才辈出，仅宋朝就出过四十八位黄姓进士，其中有几位还官居尚书。这里茂林修竹，钟灵神秀，人文景观和自然景观交相辉映，构成双井独特的自然美和深厚的历史文化底蕴，是七百里修江河畔一道亮丽的风景。

从古至今，双井村曾吸引名人学者、社会贤达来观光旅游，探索这块风水宝地。古往今来，曾牵萦着各届政府、社会名流来共谋发展，传承这里山水之美、人性大爱。开创江西诗派的黄庭坚，"一代诗宗，苏黄媲美，千秋书法，颜柳同归"。他一片赤诚，情系修江，心系苍生，书写美文佳句，忧心人间疾苦，融儒家道家思想于一体，不顾生死荣辱，成就瑰伟之文，绝妙当世。铸就大善灵魂，传承千秋。荫庇子孙后代，让他们学会积善成德，播撒大爱，情满人间。

近千年后的今天，管辖双井村的父母官匡美建、邓旭、程扶摇在赶赴与洪流赛跑大转移的途中，成为修江永远的守护神。双井人的家乡情怀，中华大善大爱的美德在他们生命的休止符上熠熠生辉。爱是一种伤害，爱是一种支撑，善良的他们选择伤害自己，支撑一方百姓，支撑他们能撑起的世界。几天了，他们还没找到回家的路。匡美建书记的爱人在出事地点凄婉地唤他回家，邓旭镇长的家人守候在修河畔等待接他回永修老家，程扶摇的父母娇妻在家悲怆至极，几度昏厥。远亲近邻，同窗同事自发轮流陪伴抗洪英雄的家人。修水县委书记孙朝辉噙泪向上级汇报，修水县政府指挥搜救几次加急，九江市委书记杨伟东亲临修水慰问家属，到修水武宁修河两岸现场指挥全力搜寻抗洪英雄。官方民间、市县乡村、还有远道而来的佛山救援队等七千多人在修水至武宁几百公里河道展开拉网式搜寻，抚摸每一寸泥土，探寻每一处草丛。饿了吃块面包，累了席地而卧，每天十几小时，一连几天从没间断，从未放弃。微信网络、大小新闻媒体天天在报道，千千万万认识英雄的、不认识英雄的人们或赋诗或记文或默默祈祷，各以各的方式缅怀英雄，把英雄善爱铭记在心。为什么他们能如此不怕苦，不怕累，自发行善？因为他们像英雄一样都有一颗纯正的心，随时播撒大爱驻人间。

祈祷在扩散，搜寻在继续，天感动得晴了两日，二十七日中午找到了三位抗洪英雄中程扶摇的遗体，另外两名抗洪英雄匡美建、邓旭还在搜寻中。前来搜寻救援三位英雄的官兵百姓，民间救援队，为英雄祈祷的人们，他们的一举一动惊天地，泣鬼神，让赣西北的天空无地自容，默默垂泪，雨毫不停歇地又下了一天一夜，似乎还要继续……但一切都会雨过天晴，雨果曾说过："善良就是太阳"。修河两岸乃至中华大地有情怀，有爱心，善良可爱的人无处不在，还愁什么不可战胜呢？

今天是程扶摇出殡的日子，葬礼隆重，人山人海，他年迈父母的悲痛欲绝，他年轻妻子的泣不成声，他不到两岁儿子的茫然不知，让在场的人无不哽咽流泪……我觉得要写点什么，欹斜沙发，断断续续，零零散散，不知所言，唯表吾心。停笔之时已是泪流满面。

其实，三位烈士的英勇牺牲也让人心烦意乱，思绪万千。无论一个人能活多久，走多远，请依然坚信：世界一定能变得越来越好，因为善良是最好的保护！

第六辑　世事之思

岁月无情，门前的"钓鱼台"已荒草
萋萋，生活不易，适时转型是作为男子汉
大丈夫应有的担当。休憩调整了好一阵子
后，在一个曦光微露的早上，杨滚背起行
囊，告别双亲妻子，告别那静默已久的木
篷船儿，告别养育他的修江，向着瑰丽的
朝霞，奔赴远方。

思考是灵魂的自我谈话

俗话说："活到老，学到老。"

人活着，无论正值年少还是几近暮年，不但要学习而且要思考，思考是灵魂的自我谈话。常思考，养成一个好习惯。巧思考，拂去意识的尘埃，去除思想的沉疴。

古往今来，四海之内，乐思善思的人比比皆是，沉思者、思想家也层出不穷。思无定法但仍旧有法可循，好的思考方法通过宣传推广，能更好地触发人的灵感，让人获得创见与新知。

二战时期，美国陆军兵器修理部首创 5W2H 思考方法。即按 What，Who，Where，When，Why，How，How much 七个步骤来思考分析问题，让行动更便捷，大大提高解决问题的效率。流传到中国沿袭到现在皆有其魅力，把事情想明白落实到位着实省了其中不必要的纷繁冗杂的程序，思考行动减少盲目性，更富条理性，在战争与和平时代都能收获事半功倍的效果。

德国诗人布莱希特说："思考是人类最大的乐趣。"享受这最大乐趣的人各有各的喜好习惯。有的习惯昂头思考，有的思考时总是紧锁眉头，有的喜欢踱着方步思考……

伟大的物理学家伽利略习惯仰头思考。他常常盯着天花板，看来回摇摆的灯盏，手按脉博记时，通过整合数据，发现了"摆"的原理，人类因之发明了钟。

包拯思考时喜欢皱眉，他眉头一皱，计上心来，敏捷的思维助其破案如神，断案铁面无私，无懈可击，昭雪天下，让他留下包青天的永世英名。更难能可贵的是，包拯适时进行总结思考，着手诉讼制度的改革，对古代司法作出了巨大贡献，意义深远。

平日生活中，常常看到有人在思考时，双手交叉放在身后，踱着方步，突然停下，应是想明白了。古书有记载："文帝(曹丕)尝令东阿王(曹植)七步中作诗，不成者行大法……"曹植边踱边构思，边走边措词，不到七步便应声成诗："煮豆燃豆萁，豆在釜中泣。本是同根生，相煎何太急？"

无论哪种思考习惯，思考的大脑就像一畦田地，播撒概念与思想的种子，不断耕耘，杜绝荒芜，历经岁月的磨砺，时代的检验，沉淀出让人传承与发展的时代文明。

每个时代有每个时代的文明，但真善美是其不变的主题。思想是行动的先导，一个人，头能顶住青天，脚可立住大地，把事情想通透，上对得起天，下对得起地，秉着天地良心，把守道德底线，坚持不断学习与思考，把"理"想明白，把"事"做漂亮，便能在学习中进步，在思考里成就未来。

高空中的救赎

久住英雄城的人都熟悉本市夏季的高温和四季的妖风。黑沉沉的夏夜，热气笼罩着大地，疲倦的月亮躲进云层休息，只留下几颗星星，散落在浓墨与寂静的天际，懒洋洋的，好像在放哨。

星光微弱，渺远而又苍茫，全然不及刘默家的冷清与寂寥，窗外漆黑一片。暑气未消，晚风习习，透过纱窗拂动阳台上薄薄的窗帘，窸窣作响。

刘默，西湖区某医院书记，兼职心理治疗师。他家住青苑小区某栋十七层，与金光闪闪的绳金塔隔河相望，看似近，实则远，相距七八华里呢。这阵子刘默天天往返家与绳金塔斜对面的三医院，即使快走也要三四十分钟，每晚在九点多离开家，要赶在十点前到达医院与陪护交班照顾爱人。

一周前，刘默的爱人江璇在三医院做肿瘤摘除手术，今天本该出院，因为江璇术后一直有点低烧，右手又不能动弹，刘默不放心，要求再留院观察几天。江璇的表姐兼闺蜜燕儿专程来看她，下午到的，晚饭时燕儿执意要到医院陪江璇一宿，刘默刚好有一病例患者很棘手，还没想好怎样应对，于是就早早回了家。他一头扎进书房，书里网上一顿狂搜，寻找资料，目的是尽快制订可行的方案，帮白天那位愁容满面无计可施的母亲拯救他的孩子——某附中高一男生，因学习压力过大，他曾多次爬上自家楼顶，试图跳楼轻生，一了百了……

大约九点，刘默保存好文档里新做的方案，舒展紧锁的眉头，关了电脑，叠好散乱一桌的书，伸腰、熄灯、睡下。他连续几天都没好好睡一觉，不一会儿，响起微微的鼾声。

窗外还是漆黑一团，阳台窗帘仍在时不时地飘，忽然，纱窗在动，帘幕飞扬。随即一个黑影飘忽而下，黑影直身探视，目光对撞客厅一个小小的亮点，黑影心想，应是挂壁电视机的待机电源吧。可它却忽明忽暗，与人的呼吸频率一般变化着，悄无声息，一动不动。糟了，家里有人！唉，怎么可能？这户人家是自己几天来踩点的最佳目标……

黑影一个急转身，"咣啷"一声，准是绊倒了阳台根雕饰台上的绿萝，那是爱人江璇最喜欢的盆景，刘默听得很清晰，心里很是不舍，很是恼火，随手把烟狠狠地摁灭在烟灰缸里，可他强忍没有发作，没有起身，也没有叫喊。

十多分钟后，刘默才起身开灯，来到阳台，下瞅上瞧，皆不见黑影。隐约可见阳台边的天然气管道有滑过的痕迹。刘默有点沉重，但又似乎有点轻松，长叹一声，收拾黑影留下的残局，清扫一地绿萝、沙土和花盆碎片。

再说刘默本已酣然入睡，半夜他咋坐在客厅了呢？原来他做了个梦，梦见白天接诊的高一学生纵身一跃，从他家楼顶二十五层楼了结一生。他母亲精神崩溃，极度昏厥，晕倒，摔断了手，也住在三医院，医生说要手术，术后会留下终身残疾。没想到，祸不单行的家，悲剧再次袭来。三天后，他父亲在儿子下葬那天，选择与儿子一样的方式去了另一世界。"不……"刘默猛吼一声惊醒，大汗淋漓，全身好像被水浇过一样。

刘默毕竟五十岁的人了，半夜惊醒，便再无睡意，像往日深宵失眠不想打扰身体欠佳的爱人一样，习惯性摸黑坐到客厅的沙发上，他点燃一支烟，夹在右手细瘦雪白的手指尖，浅浅吸一口，右手搁在双脚叠起的膝盖上，放任如潮思绪，一吸一吐中，平息惊愕与凄凉，恢复冷静与思考。刚才黑影一潜入阳台，刘默就已察觉，他想过马上摁开灯，看看梁上君子的庐山真面目；想过大吼一声："大胆小偷，主人在此！"刘默非常清楚，如此一咋呼，黑影势必落荒而逃，四处乱窜，一不小心，失足摔落必成血泥……

　　不知坐了多久，不知燃尽多少支烟，刘默细化完善了前半夜做的疏导某附中高一学生心理的方案，胸有成竹，自觉胜券在握，起身关窗，准备再去眯一会儿。此时，一轮弯弯的月亮移出云层，悬挂天际，想着今夜自己放过偷窃未遂的黑影人，念着那个忧郁艰难的高一学生，刘默感慨万千："可怜的人啊，但愿有一轮明月永远伴随着你前行！"

　　刘默带着微笑渐渐进入梦乡，睡得很沉，睡过了头，好在是周末，第二天九点多才出门，看到小区传达室布告上有他家门牌号码，认领后一看，恰巧是一盆郁郁葱葱的绿萝，便笺上有一行写得不好却很认真的字：谢谢你救了我。便笺上没有署名，只有刘默心里清楚怎么回事。

　　刘默似乎得到某种力量，欣慰地大步向前，径直奔向高中生的家。他坚信能再次完成高空中的救赎：让这位正值花季的高中生不再贪念二十五层楼高空，打消轻生的念头，放下包袱，勇敢追逐青春的梦想，并助他一臂之力，再塑一个"千磨万击还坚劲，任尔东西南北风"的阳光青年！

古井无声

桶儿叮叮当当，扁担吱悠吱悠，一口古井一村人，一个拙朴的时代。如今，老家村子里的古井，销声但没匿迹，隐在杂草丛中，依旧完好。那里安放着我的记忆、我的乡思，还有淡淡的忧伤……

古井在我家房前不出两丈远的地方，像一面明镜，照着旧时的美好。深三米，井口圆形，直径不到一米，井壁由石砖砌成，隔半米就有能放脚的石踏，成对称状，一直延伸到井底。

井口低，水位浅，够全村百来号人口用水，用水也很方便，无须借助特殊打水工具。曾记得，母亲在厨房炒菜急需水，有时碰巧水缸见底，让我一路小跑到井里去舀，够得着，来得及，不会烧糊锅，古井俨然是我家的露天水缸！

"近水楼台先得月"，我家常常能喝上古井里的第一口清凉，即使是大旱天，也不差水。老人常说"水灌聪明顶"，从小我就爱喝水，直接喝不加工的井水，儿时的我还真的认为自己比别人喝的水多，喝的水好，就比别人聪明了，因此沾沾自喜起来，腰杆挺得特直，凡事都有了自信。

后来当我考上镇里最好的初中、县里最好的高中以及收到大学通知书时，我都第一时间来到古井旁，伫立良久，以示道谢，感谢清凉可口的井水赋予了我的灵气。

我对古井有一份特别的崇敬，源于一个传说。

古井圈内镶嵌着一个精美井圈，相传它来自皇宫：村里的一户人家太穷，养不活刚出世的第十三子，阉割后放坐在石灰箩里，搬至山坳，三天后，还活着，毕竟骨肉亲，抱回家继续养，因为他的特殊，没长大就成了皇宫里的人，因为他的忠诚，去世后被皇宫护卫沿水路送回家，皇宫赐了三副棺材，两棺材金银财宝，另一副装着十三子遗体，还装有直径不盈米的井圈。到达后，护卫宣布，隔棺认领，直到领下十三子为止。村民推出德高望重的族长去认领，他第一次就认下了十三子的寿棺，当时有村民遗憾族长没最后一次认出，那样前两次认领的两棺材金银财宝也属村里所有了。但族长反倒轻松，目送护卫带着两棺材金银财宝远去。然后带领村民跪拜寿棺大声祈祷："皇恩庇佑，洪福齐天。"语毕，选出两个后生请出井圈，召集全村人十分虔诚地把十三子安葬归山，那山因此得名为棺材山，流传至今。

一切妥当后，第二天清晨族长沐浴更衣，拜三拜，同样祈祷三遍，对着井圈一推，井圈沿地滚，滚停处，就地打井，就有了我家门前的这口古井。

说来也巧，打至三米多深，就接上了泉眼。水量足，汩汩而出，二十世纪中叶连续三年大旱，家家都不缺水吃；水质好，清冽纯净，小孩喝井里的生水，也不肚子疼。更神的是，这古井很安全，从来没灭过生，连不小心飞进去的鸡都被救活……就是这口古井养育着我家乡的祖祖辈辈，庇护着整个村庄生生不息，勤勉奋发……

一口古井，清凉甜心，满是故乡的味道。

一方井台，热闹开心，全是岁月的痕迹。

井台，说白了，就是围绕古井的一块水泥圆形地，那时是孩子们的乐园，每到夏天，孩子们就一屁股坐下，或打石子，或玩搿子，或用陀螺碰陀螺……玩得不亦乐乎，磨光了地，笑干了口，一个转身，用葫芦瓢舀水就喝进口。大多时候我是看小朋友们玩，有时也会参与，让我苦涩的童年偶尔有了一串串快乐的音符。

对大人而言，井台也是乡亲们活动交流的最佳场所。

清晨，各家各户挑水的人从四面八方汇集而来。脚步沙沙声，桶儿叮当声，扁担吱悠声，男男女女，交流耳语，家长里短，絮絮叨叨，至今还叩击我记忆的心扉。

中午，尤其是双抢的日子，有后生从古井里提几桶水，在古井旁的石板上，从头到脚草草地浇淋几遍，拖着鞋，滴着水，浑身舒服回家去。也有姑娘从古井里提几桶水，打散长长的辫子，不厌其烦地梳，仔仔细细地洗，一遍又一遍，耳后跟，脖子间，白皙的肌肤，与阳光映照下那张俊俏的脸相得益彰，无疑是午间乡村一道最美的风景。

不过最热闹的要算傍晚时分的井台。

特别是酿酒的日子。我老家村不大，人口少，酿酒有很多讲究，是技术经验活，村民往往采取集体作业。酿酒的地方是公家的保管室，在我家正前方，离古井也就四丈多远。"粮为酒之肉，水为酒之血，曲为酒之骨"，酿酒中水是酒的命脉。没有保质保量的水，是酿不出醇香清酒的。所以，每次要酿酒，傍晚时分，全村劳力集体出动，男女搭配，干活不累，排成递水长龙，从古井一直到保管室的酿酒大锅旁，保证了酿酒中水的及时供给。中间空歇，大伙有的站在井台，想坐的，会来到我家晒谷场，坐在妈妈早已备好的长凳上，喝着茶，讲着百讲不厌的十三子的故事，聊着不着边际的天，开着后生靓女的玩笑……惬意的笑声久久地回荡在清辉的月明下，还有闹腾的孩儿时不时地来打岔，好不热闹，好不快活！

古井的水质，一等一，忙乎很久，就酿出了酒，芳香四溢，舀一大碗，传着、嗅着、抿着，老农们堆着笑，感慨道："准能卖个好价钱，又是一个好年成……"多么幸福、多么祥和的景象啊！

随着时代的变迁，村民中有办法的都进了城，谋求更大的发展，不知从何时起，老家村子里不再有昔日的朝气与喧嚣。

特别是前几年，村子里家家户户都用上了自来水，古井自然而然就退去了往日的繁华与热闹，沉寂无声，一个绵远的古井时代已经悄然落幕……

修江绝钓

辽阔的江面退去最后一抹残阳，天色渐渐暗下来，修江宁静得只有轻拂的风，微微荡漾着杨滚的木篷船儿。

杨滚放完网刚回到船舱，咕噜咕噜灌下一大缸茶，爽爽地舒了一口气，顺手揩了揩嘴边的水，操起双橹，划向袅袅的炊烟。

那炊烟升起的地方便是新峰村，紧邻修江，村民们主要以打鱼为生。论人口新峰村不算大，房屋格局样貌参差不齐，东一幢，西一栋，零零落落沿水岸线分布，房前屋后修江岸边的"钓鱼台"是村里一道独有的风景，几乎每家每户都有。

杨滚是新峰村地地道道的渔民，从小，钓鱼是他的爱好，长大后，打鱼他是行家里手。有时在大中午骄阳烈日下，杨滚仍在自家钓鱼台蹲着，偶尔也驾起木篷船到修江某湾某畔一钓一整天，钓饵很普通，钓竿没特别，而他每次出钓必有收获，有过别人难以钓到的稀缺鱼儿。曾经有一种鱼叫红尾鳅，外观很漂亮，味道很鲜美，唯独上过杨滚的钩，羡煞旁人，杨滚"修江绝钓"的大名便越叫越响，越传越远。

垂钓怡情，捕鱼为业是杨滚的生命主题。有时天没亮杨滚就早早地出没烟波里，每逢汛期渔业旺季，更是通宵达旦，没日没夜地忙活，撒网捕鱼，保鲜运送，少则运往集镇，多则输送县城，或批发或零售，常常因为品种多，鱼儿鲜活而被抢购一空。

　　身为修江畔的渔民，杨滚捕鱼的方式方法与他人没多大区别，只是他生长在新峰村，太熟悉那片水域了。哪里有急湍暗流，他知道，哪会儿蟹藏鱼游，他也大概了解，他就像一只鱼鹰，总是在最恰当的地方最正确的时间与修江里的鱼儿邂逅，或钓或捕，很是用心，不说肥肥的草鱼、鲤鱼，大大的翘嘴白、黄骨鱼，单说市场紧俏的野生鳜鱼，杨滚也能适时供货。

　　鳜鱼不喜光，清晨或傍晚，它们最活跃。下午每到修江撒完网，杨滚便找一处静水，用鲜活小鱼小虾作饵，抛下鱼线，细观浮漂，浮漂下沉时，他缓缓提起鱼竿，欣喜总在鱼竿露出水面的一刹那呈现。一次次静水垂钓，能成就餐桌上的一道道美食佳肴，每每想到这，杨滚哪怕一天没睡上几个小时，略带倦意的脸上仍然挂满笑容。

　　几十年来，杨滚靠水吃水，仅凭修江源源不断的水产资源慷慨馈赠，过着不思远虑、近瞅无忧的日子，早已离不开带鱼腥味儿的渔民生活，怎么也没想到有朝某一天会离开修江，结束他的垂钓打鱼生涯。

　　然而，这一天说来就来了。那年年初，一纸公文，明确修江全域禁捕，渔民上岸，保护生态。随即，政府发给各家各户一沓表格，对渔具回收、渔民返聘、渔家补偿等做详尽的登记与核实。杨滚尽管没参与村民们聚众抗议，在心里他还是无法接受这突如其来的改变。他把表格搁置在进门吧台上，迟迟未填表，虽然他持有渔民证，但自始至终没参加返聘，渔船本可以照价回收，杨滚却留下那与他风里来雨里去朝夕相处了多年的木篷船儿，让它静静地躺在门前的钓鱼台旁，清晨或傍晚，杨滚有事没事，瞧一瞧，看一看，好似一切都没改变，心里才有了着落。

　　修江禁捕，修江绝钓，落到实处是杜绝一切捕捞垂钓。杨滚在修江畔的新峰村活了大半辈子，从未外出谋生，他爱修江，爱家乡，任何保护修江、对家乡发展有利的举措，杨滚仍然不会逆行，他选择了中规中矩地接受，不折不扣地支持与配合。

　　钓鱼捕鱼早已烙进杨滚的生命，成为他多少年来固有的生活方式，骤然叫停，当然有十二分的不适应，好像一个有几十年烟龄的人突然戒了烟般的不习惯。杨滚有时心里痒痒，便坐在钓鱼台，一副平日垂钓的架势，不同的是，那浮漂永远不会下沉，因为鱼线下没有鱼钩。杨滚偶尔闲得慌，摇起双桨，驾着他的木篷船到那片熟悉的水域转悠，问候一声鱼儿，慰藉一下自己的心灵。

杨滚尽管念旧，当前修江禁捕、修江绝钓的政策现实，不得不学着慢慢地淡忘"修江绝钓"的美名，让那修江垂钓的绝活技艺永远成为温暖美好的回忆。

岁月无情，门前的钓鱼台已荒草萋萋，生活不易，适时转型是作为男子汉大丈夫应有的担当。休憩调整了好一阵子后，在一个曦光微露的早上，杨滚背起行囊，告别双亲妻子，告别那静默已久的木篷船儿，告别养育他的修江，向着瑰丽的朝霞，奔赴远方。

强生家的稻田

草木摇落，河水清浅，秋意阑珊，乡村稻田里人头攒动，热火朝天，饱满的稻穗低着头，随着打谷机隆隆的节奏，粒粒金黄的稻谷谦逊平和地躺进打谷机的方舱里。春华秋实，好一派丰收的景象，田间地埂荡漾着农人的阵阵欢笑。

唯独强生家的稻田是个例外，稻熟谷落，却无人收割。强生有些急了，戴着鸭嘴帽，瘸着右腿，走两步喘三声，还是连续好几天早出晚归，垂下眼皮，访东家，问西户……眼看要入冬了，强生家的稻田依旧冷冷清清，稀疏的稻穗仍在夜露霜风中静默黯然，由金黄变得灰黑，正如强生的心情强生的病。

原来可不这样。农忙时节，强生家的稻田最是热闹。只要强生定好收割的日子，无须他张罗，本村的邻村的，远的近的，男的女的，自备工具，拿着镰刀，抬着打谷机，挑着箩筐，主动自愿来，使劲卖力干，割禾的割禾，打谷的打谷，装谷的、运谷的、捆草的、拖草的，三下五除二，小半天工夫便结束劳动，那场面真不亚于生产队集体劳动的场景。在劳动大后方强生的家里，晒谷扇谷收仓，左邻右舍都乐意帮忙。

当年强生家稻田的热闹，足见强生家有多聚人气。平日里，强生老被打扰。春夏秋冬，一天到晚，他家来访者络绎不绝，大都是有求于强生的，没有要求的大概是出于好奇，想来探知自己前世今生的命运，听听村里村外的故事。

强生何以被人如此信任与依赖？还得从他的身世说起。强生是家中独子，父辈家中清贫，不过父亲继承祖父的衣钵，是乡间小有名气的土医生。母亲可是西雷巷大户人家的小姐，雪白的肌肤，一双三寸金莲的小脚，长得如花似玉，琴棋书画样样皆通，理应要嫁给官宦子弟或者富贵子弟，然而被许配给了小山村的土医生。

据说是强生外公得天花危在旦夕，天花传染，很多医生不敢治疗或不会治疗，强生的父亲当时年轻，初生牛犊不怕虎，斗胆一试。给强生的外公几服草药下去颇见成效，不久彻底治愈，救命的大恩大德难以回报，即兴就把自己的宝贝女儿允给了强生的父亲。强生的母亲嫁过来时，金银首饰带了三箱，丫鬟带了三个，进门就置了田产，建起了上下两个厅堂中间有天井、两侧各三房的连五大宅，雕梁绣柱，好不气派。

毕竟是外公一口包办的婚姻，强生的母亲一直不适应，甚至有些抵触情绪，婚后五年才有了强生，高龄产妇，产后不幸得了月里瘆，强生父亲说最好的药是芭蕉根，但不能用，会导致不孕。强生母亲管不了那么多，偷偷连续几天喝下几锣罐芭蕉根水，月里瘆好了，但从此不孕不生，于是强生注定成为家中独子。

后来强生父母恩不恩爱，已经不重要了，疼爱强生，把希望全寄托在强生身上，他们是一致的。强生从小读私塾，母亲在家教他书画，父亲也教他医术，小小年纪的强生就认识很多草药，哪味草药治哪种病，父亲一点就通。也许是学业负担重，强生没有强壮的体魄，个子很小，直至成年了都不到一米六，两行牙齿倒是挺崭齐。一九四九年后，强生上了县里正规学校读书，读书读到十七岁，随后与他的同学皮雷一起当了那学校里的教员。

第二年六月，土地改革，成分划分。强生家有大房子，田产也超标，强生家的成分当然好不了，核定为富农。他家连五的房子，只留上厅堂和左侧两厢房，其余的都被分给了上无片瓦、下无寸土的贫民，中间天井也不全归强生家所有。天井天井，天之井也，全村人随便可到那磨刀、乘凉或挖天井沟的黑泥当土地里的肥料，村庄不大，人口不多，平时算那里最有人气，有些村民一日三餐，端着碗，边走边吃，也去那儿或说或听大大小小的事。

事后，强生父亲溺水身亡，一说是在塘畔采草药不小心掉水里的，另一说是他瞒着政府藏好家里的金银财宝，吓得不行，投水自杀。强生回家奔丧，辞掉教员，为父亲守孝，照顾母亲。从此接替父亲，当起了乡间土郎中，同时替人写信读信。他曾读过易经的书，占卜算卦，挑选黄道吉日，都在行，写反字刻章也会。村民也有传言，强生辞职回家，是为了守住父亲藏好的一窖财宝。慢慢地，这种言说传着传着没了后话，也就淡出了人们的热议。人们更多在谈强生的能耐。

强生还真是能耐。伤风咳嗽、上吐下泻、跌打推拿、疔瘤痛堵、肝炎肾虚，医院能治，他也能治。蛇咬伤、蜂蜇肿，来势凶猛，耽搁不得，医院的中西药真不如强生草药来得奏效。强生很敬业，经常亲自口嚼草药，为患者敷在伤口，轻微的三五天，严重的十天半个月，就没问题了。强生草药看病从不收钱，对农家事地的人来说真是莫大的恩德。滴水之恩，当涌泉相报，他们会在年底送只老母鸡，斫几斤猪腿肉来感谢，平日里帮强生家干农活，砍柴火，农忙时节，只要听说强生家哪天收割稻谷，都会暂放下自家的活不干，把强生家稻田打理好。

日子一天天过，好几年转眼即逝，强生正说着一门亲，女方是邻村的水花，准备年底就结婚。

事情常常难得如人所愿的发展。有一天，强生的同学皮雷突然傍晚来访，不在厅堂说话，而在左厢房阁楼里密谈，没过几天，皮雷夜间再访，住了一宿，次日天蒙蒙亮就走了。谁想到，没隔多久，村口马路边停着一辆警车，村民好奇跟着三个公安进了村，还没反应过来怎么回事，强生就被公安带走了，走的时候强生的手上盖着一件衣服，有人说看见强生的手上戴着明晃晃的东西。

　　原来皮雷犯事了，拿着某单位的假批文干了非法的勾当，涉及金额大。假批文被拦截下来，经过比对笔迹，批文是皮雷写的，单位印章却不是他刻的，公安顺藤摸瓜查到强生，说他是共犯，强生还私刻了单位印章，双罪并罚罪就大了，证据确凿。关了几个月，法院判决下来，皮雷判七年，强生判了十三年，发配到新疆劳改。

　　强生回想当时的细节，皮雷第一次来他家，让强生把自家充公房子财产等向上级写一份材料，说有人能替他说得上话，多多少少能要些回来。皮雷第二次来强生家，是请强生刻个某单位印章，说某单位的朋友把单位印章弄丢了，面临砸饭碗。看在皮雷是多年朋友，看在皮雷帮自己的分上，强生答应帮皮雷的朋友，他连夜赶刻出来的。强生自称并无冒犯法律之意，是交友不慎，上了皮雷的当，自己也是受害者，深感委屈，但证据确凿，百口难辩呀。强生最不能接受的是皮雷是始作俑者，竟然比自己判得轻，所以强生一直很消极，时不时闹出些小动作，在劳改时拔了毒草药，不止一次泡在茶水里，想一了百了，结果被狱友误喝，毒死狱友。引起监狱恐慌，被犯人一阵乱打，右脚落下终身残疾，走路一走一颠簸，到底是过失杀人，还是有意为之又是有嘴说不清，毕竟人命关天，最终加刑十二年才完事。

　　自从强生蹲了监狱，与水花的亲事自然黄了。强生的母亲在听说他加刑后没几天就走了。邻居看她到中午都没起床，敲门又不应，拨开门栓进去才发现她已没了呼吸。强生母亲身体向来不错，没见她生过什么病。当年房子分了，殷实的家产只剩下一对陷肉的耳环和一枚取不下来的戒指，加上强生父亲溺水身亡，她都挺过来了，因为她还有儿子强生。一直守寡带着强生，无怨无艾，常常侍弄她门前的紫苏，天天看着强生为人忙前忙后，年年农忙时节能感受自家稻出里那份热闹，日子过得挺有盼头。听说强生要坐二十五年的牢，到时候他熬出狱自己的骨头早已打得鼓响，新疆离得那么远，一辈子都见不上一面，活着还有什么意思？她彻底没了希望，绝望是她致命的武器。

　　母亲走了，没人通知强生，即使让强生知道，他能回来披麻戴孝吗？

强生是在第二年大病一场，快要挺不过去的时候，狱长跟他说他母亲已经走了一年多，让他安心。他已经无牵无挂，就那样去了也罢。命运真会捉弄人，又跟他开了一个大大的玩笑，最终奇迹出现，他还是挺过来了，只不过从此落下哮喘的毛病，头发也掉得稀疏，再也没长出来，就是农村人俗称的癞痢头，只要天气不是很热，强生一直就戴着一顶鸭嘴帽。

服毒不成，大病不死，强生不再生事端，老老实实，规规矩矩，无功无过。后来强生偶立了一功，有一年夏天狱友在劳动时被蛇咬了，强生拔草药救了他，减刑两年，经过劳动改造二十三年，强生终于回到了家。

二十三年弃置身，只有久别的人才感觉世界变化有多大。在强生的眼里，生他养他的小山村，早已物不是人亦非。强生离开的时候还没出生的孩子，现在都已经成家当爸了。强生家门前的紫苏多年被冷落，狗尾巴草很嚣张，喧宾夺主，给人遍地荒芜、满目苍凉的感觉。当年连五的房子，分给贫农的下厅堂和右厢房皆被主人拆了重建，强生家的左厢房和上厅堂多年失修，早已看不出老房子的古色古香，更多的是凋零衰败，很不协调。强生家的稻田也经历了三生三世，由私人所有自家耕耘，变为生产队集体劳作再到家庭承包责任制，田地下户各自经营。

人活着总得有依靠，土地是强生的生活来源，是他的唯一的依靠。他不得不重新拾掇他的一亩三分地，强生无父无母无妻儿，一年只种一季中稻，能收割一些稻谷够他一个人吃就行。首先几年仍然有邻居故交来强生家坐坐，说说话，农忙时也有人来帮帮忙。后来，医疗水平提高，大家健康意识增强，吃草药毕竟不放心，通信设备也越来越发达，有 BP 机大哥大小灵通，接着家庭电话、个人手机已经普及，再说大家都有文化，强生替人写信业已派不上用场。人们挑选黄道吉日看日历，占卜算卦，大家也不再迷信……

慢慢地，没人来打扰强生，也无人光顾强生家的稻田。就在那年深冬，大雪三日，强生一口气没喘过来走了，强生家稻田里稀疏的稻穗终究无人收割，一并被茫茫大雪所吞噬……

大洼山与杨梅寨

那年初夏，敌寇袭击苏区防线，一路向东，哪里有炊烟，哪里就有他们的铁蹄与刺刀。

敌寇来犯，小小的高塘村，村民们手无寸铁，唯一反抗的办法就是躲起来，"躲反"成了村民们的家常便饭。

"躲反"的信号大家也熟稔于心。只要村中保管室芜场里传来三声急急的手锣声，男女老少乡亲们一盏茶的工夫就不见了影儿，只剩下鸡与狗面对敌寇的刺刀，不一会儿，鸡不鸣狗不吠，高塘村静悄悄如熟睡一般。

高塘村里没有地道藏身，可不远处有座大洼山可以躲人。

出村口，绕过高塘，翻越一座岭，便见树林茂密的大洼山，高塘村村民都是集中藏在大洼山，躲过了一次又一次劫难。

大洼山，它正如其名字一样，是一眼望不到边的低洼山谷，树木以松树与樟树为多，树茎粗壮如盘，两三个成年人手牵手合围却抱不过来。特别是夏天，山林深邃，浓荫遮天蔽日，人们一走进大洼山，便会被密密匝匝的树木所掩没，不过大洼山难以湮没的是声音，特别是孩子的哭声。

村里有对孤儿寡母，孩子叫桃子，不到三岁，爱哭，哭起来只认红薯却不认人，是姣婶的唯一女儿。桃子的父亲是个木匠，不久前在大洼山伐木搭棚时被树压倒身亡。姣婶独自带着桃子，相依为命，着实凄凉。

"躲反"时，大家都叮嘱姣婶带好桃子，否则害己害人，村长带着威严命令，连最亲的亲戚堂叔也带着无奈交代。桃子毕竟是孩子，任性哭闹全不由人控制，平日里姣婶总是用灶膛里煨熟的红薯来哄停桃子的哭声。可"躲反"时不能生火，来时匆忙，姣婶没办法，只好一个劲地轻拍着桃子的背，但愿她能睡久点。

桃子醒来，哼哼唧唧。村民们紧张了，觉得桃子就是夺人命的不定时炸弹，几个主事的围拢过来，无言地盯着桃子，眼神如火，好似要把桃子焚成灰，人堆里竟然有人递来白毛巾……

姣婶下意识地搂紧桃子，无奈眼泪簌簌地流，无论如何也不愿拿起那块白毛巾。情急之下，姣婶掀起衣服，桃子尽管吸不出甘甜的乳汁来，但捏着玩也很开心，一时不再闹腾。大家的紧张稍有松懈，姣婶悄悄抱着桃子往大洼山外走，不知走了多久，也不知走了多远，在不是来路的出口走出了大洼山。眼前是一块块梯田式的地，地里红薯藤长得正好，草也长得郁郁青青。

终于走出了大洼山，姣婶松了口气，但她要到哪去，能到哪去呢？沿着地埂，她茫然地走着。不过有一点她很清楚，一定要找个隐蔽的地方躲起来。

真是老天垂爱，在姣婶筋疲力尽的时候，看到一片杨梅寨，青中带红的杨梅满树皆是，姣婶快速靠过去，蹲在大树下往外看，确定看不见外面的情形，才放心地放下桃子，摘了一些杨梅给桃子和自己吃。她们太渴了，水壶里的水早已喝完。还好桃子挺爱吃，吃了还要。吃杨梅只能解渴，不能果腹，不久肚子饿得咕咕叫。眼看随身带的干粮所剩无几，姣婶精细算着，专门留给桃子吃至多能撑两天。

太阳快落山了，姣婶背着桃子回到种有红薯的梯田地，扒开红薯藤下的土，却只有指头那么小的红薯，不管三七二十一挖了一些，还掐了一些带茎的红薯叶子。直起身子正要往杨梅寨走，抬头看见梯田最上端有两个兵，又迅速蹲下去，用自己身子尽量遮住桃子，跟桃子说有敌人，不要哭，不要动，桃子哪里知道敌人是什么，只是感觉蹲着不舒服就大声哭，在空旷的天地间，哭声很刺耳，那两个兵发现了她们，拿着明晃晃的带着刺刀的长枪，正从上面走下来，嘴里重复着一句姣婶听不懂的话，那话很简短，应该是"站住"或"别跑"之类的词。

姣婶慌了，丢了所有的东西，背着桃子狠劲地跑，贴着地坎住下滑，从上块地滚到下块地，叫着"救命"，歇斯底里地叫着，惊动了山鸟，一只只、一群群地飞出来，声音如乌鸦般凄厉。

传说鸟喜欢追逐相似的声音，鸟儿们盘旋在上空，时而低飞，时而高翔。那时，姣婶呼救声、桃子哭声、群鸟叫声交杂在一起，哀声响彻整个原野。只听见一声口哨，不知道怎么回事，那两个兵撤退了，没再追上来，不见踪影。

姣婶惊魂未定，跌跌撞撞回到杨梅寨，夜晚的黑，虫蚁爬行，相对敌寇的追击来说真是小巫见大巫，姣婶一点儿都不怕，与吸血的山蚊斗个不停。

几天过后，躲在大洼山的人都回到高塘村，姣婶与桃子母女一直未回到村子。有人说她们被敌寇杀了，连场面都描绘得像真的一样。有人说姣婶被抓走了，孩子丢在山坳喂了狼。有人说亲耳听见从杨梅寨方向传来哭声，跟桃子的哭声一样，后来不曾听见过。从那以后也无人说起。

二〇一七年，全省环保大会在桃子家乡小城举行。顾问团里有一位头发花白的老太太，美籍华人、美国某公司第三代掌门人、ABC即美国鸟类协会副会长，她从小喜欢鸟，对鸟的声音很敏感。听说她养父是曾经来过中国作战的美国伞兵，有一次跳伞误入某山头，动弹不得，被一带着孩子的村妇救了……

环保大会献计献策时，老太太提议在小城成立鸟类保护协会，建立鸟类栖息基地，地址就选在当年的杨梅寨，并现场以个人名义捐赠启动资金一百万美金。

离开小城那天晚宴上，小城县委书记亲自为老太太斟酒，老太太没沾白酒，也不喝红酒，只与书记耳语几句。不久，宾馆侍者端来一杯红红的杨梅酒，老人开心地抿着，回顾着大半个世纪前"躲反"的事，那事是母亲生前常常念叨的，多年后想起，仍然饱含着一样的亲和一样的痛。

打包带来的福气

　　"望子成龙，望女成凤"是永恒的父母心。在闭塞的小山村，人们还是固执地以单纯的心思古老的方式为子孙后代祈福求禄。

　　高高的太平山下，稀疏地散落着几户人家，祖祖辈辈，从不迁徙，守护道教圣地，沾沾仙气，耕耘漫山茶树，红茶畅销四面八方。无病得幸，无灾是福，可谓此处人们最大的心愿。

　　这里的乡民，日出而作，日落而息，勤勉克己，真心待人，上对得起天，下对得起地，拍拍胸脯，也对得起列祖列宗和自己良心，也许有朝一日，感天动地，上帝会赐予自己和子孙后代多多福禄。

　　殊不知，登山求福是大多数乡民每月的必修课，也是他们的精神食粮：初一、十五，风雨无阻，带着进献，登太平山顶，上香祈福，积善成德。临下山时，往往掏出上等太平红茶，敬在神龛前，默念祈祷，弹点香灰，小心包好，揣进上衣口袋，回家泡水给子孙喝，让孩子们沾沾那打包带来的福气，能得神人指路，贵人相助，时来运转，添福增慧，心想事成。多少年来，太平山人如此想，这般做，一缕执念，早已成为习惯，深入骨髓，以致用心良苦。

　　也有八旬老翁雷氏，读过古书，教过私塾，没有初一十五上太平山顶的习惯，倒是一有机会去镇上走走县城逛逛，对过往的禅修问道者也很感兴趣，留他们歇脚，渴的奉茶，饿的管饭，每有志趣相投者，一来二往成为长久的朋友，并引见家人与之多交游。商界经济大亨、政界达官贵人、文人志士、民间艺人他都不排斥，他常常告诉家人，从商的有胆略，从政的够敏锐，文人志士的儒雅，民间艺人的绝活都是他们各自的贵气，哪怕通过读书看报去亲之近之，久而久之，潜移默化，自身的高贵气度也会有所提升，福气随之而来。

当今举国上下，一切为了人民，为了人民的一切，经济大亨惠民，支付宝扫码发放巨额红包；达官贵人亲民，基层调研关心百姓司空见惯。

记得那年四月的一个下午，首长的中巴车循着蜿蜒的山路从邻县中转开进小城，在千年红豆杉下，与百姓共坐一条长凳，了解林权改革情况，倾听百姓故事，消息不胫而走，瞬间传遍城里乡下，雷老兴奋地来到县城，找家小旅馆住下，第二天天没亮就早早起了床，把自己打理得整洁干净，尤其是右手，洗了一遍又一遍，洗好以后拿新开揭的油纸袋包着，徘徊在首长下榻的宾馆门口，碰碰运气，看能不能亲眼见一见小城有史以来莅临的最大一位达官贵人，如果能与首长握握手，沾沾贵气，那真是祖上几辈子修来的福分。

没想到，像雷老一样的人不止一个，他们甘愿做未知的等待，静静地等待首长能散步到此。来了，真来了，首长以矫健的步伐走来，大家几乎异口同声地说："首长好！"首长微笑着上前，亲切地说："大家好！"并伸手主动与两边的百姓一一握手。快轮到雷老时，雷老取下右手的油纸袋，伸出去，舒展开，好让自己的手与首长的手更大面积地接触，握到了，首长的手真柔软，似有一股磁力透过肌肤，注入血液，给人温暖，给人力量。松开手时，雷老眼里噙满泪水，脸上布满笑容，皱纹也越发清晰，犹如刻满时光年轮的老树，掩饰不住岁月的沧桑，嘴里情不自禁地喃喃语："首长好，首长好，好，好……"不久，首长上车，在人们的欢送声中远去。雷老回过神来，迅速拿着油纸袋严严实实包住右手，忽闪间不见了。

原来雷老迅速搭车回到了家，小心翼翼揭开油纸袋，叫家人打来太平山的泉水，仔仔细细地洗右手，洗出首长的温度，洗出首长的贵气，叫来孙儿，用那融入首长福气的泉水给他们洗脸，把自己从县城打包来的福气全部传递给孙儿，意念中坚信孙儿能健康成长，顺利成才。

十多年过去了，这事慢慢淡出人们的记忆，雷老的孙儿、太平山的子孙们是不是因此而添福增慧不得而知。不过，贵气表现在言语不俗，行事有度，有气场，有格局，是一个人自内而外的高雅、浩然之气，是要通过自身全方位的修炼而成，修炼火候一到，自然是福气多多，其实这些与神灵的庇佑没关系。至于达官贵人，起到的是模范、引领作用，增强人的信心罢了，任何人身上的贵气是传递不了的，福气也不可能复制。

而纯粹的太平山人，一如既往地烧香祈福，郑重其事地传递贵气，一切的一切，是源于对子孙后代殷殷的希望和深深的爱啊。只是他们痴迷于这种古老而又自我的方式方法，让人略略地觉得希望很茫远，时不时地生出些莫名的担心来。

有一种运气叫实力

一个人，一辈子，会错过许多美好的人，许多欢欣的事，因此常常会感慨自己运气不好。

何为运气？古有"五运六气"之说，是自然界的物质本原及其自然现象；今有机会、机遇、命运的解释；其在儒家和佛学里皆有不同的内涵。运气因时因地因人而意义不一样，从古至今大家对"运气"的解读可谓多解多义，各执一词。我则认同"人和则气顺，气顺则运来"。

人和是一种素质，气顺是一种修养，二者与人的实力密不可分。人有了实力，底气足，干劲大，为人处事有分寸，有格局，为工作生活赢得一个良好的环境，生活美满、事业有成概率大大提高，常能胜出同龄人或同行，出类拔萃，成为佼佼者，自然被他人视为幸运儿。可见，运气来自实力。

尼采说，人不应该相信"坏运气"，应该尽可能去了解自己和别人，学会忘却，学会坚强，坚强得让任何东西变成自己有用的东西。

不难理解，尼采在诚劝人们：凭自己的实力，竭尽所能，客观地认识自己，正确地审度别人，和谐相处，神清气顺，不计前嫌，不抛弃，不放弃，自然能逢山开路，涉水泅渡。总之，实力改变命运，变霉运为幸运，实力成就非凡，人和气顺则事成，完成人生的逆袭便水到渠成。

人和，气顺，事成，谁不向往？应聘者成功签约，在职者晋级加薪，谁不想拥有？为官造福一方，为民安居乐业，谁不想看到？老师教学相长，学生健康成长，谁不希冀？……大千世界，找出一两例这样的典范不是难事，但让它自成气候，形成一种人文风尚，谈何容易？能达此境界者绝非等闲之辈。他们靠的不是堂堂相貌，也不是楚楚衣冠，靠的不是神通广大的父母，也不是有权有势的背景。他们靠的是来自内心的底气，靠的是呈现在外方方面面的实力。用实力说话才是硬道理，实力铸就经典，王者绝非偶然！

有实力，好运气。前不久，我观看了深圳卫视精彩栏目《你好，面试官》，深有感触。其中有一个面试者叫李小根，二十三岁，英国留学本科生，衣着简单大方，打扮端庄和谐。李小根整个过程谦逊、温和、平心静气，那不是惺惺作态，而是自内而外的气质，是实力的呈现。在应对面试官们咄咄逼人地问难时，李小根并未自信满满地炫耀曾经的辉煌，而在认真细致地讲述负责项目过程中如何发现问题解决问题，向面试官展现了自己独立思考问题和解决问题的能力。这份能力体现她扎实的基本功，敏锐的社会观察力，融入了她正确的三观，包含她不骄不馁、与时俱进，面向未来的精神与追求。这份能力就叫实力，李小根用实力做人做事，让所有的面试官折服留灯，创造《你好，面试官》栏目中久违的十二盏灯全亮的情景。不去想她以后有多成功，但她的确用实力成功地开启了美好事业的大门，成为当时的幸运儿，踏上自己人生的新征程。

放眼寰球，有实力、好运气的人又何曾少呢？

牛顿因为强攻稳扎的科研实力，看见苹果落地，才敏感地质疑发问，最终发现万有引力，成为科学领域的幸运儿。

李彦宏凭借计算机前沿信息技术的实力，创建百度公司，成为中国首富，是中国乃至世界的幸运儿。

二〇一六年诺贝尔文学奖得主鲍勃·迪伦是史上最让人始料未及的获得者，结果一宣布，世界一片沸腾，无不感慨他的运气好。难道他凭的全是运气？他同样靠的是实力呀！谁都知道，他的获奖理由是"用美国传统歌曲创造了新的诗意表达"。他与其他歌手不一样，他的歌词念出来就是一首了不起的诗歌；他与其他作家不一样，他的诗歌是能够供大众传唱的歌词，给人们带来无限的惊异与美好。可以说他在音乐艺术和文学艺术中都是创新达人，创新思想和创新能力就是他的实力，无论是作为唱作人，还是作家，他有别人所没有的实力，夺取诺贝尔文学奖的桂冠理所当然，也当之无愧。

"人生难得几回搏"，是赌运气吗？非也。尘世豪赌，谁不是输得倾家荡产？买彩票，中大奖的又有几个？天上不会掉馅饼，甜甜奶酪，上帝只会赐给有实力的人。

消费同情

　　成人的世界，各有各的难，各有各的累，各有各的活法。有人靠智力赚得轻松，有人靠体力赚得实在。凭智力，卖体力，赚的无论是大钱还是小钱，都是劳动所得，自己赚钱自家人花，过不上富足日子，就过清贫点，活着，至少能在人前理直气壮、在人后也能心安理得。

　　可偏偏有些人，喜欢不出什么力，耍耍小聪明找个噱头博得别人同情以满足私欲，即使常常得宠，那又怎样呢？这种任意消费他人同情的行为，到底是不光彩、不道德的。从某种程度上看，真叫人怀疑那是蓄意地欺骗，公开地掠夺。

　　前天傍晚，我下班回到家，外面公路上一辆流动车一遍又一遍在叫嚣："联盛后，六小旁，红绿灯处，精彩马戏团表演，免费观看，今晚七点整，准时开始……"马戏团表演，一个亲切而又遥远的名词，我和爱人都很是惊讶，现在还有人靠这个讨生活，纳闷他将以怎样的方式赚钱？我们吃过晚饭，权当散步向表演场地走去。

　　马戏表演，源于公元前五百年的古罗马角斗士斗兽场，民间流传"只有面包与马戏才能使罗马人快乐"的说法，足见马戏在至娱至乐中的分量。一直以来，只要听说是马戏团表演，人们就习惯性对它有很高的娱乐期待。

　　而我眼前马戏团表演只保留画圆圈场地这一古老的做法。那里没有猛虎、没有蟒蛇，连马戏表演常用角色猴子也没见着，取而代之的是老鼠，老鼠挺大，黄色，不过没大成黄鼠狼的样子，另外还有两只小狗狗。

马戏团人倒有四个：老板一家三口和一个徒弟。老板三十多岁，微微有点发胖，正拿着话筒不停地大力宣传，自己曾在嵩山少林寺学艺九年，是什么什么大师的嫡系弟子，说正带着大师的教诲行艺江湖，即将的表演有二十多个节目，有吞火、魔术、杂技等，非常精彩，最小的演员是他三岁半的女儿……他的妻子坐在边上，好像无所事事，但脸上掩饰不了长久漂泊的沧桑感。他的女儿挨着她母亲，时而站起，时而坐下，不言不语，周围孩子们的欢快嬉闹似乎与她无关，是表演前的紧张，还是夜晚表演的倦怠？她本该享受无忧无虑的童年，却随父母行走四方，居无定所，吃住行全在那辆小型集装箱车里。最忙活的是老板的徒弟，看上去模样有点傻，老板说这徒弟可厉害了，将要表演很多惊险的节目呢。

不久，来了好些周围的居民，其中老人孩子居多，把那里围了一圈又一圈，约莫七点，表演开始了。只见老板握着长鞭，甩得啪啪响出场了，同时，他徒弟点燃两个火把跑上来，系向长鞭两端，老板飞舞手中的鞭，像在打流星，亮堂堂映红整个表演场地，稍稍停下，徒弟立马向前，取下火把，做仰卧状，昂起头，张大嘴巴，吞进火把，火灭，抽出火把，再点燃，再吞，火再灭，最后干脆喝下旁边易拉罐里的汽油等混合液，奋力一哈，气遇火把，突然形成一条火龙蹿出。既而，那徒弟蹲成马步姿势，全力一吹，火球瞬间在空中任性滚动，眨眼工夫消失殆尽。太惊险了，大家一直屏住呼吸，生怕一咋呼会影响那徒弟表演，稍有不慎烧着他自己，徒弟本来有点傻，若烧着了受伤更是可怜。看见他顺利表演结束，人们再也抑制不住，喝彩声、掌声响起，雷鸣般，久久不停息。不难看出，现场这强烈的共情，多多少少掺杂了观众人性中最底层的情愫。

观众一旦产生共情，掏点小钱，搁谁谁都不会拒绝。这不，老板推出少林佛像，烧香跪拜后，拿出四十八个保人平安的挂饰，十元一个，大人小孩纷纷向前或付现金或微信扫码，几分钟后所剩不多，徒弟与老板的妻子便一手提着挂饰一手拿着二维码，近前服务，老板拿着话筒直白地说些激人同情的话，诸如：我们千里迢迢从山东来，开车一路辛苦，还带着三岁多的娃儿，吃住行全在车上不容易，车要加油，我们要吃饭，请大家帮帮忙，支持一下……不一会儿，全部售罄，是我买了他最后一个挂饰，尽管我不需要。

后来，老板亲自表演了五把椅子高度的倒立，每架一把椅子，一个高度，做一次倒立，算是练过的真把戏。还有人与小狗一起跳绳和小狗推车的节目。观众反响稍稍热烈点，便插入商品叫卖，方式与第一次差不多，第二次卖的是出入平安的小车挂饰，二十个，较先前的挂饰略微好看点，售出速度却较第一次慢，最终还是卖光了，仍然是我买了他最后一个挂饰，我依旧没想到它于我有何用处。

第三次老板卖的是防强光眼镜，并有赠品，即买一副眼镜送一个小孩玩的塑料彩光棒，单价十元，不贵。这可是最划算的买卖，不知怎么了，购买的热度不高。也许是三番五次的售卖让人觉得马戏团演出变了味儿，俨然是售卖为实，演出为幌子。我隐约觉得这是一种欺骗，重新审视老板，他哪里是在宣传少林寺佛道？哪里是在传承马戏技艺？完全是一种道德绑架式的营销策略。虽然每件购买只是小小的十元，但有八九成的利润，再说这些东西并不是人们必需品，人们大多是出于一种同情才买的，不是正常商品的交易，貌似一次公开的道德欺骗，在场的人好像明白了什么，有些无动于衷，有些陆续离去……老板转为唱苦情戏：我们四人这么晚了还没吃饭，这年头，做小工都几百块钱一天呢，我们多少要有收入才能过生活，是不是？我在想，你若真有少林十八般武艺，可应聘到武术学校当教练呀，假如只学了点皮毛，做什么假马戏团老板呢，用少林武功在工地抛砖运水泥，绝对是农民工中的佼佼者，自力更生，养家糊口，肯定会让人打心底里尊重。

无论老板怎么说，好些观众并没停下脚步，老板急了，速速讲出徒弟的身世，父母车祸双亡，他受刺激变傻了，家里还有个妹妹要养，看他可怜才收他为徒，包吃包住每个月付他一千五百元的工资，请大家行行好发发慈悲，五块十块不嫌少，二十五十不为多……想必，观众的同情心经过三轮的消费耗得差不多，没什么人慷慨解囊，隐约听到有人在怀疑徒弟遭遇的真实性，突然，徒弟提着蛇皮袋登场，到出半袋玻璃碎片，并当场敲碎两个啤酒瓶，掺在一起，他脱光上衣，光身子直接躺在玻璃碎片上，滚来滚去，大家一看，"别，别滚了，快起来……"有个老人上前要牵他起来，我也上前扫了他的收款二维码，有几个没有走远的也折回，扫码声嘀嘀作响，地上散落着几张五元十元二十元的票子……

我没再看下去，与爱人一同离开，没走几步，听见老板说："观众朋友们，大人明天要上班，孩子要上学，今晚表演到此结束！"

"就结束了？不是说有二十多个节目吗？才表演几个？"我回头看了看，一副替观众打抱不平的神情。

"你想哈，他们要生活，不可能纯粹来表演呀……"爱人似乎早有预料。

我翻了翻手机，观看马戏团表演时的微信支付总额，只不过百八十块，钱倒是不多。然而，心头有种说不出的感觉，短短不到一个小时，连续四次稀里糊涂被人消费同情的感觉不好受，是自己善意的泛滥？还是有人任意消费我们的同情？

善良是春日里的和风，是寒冬的暖阳，是人性中最璀璨的光芒。人间最美是善良，同情是善良所衍生出来的一种情感。亚当·斯密曾说：同情感，与其说我们看了某种感情引起的，不如说我们看到引起那种感情的处境引起的。可现实生活中，公然地人为制造触碰人心底里善良的某种处境又何尝少呢？任意消费他人同情的行为，说到底是无德没操守的要弄人，是居心不良构造陷阱以达个人目的的自私自利，它正在蚕食着人世间诸如信任、同情、勤劳、自尊自强等美好的东西，于是乎，我们要擦亮眼睛，辨别真伪，及时止损，对肆意消费别人同情的人说不，让善良之花在人性的净土里绽放，成为人们永远的情怀，唱响灵魂最美的赞歌。

不纠缠是一种智慧

"君子坦荡荡，小人长戚戚"，许多人将此写成条幅悬挂书房里，警示自己为人处事要心胸宽广，不计较，不纠缠。

而现实生活中遇事纠缠、害人误己的事时有发生，伤身致残，伤重致死，真叫人痛心不已。

北方的四月，结束了整冬的冰天雪地，酷热刺眼的暑日还未来临，清晨的大地温柔可人。某大学青年教师马老师早早开车出门，奔赴机场，接来省城瞧病的父亲。

马老师是孝子，不想父亲等得太久，靠近红绿灯暂停处，被第一辆车塞进插队，便加速往前紧跟，没再让第二辆车塞车，第二辆车主不高兴了，下车与马老师理论，纠缠不已，进而强行拉下马老师一顿暴打，导致马老师高位截肢瘫痪，年轻有为、前途似锦的马老师的人生从此黯淡。而等待第二辆车主的必定是长久的牢狱之灾。

超车被阻，就恼羞成怒，酿成无法挽回的悲剧，改变人生，影响家庭。其实，同是手握方向盘的人，多点理解、多点体谅不行么？只要大家平平安安，快几分钟，慢几分钟，有多大区别呢？有必要争个你死我活吗？哎……

南方的八月，桂花飘香，夹杂着初秋的暑气，某校升高三的学子们提前启动毕业班学习模式。平日里第二节课间二十分钟要做广播体操，假期补课不用做，学生们各自欣喜地利用这难得放松的课间，有的小眯一会儿，有的与同学讨论题目，有的窃窃私语聊着天，也有的在摆弄自己的宝贝，吹笛、吹口琴、弹吉他……围成一撮一撮的。

晓骁，相比班里其他同学，年龄稍轻，个子偏小，一头溜溜的短发倒盖在脑袋上，刘海修剪得崭崭齐齐，白白的皮肤，眉清目秀，牛奶小男生一个呢，挺受人欢迎的，不过，更引人注目的是他能弹得一手好吉他。

闲暇里，晓骁喜欢捣鼓他的吉他，有时在寝室里弹一曲，有时坐在绿茵场奏一歌。在教室，晓骁倒不太弹吉他，连吉他都很少带。眼看下午要结束补课放假回家休整几天，许是高兴，他带了吉他来教室，在课间操时间，同学们一哄而起，硬要他弹《美好华年》，这是当时传唱最响的校园歌曲，大多同学都能哼几句，伴着他的吉他音律，应和起来，开心得随手拖条凳子，围坐晓骁的旁边，欢快得一跳坐上桌子，也有的踩着凳子，手舞足蹈。

不一会儿，晓骁后排的章窘回到座位，看到桌上很零乱，还不见自己的凳子，火冒三丈，"凳子？""谁拿了我凳子？""我的凳子呢？"章窘爱打游戏，许是一晚未眠，一脸倦容，声音却一句比一句大，进而变得歇斯底里，眼睛红红的，布满血丝，因无人反应，他用指头戳了戳前排的晓骁，"凳子？还我凳子！""我没动你凳子！"晓骁没当回事，头也没回，只轻轻应了一句。"弹什么破吉他，惹七惹八！""我可没惹你！"后来有同学找到了章窘的凳子，章窘因为凳子被踩脏，继续怪罪晓骁，强行要他擦干净，晓骁觉得委屈，继续辩解，你一句我一句，纠缠不止。谁都没在意章窘掏出了水果刀，谁都没想到章窘挥刀划向晓骁，恰恰是致命的部位，晓骁捂着脖子准备往教室门外跑，没跑两步，倒在血泊中，没了呼吸……

逞一时之快，得一世之悔，悲剧有时就是因为一念之差而酿成的。沧海浮尘，相识是缘，同窗便是兄弟。一条凳子，多大点事？不见了，找找，脏了，擦一下，为自己擦凳子无可厚非，为同学擦凳子也没折什么面子，谁擦都一样，有什么不可调解的？有必要如此锱铢必较吗？"忍一时风平浪静，退一步海阔天空。"如果平日遇事冷静不纠缠，为人豁达，怎么可能有如此骇人听闻的校园惨剧发生？

不纠缠是一种智慧。纠缠纠缠不清的人，计较没必要计较的事，总是十有九输，最终弄得两败俱伤。面对性格极端等狂妄之人，好汉不吃眼前亏，隐忍是一种处世之道。当然，隐忍有时好无奈，不被人理解。愚以为，如果不是大是大非原则性问题，隐忍不是懦弱，在某种程度上来说，是为人的豁达与宽容，可以保人平安，维护和谐！

不可触碰的底线

　　人生在世，有所为而有所不为。是啊，有些事必须做，那是责任，那叫担当；有些事一定不能做，否则触碰不能亵渎的底线，轻则有悖道德伦理，重则犯法蹲大狱甚至丢了小命。

　　然而，逆而行之的总有发生，尤其是身边熟悉的人明知不可为而为之最让人遗憾痛心。

　　那是很多年前的事了。某高中学校篮球场上一对最吸人眼球的师生组合前后一个星期都出了事，永远消失在人们的视线里。老师走了，去了天国，没过几天学生也因一时冲动被判蹲了多年班房，毁了自己的人生。

　　老师姓邢，是理补二班班主任，身材魁梧，正规师范类大学毕业，认真负责，教数学，篮球打得特棒。

　　学生是邢老师班里的班长宁啸，血气方刚，文化科目偏弱，体育很好，高考准备考体育专业，主选篮球。课前课后，在学校篮球场总能看到他们俩尽展运动风采，博得师生们的欢呼喝彩。

　　六月的一天清晨，邢老师一反常态没按点来到教室查班，同学们都很纳闷，不久传来噩耗，邢老师被人捅了，一刀致命，还听说是因为不光彩的事情招来的杀身之祸。好事不出门，丑事传千里，邢老师的事很快被传开，成为人们茶余饭后的谈资。

　　杀父之仇、夺妻之恨、弑子之痛是人生三大仇恨，邢老师一文化人不可能不知，明知故犯，铤而走险，生活不严谨，不自律，视别人的尊严于不顾，触碰一个男人直立行走的底线，杀身之祸是他自己埋下的苦果，害人害己，酿成悲剧。身为成年人，哪能不为自己的错误买单呢？

没过几天便是周末，也是临近高考的日子，宁啸与邢老师因为共同爱好篮球，早已亲如兄弟，他接受不了邢老师突然离开，更接受不了邢老师走得那么不光彩，便邀平日一起练体育的男生在球场上打篮球，一打就是一个下午，夜幕降临才结束，错过了晚饭时间，大伙便到学校附近的小镇酒家凑份子吃饭，顺路买了个大西瓜。

小镇酒家是典型的夫妻店，小本经营，单调简陋，没包厢，只有厅堂两桌，桌凳已摆，碗筷未铺。他们去时没客人，一伙男生自己三下五除二铺好碗筷，好让店主尽快准备好饭菜。

不一会儿，又来了一群人，穿衣打扮、言谈举止应该是社会上的二流子，落座后有一人没凳，好像是头儿，其余的个个都说让凳给他坐，他却不要，拍拍旁边桌最靠近他的学生说："喂，起来，去找条凳子来。"那学生条件反射地起身，明白怎么回事时，凳子就没了。宁啸身为班长，实在看不过眼，把自己的凳子给了同学后，上前去理论，那头儿不但没有归还凳子，反而说些侮辱性的话，宁啸实在受不了，只是没发作而已，站在那头儿旁边，默不作声，一动不动，店主特地借来凳子，那头儿不肯换，再次伤人地说："今天我就坐定这条凳子了，看他能怎么着？"宁啸也执意不肯罢休。

过了好一会儿，那头儿起身接烟，宁啸马上抽了凳子回到自己的桌上。那头儿接过烟坐下，却一屁股坐在地上，全场哄堂大笑，那头儿爬起来对宁啸拳脚相加，并口出狂言："穷学生一个，你也不打听一下我是谁？今天老子非要揍死你不可……"好不容易被拖开，各自回到自己的座位上。

宁啸一声不吭地吃完饭，全桌人又分吃了来时买的大西瓜，起身正要走出小镇酒家，那头儿警告说："小子，下次别让我再见到你！"没承想，宁啸怒火中烧，迅速折回，操起桌上切西瓜的长水果刀对那头儿肚子刺去，那头儿酒过三巡，踉跄站不住脚，倒在地上，送往医院的路上就咽气了。宁啸当晚被带进警局，事后听说他已满十八岁，被判二十年有期徒刑，再也无缘高考，无缘自由，铁窗之下将耗尽人生最美好的二十年，哎……

一条凳子，多大点事，斗个两败俱伤，死一个关一个，毁了两个家庭，值当吗？孰非孰过？说白了，两个人都没有底线意识。那头儿太自我，以强欺弱，狂妄自大，一而再再而三地伤人，让人忍无可忍，临到末了都拔刀相向。而宁啸，十八岁了，初三法律常识，高中政治都读过，怎么不知伤人性命的严重后果？一旦触碰法律底线，造成无法挽回的后果，天王爷子都帮不了他，即使再有理也枉然，都得把牢底坐穿。

其实，做人做事都得坚持原则、守住底线。超越底线必然潜伏危机，危机四伏的人生就像风中的蜡烛，经不住岁月云雨的撩拨。当前，举国上下实践力行底线思维，无论是官家还是百姓，都应该时刻紧绷底线这根弦，坚守道德底线，法纪底线，生活底线，常怀律己之心，活出坦坦荡荡快快乐乐的幸福人生。

挥臂一拦是担当

　　看过"卫国戍边英雄团长"祁发宝张开手臂奋勇迎敌的视频吗？想必很多人看过，当然我也看过。自那以后，便一直有个雄姿背影拂之不去，一直有声正气怒斥回荡在耳边，让我思绪万千，心情如海涛般汹涌澎湃，久久难以平静。

　　多少个人寂深宵，我脑海里翻腾着一个个保家卫国的英雄。自诩最爱看战争题材电影电视的我，打小以来，存储的英雄形象自然不乏少数，不过毕竟是影视，人物形象皆经过艺术处理，再怎么逼真，令人感动，我都无法把他们与勇于担当的英雄团长祁发宝相提并论，同日而语。

　　二〇二〇年六月，在中印边境加勒万河谷地区，印军违背承诺，越过实控线非法活动，蓄意发动挑衅攻击，最终引发双方激烈肢体冲突。中国戍边官兵勇于反抗，祁发宝、陈红军等最可爱的人用生命演绎了一个个可歌可泣的英雄故事。

　　特别是英雄团长祁发宝，他的一言一行、一举一动，让我深受震撼，叫世人肃然起敬。他挥臂一拦，真切地诠释了什么是担当，他厉声呵斥"不想打仗就滚"，直白地宣告中国的态度。作为一名中国军人，祁团长"张开双臂抵豺狼，赤胆忠心卫国防"，表现出保家卫国的果敢硬气。作为一位中国公民，祁发宝"宁将鲜血流尽，不失国土一寸"，彰显了捍卫国家主权的神圣威严。

自古以来，挥臂一拦勇担当的人又何止是戍边的中国军人？各行各业屡见不鲜，有警察、老师、医生，甚至是小小的门卫……

从穿上警服第一天起，守护一方平安，保护人民生命财产安全便成了人民警察的职业信条。他们一年三百六十五天，一天二十四小时，值勤、出警、办案……周而复始，无怨无悔，用奉献与担当填满人生。

二〇二〇年十二月，大庆市公安局交警支队会战大队副大队长孟祥集在夜查行动中，面对驾车逃窜的酒驾嫌疑人，孟祥集没有丝毫退缩，一边呼叫"立即停车，接受检查"，一边挥臂拦截，没想到驾驶人却急速倒车，孟祥集被刮倒在地，车轮从他身上碾压过去，然后一路逆行逃窜。被"闯卡"轿车碾压、多处骨折的孟祥集却担心"有没有伤到其他队员"。事后记者采访他，他也只有一句简短的话语："我可以倒下，法律尊严不容践踏"。寥寥几个字，道出了人民警察的全部忠诚和高度责任感。

都说人类最伟大的老师是佛陀，谈到老师，期待其多少带有佛意。人们喜欢给老师的定位是爱的化身，是温文尔雅的代名词。一切粗糙与刚烈针对老师来说都是不和谐的音符，似乎应与老师绝缘。

殊不知，在突如其来的灾难面前，老师本能表现出的刚强并不亚于其他任何人。二〇一八年六月十一日，河南信阳乡村教师李芳在护送学生放学途中，一场突如其来的车祸，她用血肉之躯挡住学生，大声呼喊："快走，有车！"把希望留给学生，把危险留给自己，年仅四十九岁的生命永远定格在那个瞬间。情急之下，李芳老师来不及思考，没有一丁点犹豫，受责任的驱使，她用无私爱心铸就了伟大师魂。

其实，数不清有多少老师，列不完有多少个动人的故事，无论城里乡下，老师们皆以保护学生、教书育人为己任，在三尺讲台上书写人生的精彩。

师者伟大，医者仁心，救死扶伤是医生的天职。只要是病人就得救，不能因为感情亲疏来选择。记得母亲不止一次地跟我讲过她最敬佩的老领导即人民医院的老院长，他不仅是院长，更是当时县里最有名的妇产科大夫。他因为下乡救治难产的村妇，而错过救治同样难产的妻子的最佳时间，从此与至爱阴阳两隔。事后，有人问过他后不后悔，他只说了简单的两句话："谁叫我是医生呢？谁叫我是院长呢？"这就是医生的责任，这就是院长的担当。

只要留意，就不难发现，热爱生活的人，关键时刻总能扛起自己的使命，挑起自己的担当。无论是大人物还是小人物，都能让人心生敬佩。

那年暑假，我到南方医院看病，盛情的朋友陪我去珠海散散心。至今四年有余，我仍没忘记珠海淇澳岛红树林景区的门卫。当时景区正在整修，我们一到就被门卫拦下。千里迢迢赶去，去一次不容易，好不容易到了，换作谁都想进去看看，哪怕瞧一眼就走也好，可我们说什么，门卫都不通融，他还特地走下门岗，张开手臂，做出拦截的姿势，操着夹有粤语的普通话："不准进，正在维修，不安全！"小小门卫工作如此认真负责，我们只好打心眼里佩服和尊重……

立身社会，如海上行舟，大家做好为之掌舵的准备了吗？一个人时刻铭记自己应该做的，并做好自己该做的事，便是一个人最大的责任，也是一个人最起码的良知。不是每个人都要像祁发宝一样挥臂一呼立功边关，名留青史，但至少要不忘初心，坚持自我，在自己的岗位上尽忠职守，才会让自己觉得心安，才会让自己觉得人在世间走过，不是一场空。我想无论怎么世风日下、人心不古，有良知有担当的人，终将会得到认可和尊重的，因为心安的人已经做到与自己和解，与生活和解，这便是对自己最好的尊重，尊重自己终究会获得他人的尊重！

孩子，我想轻轻地对你说（后记）

青少年是家庭的希望，祖国的花朵，世界的未来。关注青少年健康成长是一个重大的社会课题。

我是一名中学教师，工作中主要面对的群体便是青少年，加之多年担任班主任，对他们有着更为全面的了解。走进青少年的内心世界，了解他们需要什么、拥有什么、缺乏什么、憧憬什么……收获了第一手鲜活的有关青少年成长素材，并以散文形式结集成书，取名为《善良，是最好的保护》，献给一个个朝气蓬勃的青少年，助力青少年健康快乐地成长。唯愿孩子们能够遵循自身成长规律，带着善良出发，踩好每一个人生节点，绽放生命的精彩，收获最理想的成长经历！

这部散文集结合笔者的亲身经历，以一个教育观察者、参与者、引导者、思考者、呼告者的身份，以真实的笔触书写了对青少年的关爱、引导与期待，用真诚的文字分享了青少年的憧憬、困惑与多姿多彩，多侧面地记录当下青少年的现状，抒发了笔者的深切感悟。无论绘景、写人、叙事还是抒情、悟理，笔下都流淌着炙热的人文关怀、人性思考，充满着理性而又不乏趣味和韵味。

人民教育家、全国教书育人楷模于漪老师说：长在自然的孩子更可爱，现在的孩子接触大自然太少，接触虚拟社会太多，只有接触现实社会才能聪明起来，把孩子带到自然中去，接触大自然才能够见万物之灵气。所以在第一辑中我安排的十篇文章，全是我走过的地方，见到的风景，感悟的随想。在字里行间带着孩子们去旅行，走进大自然，放飞自我，大自然定会给予丰厚的馈赠，启迪人智慧，愉悦人身心，照亮孩子们前行的路。

第二辑"校园之声"是本书的重中之重，这里有我对青少年教育的观察、思考和对社会的呼吁。校园是文明的殿堂，青少年成长的摇篮。青少年的教育问题不仅关乎民生，而且关系到国家和民族的未来。单亲子女、留守儿童、职业教育、抑郁症蔓延进校园、学校语言暴力、校园霸凌等都是青少年教育中不容忽视的问题，多少有些棘手，我结合一个个孩子成长的故事把它们呈现出来，意在探索故事背后的家庭、学校、社会教育问题，引发广泛关注。另外，我在《走过那条街巷》一文里巧妙地引导青少年如何保护青春年少时那份美好的情愫，以便正确对待早恋。《消逝的老树》隐藏着教育的变迁；《往事悠悠》涉及教育的传承；《细微之处见精神》里有我对青少年的善意提醒：不要为自己的错误找借口。《一丝爱的微光》《冬晨那一抹清香》《最喜走穿廊》这三篇文章集中表达一点，教育是需要爱的，青少年的成长离不开社会的爱、家庭的爱、老师的爱和同学的爱，爱永远是青少年健康成长的营养素。

文学是生活的教科书，可以滋养孩子们的心灵。第三辑"文学之光"其实是七位作家的故事，这七位作家分别来自不同领域，有散文作家，有小说家，有网红作家，有公号大 V 写手，有企业家，还有身边的草根作家，以及教师作家，让孩子们走近作家，知其人读其文，在孩子们心中播下文学的种子，从小爱上文学，不怕周树人也不怕写作文，学好语文，在文学之光的照耀下，寻找自己的诗和远方。

第四辑是以"快乐"为话题，像是我与孩子们之间的谈话。我想轻轻地告诉他们，青少年最美的状态是快乐，快乐是青少年健康的核心，人生真正快乐是遵循生命规律的自由成长。《花在恰时开》表达顺势而长、向阳而生的孩子，才会快乐无极限。《快乐岛的门票》借想象中的快乐岛浪漫地告诉青少年，运动和阅读可以敲开人生快乐之门。其他几篇文章在告诉孩子获得快乐的途径很多，有人疼，有人爱，能管理控制好自己情绪是快乐；尊重自然，尊重动物，呼吁人与大自然和谐相处是快乐；找一处清幽之地，读诗读名著，或听读或朗读或表演都是人生快意之事。对于青少年，美食不可少，既可以增强营养，又能够治愈心情；传统文化，孩子们也应该早早涉猎，弘扬传统文化，增强文化自信，为自己的精神底色赋能，树立正确的人生观、价值观、世界观，才会赢得永远的快乐！

人贵为万物之长，除了具备有别于其他动物的智慧和思想，另外一个重要的原因是人有感情。人情温暖是苍穹下一切寒凉的烤炉，可以融化冷漠的坚冰。在第五辑"人情之暖"中我结合自己的亲身经历写了父爱母爱、同学情、同事情、师生情和人间大义与大爱，让孩子们明白要常怀柔软之心，学会感恩学会爱，爱亲人、爱他人、爱国爱家爱生活。

孩子们终究会长大，青少年很快会涉足社会，进入成人的世界。本书最后一部分"世事之思"是以"社会"为经纬的文章，引领青少年尝试着了解社会，看世事变迁，思人间善恶，做一个不靠福气靠实力、遇事不纠缠做事有底线、明辨是非敢于担当的人。让孩子早早认识世界是为了更好地融入世界，建设自己，创造未来。

"春花春好，秋花秋好"，花在恰时开才是真的好，才是最美的姿态。一个孩子，关联几个家庭，影响整个社会。尊重孩子就是尊重生命，尊重生命的成长规律，让孩子回归自然，接受该有的教育，带着快乐的行囊出发，憧憬未来，在任何时候都是一个最好的自己！

最后说不完道不尽的全是感谢感恩，感恩遇见，感谢成长，感谢所有为本书出版付出智慧和汗水的朋友们，感谢包括未成年人在内的每一位读者，我的文字我的爱，能给未成年人带来小欢喜小智慧，陪伴他们健康地成长，快乐地飞翔，将是我莫大的欣慰！

2023 年元月 8 日笔者于庐山西海畔